# HOMEM-ARANHA
# CONEXÃO PERIGOSA

MARVEL

VOCÊ TEM EM MÃOS UMA NOVA

# AVENTURA MARANHAVILHOSA

ESCRITA POR

# PREETI CHHIBBER

E SEU TÍTULO É

# HOMEM-ARANHA CONEXÃO PERIGOSA

STATUS: DESTRUÍDO!

SÃO PAULO
2024

**EXCELSIOR**
BOOK ONE

**EXCELSIOR — BOOK ONE**

COORDENADORA EDITORIAL *Francine C. Silva*

TRADUÇÃO *Lina Machado*

PREPARAÇÃO *Daniela Toledo*

REVISÃO *Rafael Bisoffi e Silvia Yumi FK*

ADAPTAÇÃO DE CAPA, LETTERING
E DIAGRAMAÇÃO *Victor Gerhardt* | *CALLIOPE*

TIPOGRAFIA *Adobe Caslon Pro*

IMPRESSÃO *COAN*

**MARVEL PRESS**

ARTE ORIGINAL DE CAPA *Nicoletta Baldari*

DESIGN ORIGINAL DE CAPA *Kurt Hartman*

LETTERING ORIGINAL *Jay Roeder*

Dados Internacionais de Catalogação na Publicação (CIP)
Angélica Ilacqua CRB-8/7057

| | |
|---|---|
| C452h | Chhibber, Preeti |
| | Homem-Aranha : conexão perigosa! / Preeti Chhibber ; tradução de Lina Machado. — São Paulo : Excelsior, 2024. |
| | 272 p. |
| ISBN 978-65-85849-50-0 | |
| Título original: *Spider-Man's Bad Connection* | |
| 1. Ficção norte-americana 2. Homem Aranha – Personagem fictício I. Título II. Machado, Lina | |
| 24-1912 | CDD 813 |

Para Samir, por dizer: "Vamos nessa".

# CAPÍTULO UM

O Homem-Aranha está se balançando pelas ruas da cidade de Nova York, sorrindo sob a máscara. É um novo ano, e ele tem que admitir que está se sentindo *bem*. O frio de bater o queixo nem o incomoda, porque, por cima do uniforme, ele está usando um cachecol de lã combinando e uma touca, cortesia da namorada, Mary Jane Watson. Ela deu de presente durante as férias.

– Para o seu trabalho *noturno*, sabe – explicou ela, e abriu um sorriso lindo quando entregou a caixa.

Ele segue adiante, passando pelo Empire State Building, com os punhos cerrados em torno de um fio de teia. O arranha-céu ainda está iluminado em vermelho e verde, apesar de já ser ano novo há alguns dias. Ele saberia, considerando que passou a virada de ano bem no topo daquele prédio com MJ ao seu lado. Ao pensar nisso, o Aranha consegue quase sentir as reverberações dos fogos de artifício.

Fazia um frio terrível enquanto estavam sentados lá, só os dois. Mas haviam levado cobertores extras e casacos de inverno muito grossos; MJ tinha até conseguido levar duas garrafas térmicas de chocolate quente. Peter tirou a máscara, e a touca nas cores verde, azul e amarelo estava fazendo um ótimo trabalho em manter suas orelhas aquecidas. MJ estava aconchegada ao seu lado e a cabeça dela estava inclinada para baixo, apoiada em seu ombro, enquanto os dois assistiam aos fogos de artifício que explodiam na Times Square. Faltavam apenas alguns minutos para o Ano-Novo e Peter estava feliz por estar passando a virada ali. Esperava que fosse um bom sinal para o ano que estava começando, caso acreditasse nesse tipo de coisa. E ele acreditaria, se isso significasse ter muito mais tempo com MJ no novo ano. Ele se virou a fim de olhar para ela, que ainda estava observando os fogos de artifício, e seu rosto brilhava na iluminação forte e escalonada ao redor deles. Seus olhos reluziam *de verdade*. Peter teve que se conter para não beliscar a própria mão e ter certeza de que não estava sonhando.

– A gente tem que fazer isso todos os anos, sabia? – A voz de MJ continha uma risada. – Nada mais vai se comparar a essa visão, lamento dizer, Homem-Aranha.

Peter sorriu e colocou o braço em volta dela.

– Mary Jane Watson, prometo que a gente vai voltar aqui para assistir aos fogos de artifício enquanto nós dois vivermos.

De repente, um formigamento na sua nuca interrompe as lembranças e o Aranha se balança até parar, agachando em cima do letreiro de uma *delicatessen*. Seu sentido-aranha vibra em uma fraca frequência e depois silencia. Ele olha para a calçada abaixo. Não há nada que consiga ver; é uma rua lateral tranquila. Alguém está caminhando em direção ao cruzamento no final do quarteirão e todas as janelas estão escuras. Entretanto, um movimento do outro lado da rua chama sua atenção. Foi rápido demais para ver, mas *parecia* que alguém estava lá e depois não estava mais. Ele pula no chão para atravessar a rua. Há um caixa eletrônico com tela azul brilhante do lado de fora de uma loja escura. Há uma mensagem de erro na tela que diz SEM DINHEIRO em grandes letras maiúsculas. Ele vê algumas notas caindo do caixa eletrônico, flutuando suavemente até o chão de concreto. Suas lentes se estreitam enquanto ele as observa. Há uma grossa corrente de metal que circula a máquina; deve ser para que ninguém possa levá-la embora enquanto os proprietários estiverem fora. Mas ele não consegue notar mais nada. O Aranha se aproxima e vê... *Ali!*

Um pequeno círculo preto está pintado na lateral da máquina. Ele solta um grunhido, uma lufada de ar quente sai através de sua máscara como uma pequena nuvem no frio. O círculo é exatamente igual aos outros, com cerca de dez ou doze centímetros de diâmetro e todo preto. Mas de algum tipo de tinta que ele nunca viu antes. Parece que faz parte do plástico que envolve o caixa eletrônico e não que alguém o tenha desenhado ali. Ele pega o celular e manda uma mensagem para MJ.

> **ENCONTREI OUTRO.**

Três pontinhos pulam na tela. O Aranha deduz que ela devia estar esperando que ele fizesse contato e não consegue evitar o sorriso que surge em seu rosto. Era bom ter uma parceira no crime. *Bem, crime não. Vigilantismo? Não é fácil de falar...*

Então, a resposta dela aparece.

> **ME MOSTRA!**

Ele tira uma foto e envia para ela. Ela responde no mesmo instante, dizendo que vai adicionar à pasta deles. Envia mais uma mensagem.

> NÃO SEI COMO ESSA PESSOA ESTÁ FAZENDO ISSO, MAS VAI TER QUE SER PEGA EM ALGUM MOMENTO. PELO MENOS NA CÂMERA DE ALGUÉM OU DE ALGUMA OUTRA FORMA. TALVEZ O CÍRCULO SEJA RESULTADO DE ALGUM TIPO DE FERRAMENTA... MAS NADA QUE EU POSSA ENCONTRAR. ATÉ FUI NA LOJA DE FERRAMENTAS PARA DAR UMA OLHADA! NÃO TEM NADA QUE DEIXA ESSE TIPO DE RESÍDUO.

O Homem-Aranha faz uma pausa para olhar o caixa eletrônico outra vez. É tão estranho. Seu instinto lhe diz que há *algo* acontecendo, mas as pistas não levam a nada. Houve algumas pequenas matérias nos jornais sobre uma série de assaltos a caixas eletrônicos, mas até agora, ninguém foi capaz de descobrir quem pode ser o responsável. Há uma buzina alta na rua e o Aranha dá um pulo. Ele olha em volta mais uma vez e, por fim, entrelaça as mãos na nuca e suspira de frustração. *É isso. Meu sentido-aranha está quieto; não há nenhuma pista discernível por aqui. Devo ter perdido o cara por pouco.* Seu celular acende com outra mensagem, e é MJ perguntando quando ele vai voltar para casa. Ele digita: *Agora!* e clica em enviar.

Ajoelha-se para pegar o dinheiro que sobrou e o enfia por baixo da porta trancada da loja antes de se virar para lançar uma teia em uma escada de incêndio alguns andares acima e se elevar no ar na direção de Forest Hills.

MJ está sentada no quarto com a luminária da mesa acesa. É *bem* tarde. Ela está usando seu roupão e pijama mais aconchegantes e pode ser que esteja lutando para manter os olhos abertos. *Como Peter fica acordado até tão tarde todas as noites e não desmaia no meio do dia?*, pensa ela. Ele deve estar de volta em breve com base na hora em que respondeu. Ela abre a foto que ele enviou pelo celular e leva dois dedos até a tela, ampliando, em busca de alguma pista que possa ter perdido nas primeiras cinco vezes que fez isso. Mas não há nada – só um caixa eletrônico velho comum com aquele mesmo grafite circular estranho.

*Talvez seja uma marca de identificação...*

Um alerta aparece em seu celular, lembrando-lhe da leitura obrigatória, mas MJ apenas solta um som irritado e o apaga. Ela olha com atenção para a imagem mais uma vez antes de finalmente balançar a cabeça, frustrada. Tem que haver outra ligação. Ninguém é *tão* bom assim. Sua visita à loja de ferragens foi um completo fracasso, o vendedor apenas a chamou de "mocinha" e ficou rindo de suas perguntas. MJ ainda está furiosa por causa disso. Há uma batida à sua janela, que interrompe seus pensamentos. Ela pula para abri-la, e lá está Peter sorrindo para ela, colado na lateral da casa. *Será que algum dia vou me acostumar com isso?*, ela se pergunta. Ele fez uma parada para tirar o uniforme e vestir um suéter quente e uma calça de moletom grossa, mas manteve os presentes dela, o cachecol enrolado ao redor do pescoço e a touca puxada bem baixo para cobrir as orelhas. Ela dá um passo para trás e uma lufada de ar frio o segue até o quarto. Ela estremece e fecha a janela antes que mais pudesse entrar. Então se vira e joga os braços ao redor dele, e ele retribui com um abraço.

– Oi – cumprimenta ela.

– Oi – responde ele.

MJ dá um passo para trás e se senta na cama, enquanto Peter se senta em um pufe perto da porta do quarto. Eles vêm fazendo isso há semanas, durante as férias de inverno inteiras, e se tornou um hábito a esta altura.

– Bem, esse cara do caixa eletrônico é um pé no saco mesmo – comenta MJ.

Peter ri e MJ se irrita. Ele ergue as mãos para apaziguar.

– Só estou contente por não ter que fazer isso sozinho. Eu estaria enlouquecendo tentando descobrir – explica ele. – Mas sei que vamos conseguir. Você é muito boa na parte investigativa. Eu sou só a força bruta – brinca ele, flexionando o braço.

MJ atira um travesseiro nele, e, mesmo sabendo que poderia ter se esquivado com facilidade, ele permite que o travesseiro o acerte antes de pegá-lo e colocá-lo atrás da cabeça.

– É melhor você não estar fazendo corpo mole só porque estou aqui para ajudar, Peter!

– Não estou não! Só tenho certeza de que vamos conseguir. Tenho fé na gente. – E ele diz isso com tanta certeza que faz MJ se sentir toda quente. Ela decide mudar de assunto antes que ele perceba que ela está corando.

– De qualquer forma – declara ela, olhando para a parede para se recompor –, dá para acreditar que as aulas começam depois de amanhã? Nem peguei na leitura que a gente deveria fazer nas férias. – Sua cabeça se volta para Peter quando ele solta um grunhido monstruoso.

– Nem me lembre. Não estou pronto para começar a acordar tão cedo de novo. E eu nem mesmo *pensei* na leitura. – Ele passa a mão sobre o rosto, como se já pudesse sentir quão cansado vai estar no primeiro dia de volta às aulas. – Mas estou feliz por termos aquele grupo de estudo com o dr. Shah para trabalhar no nosso projeto antes de tudo. O resto dos meus horários está complicado. – Ele passa a mão pelo rosto. – Nem acredito que só temos uma aula juntos.

– Foi mal – MJ se desculpa. – Tive que ajustar a minha agenda em torno do meu estágio com o vereador Torres. Mas – acrescenta ela com um sorriso astuto – pelo menos as aulas serão muito mais fáceis sem uma coisa estranha e alienígena tomando a nossa vida inteira, né?

– Falando nisso, alguma sorte em encontrar o último celular? Eu fiz algumas pesquisas, mas você com certeza é… melhor nessa parte – pergunta Peter, com um tom esperançoso.

MJ reprime um suspiro, pensando em sua experiência com a lâmpada de arco, o meteoro alienígena e o Homem-Areia alguns meses antes. Parte da descoberta *de como* a substância alienígena funcionava tinha sido dela – ela havia percebido que, de alguma forma, a substância estava vivendo nos celulares de qualquer pessoa que tinha se conectado ao Wi-Fi do Museu da Imagem em Movimento no dia em que ela esteve lá. Foi por essa razão que havia ficado tão furiosa e não conseguia controlar a raiva. Ainda havia três celulares desaparecidos quando Peter enfrentou o Homem-Areia e o alienígena estranho no Salão de Ciências de Nova York e destruiu com sucesso a lâmpada de arco. Juntos, conseguiram encontrar dois dos celulares… mas ainda faltava o terceiro. Ela balança a cabeça e os ombros de Peter caem um pouquinho.

– Mas já se passaram meses! – acrescenta MJ depressa. – Já teríamos tido alguma notícia. Não é?

– Tem razão – concorda Peter.

– A gente pode continuar procurando, mas acho que já fizemos de tudo – continua MJ. – Falando sério, a essa altura, se alguém disser as palavras "arco" ou "lâmpada", vou logo convencer meus pais a sair de férias longe da tecnologia. – Ela está tentando aliviar o clima e se sente bem quando Peter solta uma gargalhada. Ela está feliz que eles *podem* rir disso agora. Acontece que derrotar um alienígena secreto, que estava usando um criminoso de verdade, é um desgaste bastante emocional e físico. Ainda mais quando envolve muita pesquisa e o fato de Peter ter que lutar contra o Homem-Areia *e* o misterioso alienígena no Salão de Ciências de Nova York sem que *ninguém* descobrisse. Sem mencionar o fato de que ela levou semanas para voltar a se sentir à vontade perto do celular, sem se preocupar que a coisa fosse controlar suas emoções! Ela olha de soslaio para o dispositivo que está na mesa e se afasta dele. *Quase à vontade*, pensa.

A risada de Peter é alta e ele cobre a boca com a mão, os olhos se voltam para a porta do quarto de MJ. Ela balança a cabeça para ele, mas se levanta e vai até a porta, só por garantia. Abre e espia lá fora, e o corredor ainda está escuro e silencioso. Não aparece nenhuma luz por baixo das portas dos outros quartos, e ela sabe que estão a salvo.

Ela se volta para Peter e confirma.

– Foi o que pensei. Minha mãe e minha tia estão *dormindo feito pedra*. Nada vai acordá-las. Uma vez, o alarme de incêndio deu defeito e disparou, e eu *ainda* tive que acordar as duas.

Peter acena com a cabeça e sorri, estendendo a mão para pegar a dela.

– Parece bom para mim – diz ele, puxando-a para se juntar a ele.

Ela cai, rindo baixinho, e eles passam alguns segundos num emaranhado de membros antes de se ajeitarem um ao lado do outro, com o braço de Peter apertado em volta dos ombros dela. MJ pega o celular de novo e mostra a foto para que possam ver juntos.

– Não acredito que não a gente não conseguiu decifrar depois de ver essa coisa cinco vezes antes. – Ela franze a testa, ampliando a imagem mais uma vez.

Peter estreita os olhos para a tela dela.

– Espera, amplia um pouco mais. – Ela faz isso, e ele aponta para uma pequena linha próxima ao ponto preto. – Isso é alguma coisa?

Ela aproxima tanto o celular que seu nariz quase encosta na tela.

– Não. Acho que é só alguém deixando um arranhão na máquina com uma chave ou algo assim. Foi mal, Pete. – Ela o sente encolher os ombros e se recosta no assento.

– Foi um tiro no escuro; acho que estou só tentando encontrar alguma coisa onde não há nada a essa altura.

– Vamos descobrir – afirma ela, repetindo as palavras que ele havia falado antes. – É o que fazemos.

*Há algo...*

*O lar está próximo de nós; conseguimos sentir.*
*O lar está próximo de nós.*

*Mas estamos fracos demais. Fracos demais para encontrá-lo. Fracos demais para lutar...*

*HOMEM ARANHA.*

*ISSO É CULPA DO HOMEM-ARANHA. MAS ESTAMOS FRACOS DEMAIS.*

*Eliminá-lo, eliminá-lo. Nós vamos eliminá-lo.*
*Encontrar outro problema. Ele não nos verá.*

# CAPÍTULO DOIS

— E aí, Pete, como foram as férias? – A voz de Randy Robertson chega aos ouvidos de Peter assim que ele entra na sala de aula do dr. Shah, quase vazia. É a primeira segunda-feira de volta à escola depois das férias de inverno, e a manhã já está difícil para Peter. Não que ele tenha ficado surpreso por ter perdido o ônibus, mas ficou um pouco desanimado porque o universo decidiu aumentar seus infortúnios ao fazer um pássaro cagar em seu ombro. Ele voltou para casa para se trocar e depois teve que se balançar no ar gelado para chegar à escola a tempo. Em geral não se incomodava em fazer uma rápida viagem de teia pelo Queens até a cidade... *Está tão frio lá fora!*

— E aí, Randy, não tenho do que reclamar – brinca Peter, indo até o próprio assento. Randy coloca um *dreadlock* atrás da orelha e lhe dá um sorriso brilhante e acolhedor. Peter está feliz em ver o amigo de novo. – E você? – pergunta, se sentando na cadeira ao lado de Randy.

Suas outras colegas de grupo – MJ e Maia Levy – estão com a cabeça inclinada uma ao lado da outra nos assentos à frente deles, mas MJ lança um rápido olhar para Peter e sorri, estendendo a mão para segurar a dele. Maia acena para ele, mas continua o que está dizendo a MJ. Peter retribui o aceno, lançando um sorriso suave para MJ em resposta. MJ e Maia se tornaram amigas rápido, depois que Peter e MJ encontraram Maia em um protesto alguns meses antes, e elas perceberam que, embora na superfície não parecesse, as duas tinham muitas coisas em comum. As bochechas dele ficam vermelhas ao lembrar daquele dia. Foi o primeiro encontro dele e de MJ e foi *quase* perfeito... *não fosse a aparição de uma vilã de quinta categoria vestida de panda para estragar tudo...* Peter afasta esses pensamentos da mente antes de voltar a dar atenção ao que Randy está dizendo.

– As minhas foram ótimas. Fomos para a Califórnia visitar alguns parentes...

– Ah, sim, seu pai mencionou que vocês iam. – Peter trabalha com, bem, na verdade, *para* o pai de Randy, Robbie Robertson, no *Clarim*, como estagiário.

Randy assente com a cabeça, sem se surpreender com o comentário de Peter.

– Ele estava tão animado quanto eu. Porque os homens da família Robertson ficaram entusiasmados pelo quão incrível foi não ter que usar quarenta e sete camadas de roupa no Natal. – Randy puxa o suéter para enfatizar quão irritado está, sem querer puxando um fio solto, que acaba enrolado em seu dedo.

– Nem me fala – comenta Peter, rindo, pensando em como seu uniforme é isolante sob a camiseta de mangas compridas *e* o moletom que está usando. Continuou usando a parca enquanto ia para a escola, mesmo sabendo que isso faz suas pernas parecerem palitos de dente e que *alguém* vai tirar sarro dele na internet. *Vale a pena*. Ele olha para a mesa vazia do professor atrás deles. – Cadê o dr. Shah? – pergunta, se questionando se já perdeu a chance de pelo menos fingir que chegou na hora.

– Não faço ideia – responde Randy, olhando para o pequeno buraco que criou em seu suéter e franzindo a testa. – Fui o primeiro a chegar, e ele não apareceu, até onde sei. Quero dizer, suponho que, na verdade, isso não importa, já que somos seus únicos alunos, não é?

– É, acho que não – concorda Peter. Os quatro devem usar a aula do dr. Shah neste semestre para preparar o projeto OSMAKER para a competição em outubro. Eles vão representar a Midtown High na competição promovida pela Oscorp, e Peter ainda não consegue acreditar que o dr. Shah escolheu mesmo seu grupo para representar a escola. Mas ele disse que adorou a ideia deles de combinar ativismo e tecnologia numa plataforma digital concebida para conectar ativistas envolvidos em causas semelhantes. Peter só espera que consigam corresponder à expectativa. Se conseguirem vencer, pode significar todas as despesas da faculdade pagas – seu estágio no *Clarim* pode lhe render dinheiro, mas não paga o suficiente para as mensalidades da faculdade.

– Se ele quer dormir até tarde, eu entendo. – Os dentes de Randy aparecem quando ele sorri; são de um branco radiante contra sua pele escura. Então sua expressão muda para uma animada. – Ah, falando nisso, enquanto eu estava na Califórnia, meu pai me marcou uma reunião com um certo dr. Camacho, ele é professor de Justiça Social na Universidade do Colorado. Consegui fazer aquelas perguntas que escrevemos antes das férias para ele e, assim que digitar minhas anotações, vou mandar para todo mundo.

– Que incrível – comentou Maia, enquanto ela e MJ se viram para trás para participar da conversa. – Peter, você também ia conversar com alguém? – pergunta ela, afastando o cabelo escuro do rosto. Maia era nova na escola no semestre passado, mas MJ compartilhou durante as férias que parecia que Maia já era parte permanente de seu grupo de amigos.

Peter assente.

– Sim, alguns ativistas climáticos foram entrevistados pelo *Clarim*, aí eu pude ir junto e eles responderam algumas perguntas. E – acrescenta, se sentindo realizado – um deles me passou o e-mail e disse que a gente pode mandar perguntas quando quiséssemos. Eles adoraram a nossa ideia para o aplicativo de conexão de ativistas!

– Que ótimo, Peter! – exclama Maia. – Eu estava assistindo a uma entrevista com Norman Osborn outro dia, e ele disse que a Oscorp estava muito focada em aumentar a base de usuários móveis este ano... então, acho que o fato de este ser um aplicativo pode dar uma vantagem de verdade para a gente. Sabe, pode até ser divertido – comenta ela, mas com um tom de riso e Peter sabe que ela está brincando.

– Tanto faz – diz MJ –, você é a mais animada do nosso grupo, porque é uma nerd para essas coisas.

– Olha quem fala – retruca Maia, e agora a risada é óbvia. MJ e Maia juntam os punhos em um soquinho.

– Vocês *duas* foram, tipo, a umas dez reuniões diferentes durante as férias... e adoraram – observa Peter. Ele está feliz por Maia e MJ se darem tão bem, mas com certeza não entende algumas das minúcias do funcionamento do governo local. – Ficaram sabendo de algo bom em que a gente pode fundamentar o programa? Tipo, qual poderia ser a nossa causa de amostra? – pergunta, mais para benefício de Randy, já que ele e MJ já haviam discutido o assunto.

– Sim! – responde MJ. – Já mostrei para você outro dia o site de alguns grupos locais de jardinagem, não?

Maia pega seu tablet e digita o endereço. A tela carrega uma página inicial bastante profissional, com as palavras *Vamos! Vamos! Hortas!* espalhadas no topo.

— Então eles... plantam hortas? — questiona Randy. — Em... qualquer lugar?

— Em terrenos baldios, para ser mais exata — explica MJ. — Então, vários terrenos que a cidade simplesmente não utilizou, ou algum proprietário malvado está retendo para tentar provocar o aumento artificial dos aluguéis na área de alguma forma... não deu para entender tudo, só o suficiente para saber que é errado. — Maia arrasta o dedo pela tela e puxa a parte inferior da página para cima. Há um link que diz *Participe!* no final.

— Isso é o que a minha gerente, a Kayla, do *Clarim*, chamaria de "abaixo da dobra". — Peter levanta as mãos e faz aspas no ar. — Tipo, é menos importante do que as coisas que estão no topo, mas parece que deveria ser mais importante? — pergunta, esperando que seus amigos concordem.

— Você não está errado. Sou péssimo nessas coisas, mas até eu sei que ninguém vai passar esse monte de parágrafos para clicar no botão de voluntariado lá embaixo — comenta Randy, franzindo a testa.

— Pensamos a mesma coisa — afirma MJ. — Então, a gente apresentou nosso programa para eles, e eles permitiram que a gente o inclua e use como amostra! — Maia e ela fazem um "toca aqui". — Vamos *arrebentar* com essa coisa de OSMAKER. É melhor que as outras equipes tomem cuidado.

— Que bom ouvir isso. — O dr. Shah finalmente havia chegado, entrando e colocando a mochila no chão, ao lado da mesa. Ele soa estranho aos ouvidos de Peter. Sua voz está inexpressiva e a energia que ele em geral traz para a sala de aula simplesmente não está presente; a camisa dele está amarrotada, e Peter pode ver a barba escura por fazer no queixo do dr. Shah, subindo até seu bigode espesso. É estranho; o professor costuma ser meticuloso na aparência. Mas, agora, ele parece cansado. – Me avisem se precisarem de ajuda, mas caso contrário, vou deixar vocês por conta própria. – Com isso, ele se volta para o computador antigo em sua mesa e começa a digitar no teclado.

Maia faz careta e até Randy parece desconcertado com o humor do professor. Peter franze a testa. *Ele nem perguntou sobre as férias.* Peter troca um olhar com MJ, e ela assente com a cabeça, como se soubesse o que ele está pensando. Mesmo com a estranheza que o dr. Shah trouxe para a sala de aula, Peter não pode deixar de sentir uma rápida explosão de alegria diante disso.

– Acho que... vamos só continuar? – pergunta Randy. Maia e MJ concordam com acenos de cabeça.

– Sim – confirma MJ, lançando um rápido olhar de relance para o dr. Shah. – Parece que temos uma tonelada de anotações para analisar; aqui estão os pacotes que Maia e eu reunimos.

O Homem-Aranha se remexe um pouco para ficar confortável. Ele está sentado no parapeito de um prédio antigo no Lower East Side, observando a calçada abaixo e comendo um lanche rápido. Sua máscara está puxada até a metade do rosto, deixando a boca livre para tragar alguns churros que a senhora da barraca de churros lhe deu. Pelo visto, ele havia impedido um assalto a ela há alguns meses. Ele sorri. O *Clarim* pode não gostar dele, mas *os nova-iorquinos* gostavam.

– Ei, idiota aranha! Saia do meu telhado!!! – *Está bem, talvez nem todos os nova-iorquinos...* O grito vem de dois ou três andares abaixo, e uma cabeça aparece pela janela. O Aranha se inclina para frente para tentar ver quem é, mas é difícil distinguir pelas grades da escada de incêndio. – Já falei para sair!

– Está bem, está bem! – grita o Aranha, embora tenha enfiado o churro restante na boca, então pode ser que ela esteja cheia demais para o cara entendê-lo. Ele engole e, no mesmo instante, se arrepende de não ter pegado uma garrafa de água quando a comida fica entalada em algum lugar entre a garganta e o estômago. Ele fecha o punho e bate no peito. – Alguma chance de eu conseguir um copo d'água? – chama ele. *Não custa perguntar.*

– Se eu tivesse uma mangueira, daria um copo d'água para você, com toda a certeza! Eu leio o J. Jonah Jameson. Sei bem quem você é! – grita em resposta o homem, e o Aranha solta um gemido. Alguém deve ser fã do último editorial de Jameson no *Clarim*: "homem-aranha: cabeça-de-teia profana senhora liberdade!". *Foi um único fio de teia na tocha e se dissolveu em uma hora!* Infelizmente, J. Jonah Jameson dirige o *Clarim* e pode escrever o que quiser. Ou, pelo menos, é o que parece para o Aranha. Às vezes, ele fica incomodado quando está fingindo ser o estagiário normal, Peter Parker, na sede do jornal. De repente, um som na grade logo abaixo dele chama sua atenção.

– Caramba, foi mal, já vou embora! – diz ele, puxando a máscara para baixo sobre o rosto. Ele estende as mãos e pressiona os dois dedos médios nas palmas. Teias disparam e ele as segura com força, balançando... para o outro lado da rua para se sentar no prédio em frente. Ele se acalma e finalmente vê o homem branco mais velho que esteve gritando com ele. Ele faz um rápido aceno de cabeça e uma saudação para ele. O homem chega a gaguejar. O Aranha não tem certeza se já viu gaguejos assim antes. Ele solta uma risada baixa e depois pega o celular para escrever um tuíte rápido e sarcástico.

**HomemAranhaNY**

Já viram alguém ficar tão bravo que não consegue nem pronunciar as palavras? pq acabei de ver esse cara aqui... se colocar quatro rodas nele, ele vai sair RODANDO

*#Piada #Peguei*

Ele ri sozinho de novo e clica em postar, mesmo que não tenha grandes esperanças de que se torne viral ou algo do tipo. Ninguém parece gostar tanto de suas piadas quanto ele. Talvez ele devesse encontrar os twitters de trocadilhos. Faz uma anotação mental para perguntar a MJ se *existem* twitters de trocadilhos. Está prestes a fechar o aplicativo e colocar o celular de volta no uniforme quando vê uma notificação de mensagem direta aparecer. *Talvez alguém tenha gostado mesmo dessa piada, no fim das contas!*

O Aranha abre as mensagens e vê um recado de um usuário chamado USUARIORRRO2198534. Também não há foto de perfil. Ele e MJ tiveram uma longa conversa sobre contas anônimas e como fazer algumas pesquisas para ver o quanto são reais. Antes de ler a mensagem, ele clica para ver como é o perfil desse usuário. Isso levanta mais sinais de alerta. Não há nenhuma bio digna de nota, e a conta foi criada *hoje*! Sob a máscara, o Aranha morde o lábio. Ele arrasta o polegar pela tela e volta para a mensagem. À medida que lê, suas lentes se arregalam.

Olá Homem-Aranha. Você não me conhece. Mas quero ajudar você. Não me pergunte onde consegui a informação, mas vai haver um assalto a banco hoje à noite no Manhattan Financial, no SoHo, na esquina da Thompson com a Prince Street. Por favor, dê um jeito neles antes que possam causar algum dano.

USUARIORRR021985342

*Como assim...*

O Aranha tira uma captura de tela e envia a imagem para MJ. O balão de fala aparece de imediato.

DEIXA EU CHECAR ESSA PESSOA AQUI, MAS ENQUANTO ISSO, É MELHOR VOCÊ IR CONFERIR! SÓ TENHA CUIDADO. PODE SER UMA ARMADILHA!

– Quem ia querer *me capturar*? – diz o Aranha para si mesmo. Mas, em seguida, ele balança a cabeça. – Espera, é como a tia May sempre diz, não faça perguntas cujas respostas não vai querer saber. – O Aranha *lança* uma teia e começa a se balançar em direção ao Oeste, passando pelos turistas que fazem compras e pela Broadway. O banco ainda está aberto quando ele pula para um telhado adjacente, então ele se acomoda para vigiar.

Horas depois, o Aranha tem que admitir. *É possível que eu tenha sido enganado*, pensa. MJ ligou para ele mais cedo para dizer que não conseguiu encontrar nada sobre o usuário anônimo que enviou a denúncia falsa. Parecia que tinham configurado a conta usando um computador público, ou talvez algo que trocasse seu IP; ela não tinha certeza.

– Vou começar a assistir vídeos no YouTube sobre como hackear hackers – comentou ela, brincando, mas o Aranha percebeu um tom de verdade.

– Você não precisa virar uma detetive digital nem nada, MJ – respondeu ele. – Agradeço a ideia, mas vamos resolver isso de uma forma que não prejudique as outras oito milhões de coisas que temos que fazer. – Ele fez uma careta, pensando em como ainda não havia escrito as anotações da entrevista para dividir com o resto do grupo OSMAKER.

– Está bem, está bem – concordou ela. – Acho que deve estar na hora de eu ir dormir; mas vou deixar o celular por perto! Me liga se acontecer *qualquer coisa*.

O Aranha concordou, desejou boa noite e voltou a vigiar. E vigiar. E *vigiar*.

Depois que o banco é trancado para a noite, por um breve momento ele pensa que *talvez* algo finalmente vá acontecer. Mas tudo o que recebe em troca de sua esperança é um rato correndo pelo telhado atrás dele e o fato de que ninguém está por perto para ouvir o grito dolorosamente embaraçoso que ele solta ao vê-lo. Depois de algum tempo, o Aranha decide ir embora. Não houve sinal de nada desde que o último segurança fez sua ronda dentro do prédio, portanto, o Homem-Aranha envia uma mensagem para MJ saber que a vigília foi um fracasso. Então ele inicia a longa jornada de volta para casa, furioso com o usuário anônimo que desperdiçou sua noite. *Nunca mais vou confiar em ninguém na internet.*

Pela manhã, Peter acorda com um torcicolo no pescoço. O celular dele está tocando. Mas não é o alarme. Mary Jane tinha enviado uma série de mensagens.

> **PETER! DÁ UMA OLHADA NO CLARIM!**

> **PETER PARKER! ACORDA!**

> **MEU DEUS, PETERRRRRR**

Ela enviou uma última mensagem, uma captura de tela da página inicial do *Clarim*. Peter clica na imagem e amplia o canto inferior direito. Em letras garrafais ele lê *Banco do SoHo assaltado pela manhã*. Peter deixa cair o celular na cama e coloca a cabeça entre as mãos. *Droga*. Enquanto esfrega o rosto, ele percebe algo. Pega o celular de novo e abre o Twitter, navegando imediatamente para as mensagens. Ele clica em USUARIORRRO21985342 e – *ah, não!* A conta do usuário foi excluída.

O que era um perfil em branco na noite anterior agora é um perfil extinto.

Peter aperta os lençóis entre os dedos, frustrado. Precisa descobrir quem era esse usuário e *como* soube do roubo!

# CAPÍTULO TRÊS

O dr. Jonathan Ohn está conduzindo um experimento – algo que ele está acostumado a fazer, mesmo que não faça experimentos com tanta frequência hoje em dia. No momento, ele está em casa, de cueca, olhando para o próprio reflexo em um espelho de corpo inteiro. Há um silvo atrás dele quando um dos antigos radiadores prateados liga, e ele solta um suspiro de apreciação. Está *frio* na casa agora. Ele volta a olhar para própria imagem no espelho. Da cabeça aos pés, sua pele é toda branca, feito giz, exceto onde é pontilhada com manchas pretas de diversos tamanhos que se movem por seu corpo. Ele consegue deslocar as manchas pretas para ver um par de olhos brancos e a linha mais fina que pode indicar uma boca, mas o nariz e lábios estão camuflados no corpo. Ele se concentra, e as manchas no rosto se fundem e se transformam em um grande círculo preto, eliminando qualquer aparência de rosto. Da mesa ao seu lado, ele pega um lápis e o enfia no rosto. Não há dor – o lápis apenas desaparece na escuridão. Conforme sua vontade, ele pode decidir se as manchas são sólidas ou se funcionam como pontos de passagem de um para outro através de um portal dimensional. Se concentrando, ele puxa uma mancha da pele e a atira na parede, puxando-a até que fique grande o suficiente para uma pessoa passar. Em seguida, respira fundo e deseja que todas as machas desçam até o centro do peito.

Ele sente a energia delas empurrando e puxando, até que, por fim, abre os olhos e vê seu antigo eu no espelho de novo. Ele se parece com o que costumava ser quando era um cientista, forçado a pisar em ovos pela vida mundana de um zé-ninguém. Um zé-ninguém que não conseguia nada, cujos colegas nunca lhe deram o respeito que ele sabia merecer. A imagem que o encara de volta é alta, de pele branca e olhos azuis, com uma boca larga e rosada – embora com um grande círculo escuro que marca seu torso. Ele zomba do rosto. Aquele não é mais ele.

– Vamos ver quanto tempo consigo manter esse disfarce – diz ele antes de se vestir e colocar um casaco quente.

Ele caminha até o local na parede e atravessa. Então John – *Não, eu sou o Mancha*, corrige-se – está no portal dimensional. Ao seu redor há uma mistura de escuro e branco, e há milhões de manchas, cada uma conduz a um lugar diferente, cada uma leva para algum lugar conforme *ele* escolher. Ele descobriu que precisa saber aonde cada uma chega do outro lado para não acabar em uma situação complicada, mas isso tem sido bastante fácil. Contanto que se concentre, uma mancha se abrirá onde ele precisar. O Mancha sabe que *pode* usar os círculos pretos que em geral cobrem sua pele, essas bolinhas petrificantes que o revestem por inteiro. Ele as testou em alguns caixas eletrônicos da cidade, sacando dinheiro na calada da noite. Mas essas são estagnadas e bem fáceis – embora da última vez ele tenha notado o inseto se balançando e tenha tido que se retirar depressa depois de considerar brevemente iniciar uma luta. Ele quer aumentar, ver do que elas são capazes. Ele encontra o vazio que procura e o atravessa direto para um armário escuro na estação de metrô de Union Square.

O Mancha abre um pouco a porta e vê dois trabalhadores do metrô vindo em sua direção. Ele a fecha depressa, conta até cinco e depois reabre. *A barra está limpa!* Ele se esgueira pela porta e sobe as escadas. No topo, estica o pescoço acima da multidão para encontrar os jogadores de xadrez de dia de semana e começa a caminhar na direção deles. Escolhendo uma mesa ao acaso, ele para na frente dela, observando dois veteranos jogarem. Mas ele está dividindo a atenção. Essa é a próxima etapa do experimento. Em quantas coisas consegue se concentrar enquanto mantém o grande buraco negro cobrindo o centro de seu peito, permitindo que pareça um ser humano comum de novo? Um homem na mesa perto dele acabou de mover o bispo para a C5 e apertar o botão do cronômetro com a mão enluvada. O outro jogador precisará mover algo para proteger a rainha.

– Está bem, sr. Chiang, já vi o que você fez aí – murmura o homem junto ao seu cachecol. Ele se inclina para frente e observa, pensando em todas as opções.

John olha para o tabuleiro e tenta pensar em que jogada faria caso estivesse sentado naquela cadeira. Ele pode sentir o buraco no centro do peito ondular. Ele força a mancha de volta e a mantém imóvel. Há uma gota de suor escorrendo pela lateral de seu rosto. Dando um passo para trás, ele se move para se sentar nos degraus baixos de frente para a 14th Street. Um quarteirão ao Sul, ele consegue ver as luzes faiscantes do cinema da esquina. Ele abraça a cintura, mais para manter a mancha no lugar do que por causa do clima.

O frio não o incomoda tanto quanto antes de ser transformado. Antes de seu experimento de maior sucesso.

Aos poucos, e se concentrando bastante, John puxa uma pequena parte do disco preto e o move do peito até o ombro e o desce pelo braço até que possa vê-lo sair por baixo da manga do casaco. Ele sente vontade de mergulhar o dedo ali dentro, ver o que há do outro lado, mesmo sabendo a resposta.

– Ai! – grita ele quando a bota com biqueira de aço de alguém o atinge no quadril. – Cuidado!

Na frente dele, um jovem branco de aparência zangada se vira e o encara.

– Cuidado você, velhote – cospe o adolescente. – De qualquer forma, você não devia estar sentado aí – acrescenta ele, antes de se virar e seguir em direção ao cinema.

John encara o garoto pelas costas e sorri de repente. Esta é a oportunidade perfeita para testar seus novos poderes e ver quão boas essas coisas são contra um alvo em movimento. Ele volta a olhar para o mesmo disco pequeno na ponta do pulso e depois o puxa para a palma da mão. Apoiando a outra mão no concreto, ele se levanta, andando depressa para alcançar o rapaz mal-educado. Eles já estão perto das portas de vidro do cinema, e John tem que correr para conseguir esbarrar com força no ombro do rapaz ao passar por ele, deixando cair a mancha de sua mão no bolso do dele.

– Ei! – O rapaz se vira e empurra John. – Para com isso!

Mas John já está se afastando e suas bochechas se elevam num largo sorriso. Ele entra na loja de quadrinhos do outro lado da rua e para em um canto tranquilo. Ele puxa outra mancha pelo corpo até o pulso antes de jogá-la na parede, logo atrás da estante. É perfeitamente redonda, de um preto fosco e do tamanho de seu punho. Com exatos cinco centímetros a mais que o punho, na verdade. Ele dá uma olhada rápida em volta; não há ninguém perto dele. E John enfia a mão na mancha – agora um buraco – e pode sentir a mão passar pela estranha dimensão que viu quando enfim teve coragem de enfiar a cabeça dentro de uma das manchas pretas, e depois ele sente a textura áspera do jeans nos dedos. Ele agarra tudo o que pode e puxa com força. Sua mão está de volta à vista agora. Nela, está segurando um celular e uma carteira.

– Bingo – diz para si mesmo.

Agora o Mancha sabe que mesmo que o alvo esteja *em movimento* ainda pode chegar à mancha, não importa onde esteja. *Toma essa, garoto-que-não-deveria-chutar-a-dultos-e-depois-chamá-los-de-velhotes-quando-eles-nem--são-tão-velhos!* Ele segura o celular com mais força na mão. *Talvez eu devesse dar uma lição ainda maior naquele garoto. Eu poderia causar algum dano real.* Olhando para o celular, ele vê um fio branco saindo de sua manga e afasta o pensamento, puxando o branco e o preto de volta para o buraco no centro do peito. *Não!* Ele balança a cabeça e seca depressa a umidade da testa com a ponta da manga. Em seguida, abre a carteira, tira o dinheiro e deixa-a cair no chão. Enfia tudo nos bolsos – o dinheiro, o celular e as mãos – e sai pela porta, subindo a rua de volta ao metrô na Union Square para fazer a caminhada até seu apartamento na Canal Street.

Ele deixa o ponto na parede atrás de si, sabendo, pela experiência limitada, que só funciona se ele quiser que funcione. Tudo o que existe agora é o que parece ser um ponto preto pintado na parede. Esta foi uma noite boa, o Mancha sabe. Ele assobia enquanto desce os degraus da estação, dois degraus de cada vez. No fundo de seu grosso casaco de inverno, o celular vibra, mas o Mancha não o sente.

# CAPÍTULO QUATRO

**— D**esculpa! – o Aranha diz enquanto chuta um assaltante. Eram três mascarados e assediavam uma senhora negra, tentando roubar a bolsa dela. O *Clarim* deu um par de fones de ouvido Bluetooth para cada funcionário pelas festas de fim de ano, e o Homem-Aranha fez rápido uso deles sob a máscara. – Eu não sabia que, quando você disse "parceiro", estava falando para estudar espanhol. Achei que você queria dizer para patrulhar. – Sua frase é pontuada por socos velozes na barriga do ladrão. O Aranha faz uma pausa e olha para cima porque apenas um soco deveria ter deixado esse cara cambaleando. Mas o ladrão *gigantesco* está olhando para ele com um sorriso feio.

– Quer tentar de novo, garoto-aranha? – zomba ele.

O Homem-Aranha se agacha e, sob a máscara, faz uma expressão aflita. *Por que sempre tem um ladrão irritantemente forte num grupo de ladrões?* Ele fecha o punho e dá um golpe forte para cima, acertando o queixo do cara com um soco.

– É *Homem-Aranha*! – grita ele ao fazer contato. – Fala direito!

Em seu ouvido, MJ está falando.

– Aff, eu precisava muito...

– O que foi, MJ? – o Aranha pergunta, dando outro soco.

– Nada, esquece! Quem sabe a gente não precise de umas palavras-chave melhores? Detesto que só tenha passado uma semana...

– E a gente mal se viu. Pois é, é uma *droga* – completa o Aranha, pousando na frente da pilha de bandidos que agora estão finalmente fora de combate. Ele atira algumas teias rápidas nas mãos e pés deles. – Com licença. – Ele se aproxima da senhora, que está olhando feio para a pilha de ladrões atrás dele. – A senhora está bem? – pergunta ele.

– Sim, estou bem, querido. Obrigada pela ajuda. Pegue um doce. – E ela tira um caramelo embrulhado em plástico transparente e o coloca na palma da mão dele, fechando os dedos dele ao redor do doce.

– Ah, bem, obrigado – responde ele, e o segura com força na mão.

– Agora você tem que comer ou ela vai se sentir mal – brinca MJ ao ouvido dele.

O Aranha dá um passo para trás e acena.

– Fique bem, senhora!

– Acho que eu devia dizer isso para você! – retruca a senhora para ele com uma risada. – Pode ir. Vou cuidar desses garotos. – E o Aranha fica ainda mais feliz por não ser um dos bandidos, porque está claro que mulher *não* está de brincadeira. Ele lança uma teia e se joga para frente, se balançando em direção ao centro da cidade. Algo lhe ocorre.

– Ei, MJ, como você chama um grupo de ladrões? Um grupo de aves é um bando, não é?

– Aonde você quer chegar com isso, Peter? – pergunta ela, e o Aranha consegue ouvir o tom cansado de aceitação na voz dela. Ele contém uma risada.

– Uma revoada de ladrões? Uma alcateia de larápios?

– Ai, meu Deus – geme ela. – Acho que as piadas estão piorando.

– Valeu a tentativa. – E desta vez ele solta a risada, com um grito animado em seguida enquanto passa por uma cafeteria cheia de pessoas embrulhadas em parcas e casacos. A multidão cumprimenta e o Aranha sente um quentinho no peito. – Desculpa pelo mal-entendido – diz ele assim que MJ fala: – Desculpa pela confusão.

Há um momento de pausa e tudo fica quieto do lado de MJ, e o estômago do Aranha se revira, mas em seguida ela está rindo e ele também está rindo e tudo parece bem. Ele sabe que vão precisar trabalhar em como serem mais claros para que possam manter tudo em ordem. *Talvez MJ esteja certa sobre as palavras-chave...*

– Ei – comenta MJ, interrompendo os pensamentos dele. – Será que posso sair com você em patrulha da próxima vez?

O Aranha dá uma cambalhota e pousa em um letreiro acima de um restaurante italiano.

– Ah, é... é – gagueja ele. *E se ela se machucar?* – É bem chato e seria *incrível* ter você aqui... mas pode acabar sendo perigoso? – pergunta ele no final, mesmo sabendo a resposta, mas esperando amenizar o golpe.

– Quero dizer, é óbvio que, caso aconteça alguma coisa *perigosa* e super vilanesca, eu iria embora. Mas não sei se você notou, Peter, sou muito boa em cuidar de mim mesma. Além disso, quero ver como é para você!

O Aranha se levanta e rasteja pela lateral do prédio até o telhado, onde se senta, deixando as pernas penduradas na beirada. Ele examina a cidade abaixo e acena com a cabeça. *MJ tem razão. Ela deveria ver essa parte da minha vida também.*

– Está bem, quer saber? – fala ele e fica surpreso ao ouvir uma voz muito barítona e que com certeza não vem da resposta de MJ.

– O quê? – Ele fica de pé num pulo e se vira para dar de cara com um homem e uma mulher sentados em uma mesa frágil no telhado atrás dele.

– Ahhhhh… eu… – diz ele, e pronuncia uma sílaba longa para encobrir o fato de que eles o pegaram de surpresa. – Ah, nada. Nada. Estou só falando sozinho.

– Boa desculpa, Pete. – MJ faz graça em seu ouvido. As bochechas dele ficam quentes.

– Que ótimo, Aranha – responde a mulher. – Mas é você que está acabando com nosso momento aqui.

Nesse instante, o Homem-Aranha repara na rosa embrulhada sobre a mesa e nos copos cheios de um líquido escuro. Ele levanta as mãos e anda de costas até a beira do telhado.

– Foi mal! – o Homem-Aranha diz enquanto pisa na beirada. – Espero que o resto do encontro corra bem! – grita ele enquanto se atira para frente e *lança* uma teia, pegando-a quando ela gruda em uma saliência bem acima e balançando para frente. Em seu ouvido, MJ está às gargalhadas e o Aranha não consegue evitar um sorriso. – Tá bom – interrompe ele –, da próxima vez que a gente sair para um encontro, será um *encontro-aranha*.

– Isso! – MJ solta um gritinho, e o Aranha consegue imaginá-la sentada em seu quarto dando soquinhos no ar e sorrindo de orelha a orelha em seu pijama de bolinhas. – Tudo bem, tenho que ir, Maia e eu vamos conversar por vídeo sobre os próximos passos do projeto; mas me liga se conseguir alguma atualização do ponto preto... ou se você receber outra mensagem estranha daquela conta anônima.

O Aranha havia se esquecido quase por completo daquela conta. Não tinha recebido mais mensagens no Twitter que não fossem apenas pessoas dizendo que ele era ruim em fingir ser o Homem-Aranha.

– Pode deixar – promete a MJ. – Mas sinto que foi uma coincidência.

– Por que isso parece um daqueles momentos "não devia ter dito isso"? – comenta ela e, depois, sua voz se eleva: – Ah! Tenho que ir, estou oficialmente atrasada para ligar para a Maia. Tchau, Peter!

– Oi, Maia! – MJ acena, enquanto Maia se aproxima na Jewel Avenue. Elas conversaram na noite anterior sobre sua parte no projeto OSMAKER, mas quanto mais conversavam sobre a ideia da horta comunitária, mais queriam fazer a própria!

Quando se despediram, Maia parou e disse:

– A gente devia tentar fazer uma dessas, não acha? – E MJ respondeu com um sim entusiasmado. Portanto, agora ali estão elas, depois de uma sessão épica do Google Maps para verificar alguns dos terrenos baldios que tinham visto em Forest Hills.

– E aí, miga? – Maia responde ao se aproximar. Ela tem um estojo de câmera pendurado no casaco preto e uma mochila nas costas. – Esse tempinho *não está de brincadeira*. A gente devia fazer isso na primavera, não acha?

MJ está agradecida pelo cachecol quente enrolado na parte inferior de seu rosto enquanto um vento gelado sopra seu cabelo para trás. Ela balança a cabeça com a pergunta de Maia.

– Que nada, se aprendi alguma coisa acompanhando o vereador Torres, é que o governo local é *lento*. Se a gente fizer a inscrição agora, *com sorte* estará pronta para o verão. – Ela passa o braço pelo de Maia e puxa a outra garota para frente. – Vamos dar uma olhada em um pouco de terra!

Maia responde com riso.

Elas sobem e descem algumas ruas, tiram fotos de possíveis lotes e anotam endereços, mas nada parece certo. Até que, finalmente, Mary Jane vira uma esquina e elas o encontram.

– Maia! Venha ver isso!

Sua amiga corre um pouco para alcançar MJ e para ao seu lado. Não há cachecol no rosto de Maia para esconder o sorriso que floresce em suas feições.

– MJ! Isso é incrível!

O terreno que encontraram fica logo a oeste da fachada familiar da biblioteca de Forest Hills e tem mais ou menos o tamanho de três casas de arenito enfileiradas. Há uma cerca de arame na frente, então MJ pressiona o nariz através de uma abertura para ver o máximo que pode.

– É tão grande! – comenta por fim, imaginando todas as plantas e trilhas que caberiam no espaço. – E é tão perto da biblioteca!

– Espera, vou anotar o endereço – diz Maia, tirando as luvas e digitando no celular. – Pronto, anotado. – Ela se junta a MJ na cerca, observando ao seu lado. – Acho que pode funcionar, se conseguirmos. Será que a gente deveria… imprimir o requerimento agora mesmo? – pergunta, com os olhos cintilantes. – Parece que a sorte está do nosso lado, porque estamos ao lado de um lugar que tem uma impressora – brinca ela.

MJ ri, mas ela *não* deixa de acreditar. O lote parece certo.

– Vamos lá – responde ela, e as duas se dirigem para o calor da biblioteca. A bibliotecária acena para elas quando passam pela porta, e elas dão um olá em coro para ela antes de irem para os computadores.

– Certo... – Maia está sentada na máquina mais próxima da impressora. – Acho que temos de entrar no site DedoVerde de Nova York, que contém todos os formulários.

– Adorei o nome que eles colocaram – comenta MJ, se sentando na cadeira ao lado da de Maia, mas deixando o computador na frente dela intocado.

– Eu também – responde Maia, já no site e navegando pelos links. MJ tira o celular do bolso e dá uma olhada nas mensagens, enquanto Maia lê as páginas do site. Há uma de Peter, e MJ não consegue evitar o sorriso que puxa suas bochechas.

> 😄 ❤️ **OLHA SÓ PRA ESSE CACHORRO QUE EU VI ONTEM DE NOITE**

A mensagem está acompanhada por uma foto de um buldogue francês usando um macacão do Homem-Aranha, e MJ cobre a boca para abafar a risada que ameaça sair. Ela envia uma mensagem rápida, perguntando a Peter se ele não deveria estar recebendo dinheiro de licenciamento. Ela vê três pontos aparecerem, mas antes que a resposta chegue, Maia fala ao seu lado:

– Achei! E vou imprimir o formulário de inscrição agora. São muitas páginas, então, quem sabe a gente não possa fazer a inscrição juntas na escola? Vou visitar a minha namorada, a Dani, no próximo fim de semana, aí não vou estar por perto para fazer as coisas.

Há um pedido de desculpas no tom dela, mas MJ não acha que seja necessário. Ela se lembra de ter perguntado a Peter sobre se juntar a ele na patrulha.

– Que divertido! – diz ela, tentando fazer com que Maia saiba que não é grande coisa sem focar muito nisso de uma forma que seria constrangedora.

– Pois é, mal posso esperar. A gente não se vê tanto quanto gostaríamos. Você e o Peter têm muita sorte de estudar na mesma escola!

MJ coloca uma mecha de cabelo atrás da orelha e concorda com um gesto de cabeça.

– Com certeza, mas entre o meu estágio e o dele, e os trabalhos escolares, e quase nenhuma aula em comum, a gente não teve a chance de sair de verdade, tipo, já faz uma semana. – *Sem falar no trabalho noturno*, acrescenta mentalmente.

O computador apita para indicar que as folhas foram impressas, e Maia percorre o curto caminho até a impressora para pegar os formulários. Juntas, elas se debruçam sobre a espessa pilha de papéis.

– Talvez ele possa nos ajudar com essa questão da horta também – comenta Maia, reunindo a papelada.

MJ faz um som evasivo antes de acrescentar:

– Ele já tem muita coisa para fazer.

– É verdade, não tenho certeza se ele tem as habilidades organizacionais para acrescentar mais alguma coisa à rotina dele. – Maia ri antes de olhar para os papéis em mãos para examinar as perguntas. – Tudo isso parece bem fácil…

– Espera, ali está perguntando quem é o dono do lote? – MJ questiona, apontando para uma pergunta no final da folha.

– Caramba, sim. Vamos ver…

MJ agora está sentada em frente ao computador que elas estavam usando, e seus dedos voam pelo teclado enquanto ela procura o endereço do lote. Elas vasculham algumas páginas de resultados antes de enfim encontrarem um site de aparência extremamente genérica que afirma deter os direitos de propriedade.

– KRT tecnologia? O que um grupo de tecnologia iria querer com um terreno baldio? – pergunta MJ.

O rosto de Maia demonstra confusão e ela dá de ombros.

– Não faço ideia. O que o site deles diz que eles fazem? – Ela se inclina para olhar a página "Sobre" que MJ acessou. – "Uma empresa comprometida com um futuro novo e brilhante por meio da sinergia, organização e soluções exclusivas" – lê.

– O que diabos *isso* significa? São muitas palavras para dizer basicamente nada.

– Pois é, acho que o meu pai chama isso de linguagem corporativa – comenta Maia. – Eu não sei mesmo o que significa, mas parece isso mesmo. Não é?

– Pois é – concorda MJ. – Um monte de nada – ela responde e pesquisa o nome da empresa no Google com as palavras "ano" e "estabelecida". – Hum – diz depois que os resultados aparecem. – A KRT Tec existe só há três meses. E não parece que tenham nenhum endereço físico real. Que estranho.

– Descubra onde o URL está cadastrado – pede Maia.

MJ digita de novo e lê o registro de URL.

– É algum endereço em Vancouver. – Ela franze a testa. Algo nisso a está incomodando. – Não gosto disso. Está me dando um mau pressentimento.

– Hum, acho que a minha mãe talvez conheça alguém que possa ajudar a gente a descobrir – comenta Maia, batendo o dedo no queixo. – Vou fazer algumas pesquisas com ela e conto para você o que descobrir.

– Tá legal – concorda MJ. *Mas vou fazer algumas pesquisas por conta própria.*

*Nós sentimos,*
            *nós sentimos,*
                        *nós sentimos,*
*nós sentimos.*
            *Está aqui.*
                  *Há algo aqui para usarmos. Lar.*
*Nos possui. Está conosco. Está perto da ilha.*
                  *Tão fracos. Precisamos de ajuda.*
*Encontrar ajuda. Encontramos ajuda.*
                  *O plano. Nós temos o plano.*

# CAPÍTULO CINCO

Peter boceja alto, sem se preocupar em cobrir a boca. Está sozinho na sala de registros do *Clarim Diário*, arquivando algumas fotos que sua gerente, Kayla Ramirez, passou. Ele prefere mesmo escrever legendas para as redes sociais sobre suas fotos do Homem-Aranha, mas infelizmente o estágio não pode ser só isso. Ele também ajuda com todo tipo de coisa no escritório. Examina a pilha de fotos em suas mãos. A maioria delas são apenas coisas aleatórias – eventos esportivos, um pouso de avião, a árvore de Natal do prédio da Oscorp, a última exposição do Museu de Arte Moderna –, mas enquanto folheia, fica surpreso ao encontrar uma foto que tirou de si mesmo de alguns meses antes, logo depois do caso do Homem-Areia. *Será que podem ser consideradas selfies?*, Peter pensa, segurando a foto impressa. É uma de suas melhores fotos de ação. Ele está com uma perna alta, voando em direção a um bandido fora da imagem… *Quem foi mesmo? Ah, sim.* Peter revira os olhos, lembrando. *Aquele velho, o Abutre ou algo do tipo. Estava mais para o Urubu, considerando o quanto ele agourava toda diversão.* Peter ri consigo mesmo e então vai até o arquivo da letra *H*. Localizando-o, abre a gaveta e vasculha as pastas, até por fim encontrar uma para o *Homem Aranha, tudo.* O rosto de Peter assume uma expressão ofendida e ele abre a pasta para ver uma série de fotos, todas dele caindo de maneiras cada vez mais vergonhosas.

— Que droga é essa? — murmura para si mesmo. Tirando a pasta da gaveta, ele se vira, como se estivesse pensando em levá-la embora, mas em seguida, solta um suspiro profundo e se vira para guardá-la. *Não, Pete, você não pode roubar seu local de trabalho. Mesmo querendo muito.* Ele devolve a pasta para o lugar e volta a olhar o restante, tentando encontrar os locais certos para colocar todas aquelas fotos. *Homem-Aranha, ação; Homem-Aranha, comendo – ignora essa; Homem-Aranha, primeira aparição?* Os olhos de Peter se arregalam e ele puxa a pasta. Abrindo-a, avista um artigo no topo.

### HOMEM-ARANHA É VISTO NA BAIXA MANHATTAN
#### POR J. JONAH JAMESON

Um homem trajando um macacão vermelho e azul com um padrão de teia de aranha passou pelas ruas do Lower East Side na noite passada. O herói fantasiado impediu nada menos que quatro crimes nas avenidas da nossa querida cidade. Isso faz com que este repórter pergunte que outro bem esse Homem-Aranha pode fazer? O potencial que isto tem para fazer com que as nossas comunidades se sintam mais seguras, só porque alguém especial está cuidando delas, é fundamental.

É um artigo curto e datado do início do ano passado. Deve ter sido *logo* depois de tudo o que aconteceu com tio o Ben. Peter passa os dedos pelo papel e sente a tinta em relevo das palavras impressas, pensando, distraído, naqueles primeiros dias. Ele franze as sobrancelhas e relê o nome do autor. *Jameson escreveu isso?! O que foi que aconteceu com ele?!*

Desta vez, Peter pega mesmo a pasta – *vou colocá-la de volta, mas tenho perguntas que precisam de respostas!* Ele deixa o resto das fotos na mesa da sala de registros e pega o elevador de volta para seu lugar ao lado de Kayla. Cruza os dedos enquanto está no elevador, desejando que ela esteja lá. Ao ver que ela está sentada em frente ao computador, ele solta um suspiro de alívio.

– Ei, Kayla – chama ele, se sentando à mesa atrás da dela.

Os cliques no teclado param quando ela gira a cadeira para encará-lo.

– O que foi, Peter? – pergunta, e ele passa a pasta para ela.

– Encontrei isso lá embaixo e queria perguntar... Bem... – Ele hesita e esfrega a nuca com a mão. Seus olhos correm de um lado para outro, procurando as palavras certas. Por fim, toma a decisão. – O que aconteceu?

Kayla abriu a pasta e está folheando o pequeno artigo. À medida que avança, seu queixo cai.

– *Jameson* escreveu isso? – questiona ela. Franzindo a testa, mas mais em reflexão do que em raiva.

Peter assente.

– Foi o que eu pensei. Você sabia que ele gostava do Homem-Aranha? – Ele não consegue evitar e começa a balançar o joelho.

– Eu não fazia ideia... deve ter sido antes de eu começar a trabalhar nessa editoria. Sinceramente, mal me lembro dos dias pré-Aranha. Sei que não tem muito tempo que ele faz isso, mas parece que é uma parte da cidade agora.

Há um rápido lampejo de alegria nas feições de Peter antes que ele faça que retomem uma neutralidade cuidadosa. Kayla devolve a pasta para ele.

– Só fico imaginando o que...

– O Homem-Aranha fez para deixar o Jonah tão furioso – completa Kayla. – Eu também...

Verdade seja dita, Peter não chegou a considerar essa opção. Mas quando pensa naqueles primeiros dias... *Eu fiz muita coisa errada naquela época. Talvez eu tenha mesmo feito algo para perder a confiança de Jameson em mim. Devo tê-lo decepcionado de alguma forma.* A ideia faz seu estômago embrulhar, e ele tenta não deixar a ansiedade transparecer no rosto. *Bem, se ele gostava de mim antes, talvez possa voltar a gostar de mim. Só tenho que ser melhor.* Peter acena para si mesmo, decidido.

Kayla se virou para o computador.

– Estou morrendo de vontade de saber mais sobre isso, mas estou com o prazo apertado dessa matéria – diz ela por cima do ombro, se desculpando.

– Tudo bem – responde ele, se levantando para voltar à sala de registros e terminar de arquivar as fotos. Ele se sente estranhamente animado pela descoberta. *Posso fazer com que Jameson volte a gostar do Aranha!*

Algumas horas depois, Peter aperta o botão de descer do elevador e se afasta para esperar. Tem que voltar para casa para que ele e MJ possam *enfim* ter algum tempo para sair juntos. Um *bip alto* significa que elevador está chegando, e Peter se move para ficar na frente dele. As portas se abrem e o estômago de Peter embrulha de novo. Parado no pequeno espaço está ninguém menos que J. Jonah Jameson. Pela primeira vez, Jameson não tem seu olhar padrão de fúria absoluta no rosto. Ele parece meio calmo. Peter entra e respira fundo.

— Olá, senhor.

— Hum? Ah, é você. É bom ver você trabalhando duro, garoto – comenta Jameson, e Peter fica exultante. Jameson *nunca* o elogiou antes. Peter endireita os ombros e reúne coragem. *Fiquei cara a cara com Otto Octavius*, ele pensa. *Eu consigo fazer isso!*

— Senhor… eu estava na sala de registros mais cedo e encontrei um artigo que o senhor escreveu…

Com isso, Jameson se vira para encarar Peter por completo. Ele está balançando a cabeça e olhando para ele de forma avaliativa.

— Ah, é? Que matéria foi? Fiz um artigo fenomenal sobre o Fantasma algum tempo atrás. Teria ganhado um Pulitzer se aquele outro picareta não tivesse vencido. A coisa toda é fraudada – acrescenta Jameson, quase como um aparte.

— Não, era sobre o Homem-Aranha… de quando ele começou. – O rosto de Jameson emburra. Ele se vira e Peter pode ver suas sobrancelhas descendo sobre os olhos. Mas chegou até ali, então continua: – Eu só queria perguntar se alguma coisa aconteceu? Parecia que o senhor estava até… bem com ele naquela época…

— Não é nada. Deixe isso pra lá.

— Eu só estava pensando sobre a… mudança de direção? – Peter tenta, esperançoso.

As mãos de Jameson estão cerradas ao lado do corpo e Peter percebe que cometeu um erro.

— Não fale comigo sobre aquela aberração-aranha, garoto – ordena Jameson em voz baixa, e é muito mais assustador do que quando ele está gritando. Peter está prestes a se desculpar quando as portas se abrem. Jameson dá um passo e depois se vira para encará-lo. Peter jura que pode ver o bigode de Jameson tremendo de raiva. – Na verdade – cospe ele –, você está demitido! Não se preocupe em voltar! – E em seguida, sem olhar mais na direção de Peter, dá as costas e sai apressado.

Peter fica tão chocado que não consegue sair do elevador a tempo e as portas se fecham na sua cara. No reflexo da porta de latão do elevador, Peter vê o próprio rosto cair e fecha os olhos para a visão.

*Ah, não...*

– *E não apareça mais!*

O Mancha observa, enquanto um homem gigantesco carrega alguém para fora do Café Sem Nome e joga o cliente indesejado na rua. Puxando a gola do casaco, o Mancha pensa em suas táticas. Ele tem que entrar naquele prédio. Merece estar dentro daquele prédio. Está ali desde o início da noite, esperando o Sol se pôr e a rua ficar tranquila.

– Caramba, não precisa ser tão grosso. – O homem na rua está de pé, esfregando o traseiro de dor, olhando feio para o segurança, que não se digna a se virar, muito menos a responder. Mesmo no escuro, o Mancha consegue ver a expressão de dor do homem ferido. – Idiotas – repete o homem para si mesmo antes de ir embora, mancando um pouco. O Mancha não quer acabar nessa situação. Ele tem que ir com tudo. Está ali, sentado num banco do outro lado da rua da cafeteria na Baixa Manhattan, há cerca de uma hora. Para seu desgosto, a maioria entrou *sem problemas*.

*Tive que passar pelo lugar quatro vezes antes mesmo de me sentir seguro sentado do outro lado da rua e, agora, um cara como o maldito Metaloide simplesmente entra! O Metaloide?! Esse cara não fez nada no ano passado, exceto ser espancado por um insetinho que usa um macacão vermelho e azul.*

O sangue do Mancha está fervendo e ele precisa respirar fundo para se acalmar. Consegue sentir o vácuo profundo no peito oscilar sob a camisa, e precisa se controlar. *Metaloide!*, pensa mais uma vez, franzindo fundo a testa. Mas isso faz com que ele se decida, e o Mancha se levanta, atravessando a avenida com propósito e parando em frente à porta gasta e comum. Não há sinal nem indicação de que o lugar seja significativo. Até mesmo o toldo sujo acima da porta está completamente livre de qualquer palavra, mas o Mancha reconhece um centro de energia quando o vê. Ele está ansioso para subir de nível, e dizem que o Café Sem Nome é onde isso pode acontecer.

A maçaneta é fosca e preta e a tinta da porta está descascando ao redor dela, mas o Mancha a segura com força e a vira, empurrando a porta com um estrondo. As luzes da rua lá fora entram, e o Mancha tem uma breve chance de ver formas escuras se encolhendo e se virando às mesas antes que a forma enorme do segurança se interponha entre ele e o interior do estabelecimento. O Mancha olha para cima... e para cima... e para cima, para o homem à sua frente. Um homem branco com cabelo castanho-escuro, que poderia ter entre vinte e cinco e cinquenta e cinco anos e uns cento e trinta quilos de músculos sólidos, o encara com desprezo.

– O que diabos pensa que tá tentando fazer aqui, colega? Isso aqui não é uma cafeteria; ela fica a dois quarteirões daqui. – Ele cruza os braços e continua encarando o Mancha com desprezo. Algo no peito do Mancha se agita... e não é o seu Mundo Mancha chamando. É uma fúria sombria que irradia de dentro dele.

– Como assim o que estou fazendo aqui? Sou um supervilão – responde o Mancha, com certo orgulho. – Roubei uns quatro mil dólares, fácil, nos últimos três dias.

As sobrancelhas do homem monstro se erguem em falsa surpresa.

– Ah, ouviram isso, pessoal? – grita ele para a escuridão do estabelecimento. – Esse cara aqui diz que roubou quatro mil. Quatro mil inteiros – repete ele, zombando do Mancha. Atrás dele, o Mancha pode ouvir as risadas zombeteiras dos clientes escondidos. Então o segurança se inclina para frente e diz em tom ameaçador: – Você não está pronto para isso, *cara,* então cai fora daqui.

– Tenho o direito de estar no CSN! – grita o Mancha. – Eu sou tão mau quanto qualquer um de vocês, idiotas!

– Ninguém o chama assim. Dê o fora – diz o segurança, e o Mancha odeia ouvir o desprezo escorrendo de sua voz. Isso faz seu interior congelar e ele sente vontade de gritar. Em vez disso, dá um passo para trás saindo da porta.

– Tudo bem – cospe. – Eu vou embora. Mas você vai se arrepender.

Com isso, o Mancha se vira e fica orgulhoso de não se sobressaltar ao som da porta batendo atrás de si. Ele se afasta e crava as unhas na palma das mãos, tentando se controlar. *Como ousam? Eles não sabem com quem estão mexendo.* Ele sobe o quarteirão, quando uma estranha calma toma conta de seu rosto e ele se vira de repente à direita num beco vazio. Caminhando entre os escombros e o lixo, encontra um espaço afastado da rua movimentada. Concentrado, deixa o buraco negro no peito se dividir em pequenos pontos, e está de volta à sua nova forma. Ele puxa uma mancha para cima na parede à sua frente e sorri com um sorriso cheio de ódio. *Vou mostrar para eles,* pensa e salta no buraco. Calculou bem onde precisa pousar para obter o impacto máximo, então, quando chega ao seu Mundo Mancha, faz uma rápida pausa para observar todos os buracos negros espalhados pelo branco ao seu redor. Depois, ele encontra a mancha certa e passa por ela.

E cai direto em cima do segurança que entrou na sala depois da porta da frente.

– QUE DIABOS?! – grita o segurança, puxando o Mancha e o tirando de suas costas.

– AH!!! – berra o Mancha.

Mas nem tem a chance de ver qualquer coisa além de um enorme punho branco vindo bem em sua direção. E, depois, perde a consciência.

John está encarando seu laptop em estado de choque.

– Eu resolvi. Eu *resolvi*! – Ele vira a cabeça e encontra a sala vazia de seus colegas. Resta apenas Val, uma jovem nepalesa que faz parte da mesma equipe de pesquisa. – Val, eu *resolvi* – declara ele de novo.

Ela balança a cabeça, distraída.

– Que ótimo, John. – Mas não pergunta nada para ele. Ela não parece interessada em ver sua genialidade.

John franze a testa para ela.

– Não quer saber o que eu resolvi? – ele pergunta.

Val finalmente olha para ele. Ela fecha o caderno e se levanta, se aproximando para olhar a tela por cima do ombro de John.

– O que você resolveu?

– Viagem interdimensional – responde ele, com mais do que apenas uma pitada de presunção. – Acho que, usando essa equação – ele aponta para a tela –, posso dar às pessoas a capacidade de usar a própria energia, os impulsos elétricos dos próprios corpos, para se moverem pelo espaço quase de imediato.

Mas Val não parece tão impressionada quanto ele esperava.

– Você não pode usar isso para o subsídio, John. Eles precisam de algo nosso que possam usar em seis meses... não... em décadas. Isso levaria décadas de testes.

John zomba.

– Você acha que eu não consigo fazer isso.

– Acho que você não consegue fazer isso de forma *ética* – corrige Val.

– O que *quer* dizer com *isso*? – pergunta John, sua voz com um tom perigoso.

Val se afasta dele.

– Nada, John. Deixa pra lá – responde ela e volta para a mesa.

O silêncio no laboratório é constrangedor, interrompido apenas pelos sons suaves de Val arrumando suas coisas. John está furioso. Ele sabe o que os outros dizem sobre ele, como zombam dele – que ele corta caminho, que não segue as regras –, mas não pensam em como, ao longo da história da ciência, as pessoas quebraram regras como um caminho para a grandeza. Esse é o caminho que John deveria seguir. Em vez disso, ele é sufocado a cada passo por "regras" e "regulamentos". Isso o deixa enfurecido. Ele volta a encarar a tela do laptop. Está com tudo escrito, preto no branco, um caminho para o teletransporte. Ele decide fazer funcionar... mesmo que tenha de testar em si mesmo. Ele provará que estão errados, provará a todos que tem uma mente digna de respeito. Digna de adulação.

John vai se lembrar deste momento. Ele vai pensar nele quando estiver na dimensão Mancha pela primeira vez e observar o potencial ao seu redor, e vai rir. A raiva vem mais tarde – depois de ter sido expulso da universidade, depois de perder o financiamento. É nesse momento que ele promete fazer o que for preciso para receber o que lhe é devido.

Quando o Mancha acorda, ele está caído na calçada. Ele balança a cabeça, afastando as lembranças de sua antiga vida. Seu corpo está doendo e ele geme. Abre um olho e observa com os olhos turvos os sapatos do segurança, enquanto ele se afasta. O Mancha pode ouvir o ruído suave do segurança tirando a poeira das mãos.

— Não sei o que é essa fantasia bizarra e nem ligo. Se quisesse entrar escondido, devia pelo menos ter trocado de casaco. Volte quando for um verdadeiro criminoso, esquisitão — diz o homem sem se virar, e então entra no CSN e fecha a porta com força.

— Você vai se arrepender — resmunga o Mancha, mas sabe que ninguém o ouve. Ele rola de costas e respira fundo. O céu está escuro acima, mas as luzes da cidade ofuscam qualquer estrela, exceto alguns pontos fracos. Por um segundo, o Mancha se pergunta se seria capaz de percorrer todo o caminho até o espaço se quisesse. Ele ri, mas não há humor no som falho. Deixa cair devagar uma mancha próxima a si no chão e rola para dentro dela, se movendo pelo Mundo Mancha e voltando para seu apartamento com um *baque suave.* Ele solta um suspiro e se move para se sentar, mas logo sibila de dor quando tenta. Sua cabeça está *doendo.*

Há um movimento à sua direita e ele percebe que caiu na frente do espelho. Não há prova da altercação na pele manchada de branco e preto, mas curioso, ele puxa as manchas para dentro e fica mal ao ver um hematoma preto profundo se formando ao redor do olho direito de seu velho rosto. Ele solta um grito alto de frustração e bate o punho no chão. Então libera o aperto no peito e volta a ser o Mancha.

– Todos vão se arrepender – declara ele, mordaz. – Vão desejar ter me demonstrado algum respeito hoje. – Era como o laboratório de novo, subestimação e rápido desprezo. O Mancha já teve o suficiente para uma vida toda, esta é a sua chance de mudar de vida, de ser alguém, e não está planejando desperdiçá-la.

Por alguns minutos, o único som em seu apartamento é a sua própria respiração pesada. Mas então algo chama sua atenção. Ele vira a cabeça, seguindo o som. É um leve zumbido. O Mancha pega o próprio celular, mas está em silêncio. O zumbido continua.

Levantando, ele olha ao redor da sala. Na mesa há um brilho abafado. Ele caminha até lá e encontra o celular que tirou do rapaz alguns dias antes. Há um momento de surpresa ao ver que ainda tem bateria e, estranhamente, não há nenhum número, apenas uma palavra piscando no topo da tela: RESPONDA RESPONDA RESPONDA RESPONDA.

Incapaz de conter a mesma curiosidade que levou seu corpo até onde está agora, o Mancha pega o celular e desliza o dedo pela tela.

– Alô? – diz.

Um coro agudo de vozes passa pelo alto-falante fraco e chega ao seu ouvido.

– Sabemos como obter o respeito deles.

# CAPÍTULO SEIS

Peter está do lado de fora de um prédio de arenito no Upper East Side. O grupo OSMAKER deles concordou em se encontrar na casa de Randy esta semana, já que os Robertson terão um jantar à noite e Randy está com medo de se atrasar.

Peter toca a campainha uma vez e começa a rezar para que o sr. Robertson não abra a porta.

– Por favor, que seja o Randy, por favor, que seja o Randy, por favor, que seja o Randy, por favor, que seja o Randy – repete para si mesmo sem parar. Ele ouve a trava lá dentro ceder e cruza os dedos dentro dos bolsos. Ainda não está pronto para encontrar o sr. Robertson, não logo depois de ter sido demitido sem cerimônia pelo J. Jonah Jameson no elevador um dia antes. A porta à frente se abre, revelando um Randy sorridente, e Peter solta um suspiro de alívio.

– E aí, cara! Você é o primeiro a chegar – cumprimenta Randy, dando um passo para o lado para deixar Peter entrar. O hall de entrada é aconchegante e limpo. Peter vê uma tábua elevada ao lado com sapatos, então tira os próprios, enquanto Randy aponta para uma série de ganchos na parede. – Pode pendurar o casaco e outras coisas ali em cima. Meu quarto fica no segundo andar.

– Legal – responde Peter, tirando suas camadas de agasalhos e os pendurando. Ele enfia as luvas e a touca no bolso da parca e por fim passa a mão pelo cabelo quando termina, para deixá-lo com alguma aparência de penteado normal. Quando enfim se vira para o interior da casa, Randy está ao final do saguão de entrada, esperando por ele ao pé da escada, sorrindo. Peter passa pela sala e pela cozinha para se juntar a ele. – Seus pais estão em casa? – pergunta, enquanto eles sobem o lance de escadas, esperando que seu nervosismo não transpareça.

– Estão – responde Randy, alguns passos à frente. – Mas meu pai está ocupado no escritório, trabalhando numa matéria de última hora que alguém acabou de entregar para o Chefão. E acho que a minha mãe está ajudando a minha irmã com o dever de casa. – Ele dá de ombros quando chegam ao último degrau. Eles contornam uma porta fechada à direita e outra à esquerda antes de chegar à porta aberta do quarto de Randy. – Entra – convida Randy. – Deixa a mochila aí. – Peter pega a mochila e a joga no chão do quarto, depois se senta à mesa. Randy cai de costas na cama.

No bolso de trás, o celular de Peter vibra. Ele o pega e vê uma mensagem de MJ.

> **FOI MAL! EU E A MAIA ESTAMOS A CAMINHO VAMOS CHEGAR AÍ LOGO!**

– Acho que a MJ e a Maia estão atrasadas – comenta Peter depois de ler, e da cama, Randy ri.

– Por mim tudo bem. A gente pode esperar para começar.

Ele pega o controle remoto da mesa de cabeceira e liga a televisão montada na parede na ponta da cama.

– Você já jogou o novo *Promessa do Executor*? É ambientado na Grécia Antiga e é *suuuuper* sangrento. – Randy puxou os dois controles e está entregando um para Peter. Sorrindo, ele aceita.

– Não! Mas estava com vontade. Dá para jogar de dois?

– Com certeza – responde Randy, apertando um botão no controle para ligar o videogame. Peter se perde no jogo por alguns minutos, acompanhando o personagem de Randy através de uma série de batalhas e quebra-cabeças. Estão prestes a entrar na caverna do Minotauro quando Peter ouve a voz da mãe de Randy no corredor.

– Por ali, meninas.

– Pois é, a minha mãe ainda está tentando descobrir quem no Canadá é dono daquele maldito URL – Maia está dizendo enquanto elas passam pela porta de Randy. Um URL *canadense?*, Peter pensa. *O que a MJ e a Maia estão fazendo?* MJ entra no quarto atrás de Maia, e Peter larga o controle e se levanta, mas no mesmo instante volta a se sentar. *Não posso abraçar a MJ na frente de todo mundo.* Seu rosto fica vermelho e ele sorri e acena sem jeito.

Peter está olhando para ela como se não soubesse como agir, e MJ tenta não rir do desconforto dele. Eles ainda estão se acostumando com toda essa coisa de casal, mas às vezes é engraçado. Como agora, ela deduziu que ele se levantou para dar um abraço nela e depois percebeu que ele não queria fazer isso com Randy e Maia por perto e possivelmente ser caçoado. *Mas eu não teria me importado*, pensa.

– Oi, Peter – cumprimenta ela, lhe lançando um sorriso suave para que ele saiba.

– Oi, Peter – diz Maia em voz mais alta, largando a bolsa no chão e pulando na cama de Randy ao lado dele.

– Que história é essa de URL canadense? – questiona Peter enquanto se levanta da cadeira. – Aqui, MJ, pode sentar. Eu fico no chão. – Ela começa a protestar e ele a impede. – Está tudo bem. Preciso me mexer de qualquer maneira. – Ele sorri, agachando numa pose familiar antes de se sentar no tapete.

Então ela entende a primeira pergunta dele. *Ah, não, não acredito que esqueci de contar para o Peter sobre aquela empresa estranha que encontramos.* Ela e Maia trocam olhares, e ela sabe que é coisa demais para explicar agora se quiserem terminar o trabalho do OSMAKER antes que Randy tenha que sair para jantar.

– Conto para você mais tarde. Esqueci totalmente – responde ela, e o rosto de Peter fica um pouquinho desanimado. Mas ele se anima tão depressa que ela nem tem certeza se viu.

– Vou lembrar você – promete ele, e parece que vai dizer mais alguma coisa, quando Maia bate palmas.

– Vamos começar? – pergunta, quando todos se voltam para ela.

– Nossa, Maia, bancou bem uma professora – comenta Randy, esfregando as orelhas. – Essas palmas foram *altas*.

– Eu tenho tipo uns cem primos, cara. A gente tem que falar alto na minha família. – Maia ri.

Peter puxou sua mochila para perto e está a vasculhando. Ele pega um caderno e o abre para encontrar uma série de papéis enfiados no final.

– Desculpa – diz ele, entregando a cada um deles algumas folhas. – Está um pouco amassado, mas eu estava com pressa…

— Você está *sempre* com pressa, Pete — brinca Randy. — Está tudo bem. Ainda dá para ler.

MJ olha para os papéis em sua mão e vê que são impressões de modelos de aplicativos e formulários de inscrição que Peter criou para seu portal ativista.

— Peter, estão *ótimos* — declara ela com sinceridade. As bochechas dele se erguem em um sorriso e ele esfrega a nuca em um gesto agora familiar.

— Estão mesmo. Adoro esse que é o formulário para se conectar com outros ativistas. Talvez a gente tenha que checar a linguagem, mas tudo parece muito bom, só dando uma olhada rápida — acrescenta Maia, batendo os calcanhares na beirada da cama de Randy. Suas meias de lã brilhante deixam pequenos fios azuis na colcha branca. Ela faz uma careta e se inclina para frente para tirá-los. Randy olha para ela que parecia dizer: *O que está fazendo? Não se preocupa com isso,* e MJ ri um pouco.

— Valeu — responde Peter, olhando para o caderno em mãos. Ele perdeu toda a troca. — Dei uma olhada em alguns dos sites que vocês mencionaram da última vez, daqueles grupos que vocês foram ver. Só selecionei as ideias daí e uni tudo, para ser honesto.

— Considerando que esse é o objetivo do aplicativo, reunir tudo num só lugar e ajudar pessoas de diversas áreas, faz sentido, cara. — Randy assente com a cabeça, lendo as folhas. Então ele se inclina e encontra a própria pasta no chão ao lado da cama, trazendo-a com ele ao se acomodar de novo com as pernas esticadas à frente. — Tudo bem, o que eu fiz...

Eles trabalham por mais ou menos uma hora antes que a mãe de Randy chame de alguma outra parte da casa.

— Randy! Espero que estejam terminando. Vamos ter que sair daqui uns vinte minutos!

— TÁ BEM, MÃE! — grita Randy em resposta, e todos os outros tapam os ouvidos.

— Cara, e você *disse que eu* faço barulho? — comenta Maia, fazendo uma careta e se movendo para sair da cama.

Randy a segue, e Peter já está colocando suas coisas de volta na mochila.

— Não tenho ideia do que está falando. – Randy ri. – Ah, Peter, antes de ir embora, quer passar lá no *Clarim* comigo na próxima semana? A gente pode pegar o trem depois da escola.

MJ está arrumando suas coisas e não ouve a resposta de Peter, mas é estranho porque ele está perto. Ela se vira para olhar para ele e percebe que ele está murmurando algo de propósito para dentro da mochila. Pelo visto, Randy também não ouviu.

— O que você disse?

Peter ergue os olhos e, antes de responder, solta um suspiro profundo.

— Eu disse que fui demitido.

*O quê?!* MJ não tem ideia do que ele está falando e fica atordoada. Randy e Maia parecem tão chocados quanto ela; Maia tinha parado de arrumar suas coisas e Randy está claramente sem palavras. MJ abre a boca para perguntar a Peter o que aconteceu, quando uma voz profunda invade o quarto de Randy.

— Demitido? – O pai de Randy, o sr. Robertson, devia estar passando quando Peter respondeu, e ele entrou no quarto com as mãos nos quadris. – O que você quer dizer com "demitido"?

O sr. Robertson abre a porta de seu escritório e acena para Peter entrar.

– Vamos, sente-se, Peter – diz ele, apontando para uma das poltronas amarelas brilhantes no canto. Há um par idêntico à sua direita, com uma pequena mesa de madeira entre eles. Peter solta um suspiro pesado e entra, ocupando o lugar oferecido. *Isso é tão constrangedor!* O sr. Robertson se acomoda na outra poltrona e se inclina para frente, apoiando os cotovelos nos joelhos. Os óculos dele deslizaram até a ponta do nariz de novo, e Peter se lembra da primeira vez que conversaram meses atrás, quando ele foi entrevistado para a vaga de estágio. O joelho de Peter está balançando em um ritmo muito acelerado, e ele estende uma das mãos sobre o joelho, desejando que pare, mas seus nervos não estão ouvindo hoje. O sr. Robertson lhe lança um olhar demorado antes de se recostar na cadeira.

– Quer me contar o que aconteceu? – pergunta ele por fim.

Neste momento, Peter olha para o chão, torce os dedos e conta ao sr. Robertson toda a história sem erguer os olhos uma única vez. Quando termina, ele ouve um som estranho vindo da direção do sr. Robertson, ergue os olhos e os arregala. O pai de Randy está… tentando não rir? Ele está com um dos punhos fechado na boca e seus olhos estão cintilando. *Mas que raios?* Peter franze as sobrancelhas e seu orgulho protesta contra a reação do sr. Robertson. O sr. Robertson deve ter notado isso no rosto dele, porque logo fica sóbrio e tira a mão da boca.

– Sinto muito, garoto. Não quero rir, mas… – Ele faz uma pausa, como se estivesse tentando avaliar suas opções sobre o que dizer a Peter.

– Mas? – incentiva Peter.

– Peter, você acabou de passar por um rito de passagem – explica o sr. Robertson, enfim decidindo uma resposta. – Infelizmente, esse é um padrão do J. Jonah Jameson.

Peter fica chocado.

– Senhor, com todo o respeito, isto é… – Ele hesita, não querendo ser insubordinado demais.

– Totalmente errado? – o sr. Robertson pergunta, com um olhar astuto no rosto. – Gostaria de poder dar uma explicação melhor, mas às vezes não há nenhuma. Jonah é… bem, o Jonah é o Jonah, e prometo que você com certeza não está demitido. Para o seu governo – afirma ele, com o riso de volta na voz –, se você não tivesse aparecido para o seu próximo turno, Jonah teria demitido você de novo… e, depois, teria ficado bravo quando você não aparecesse. Garoto, o Jonah já demitiu todo mundo naquele prédio mais vezes do que posso contar, e não tenho certeza se ele *já* demitiu alguém de verdade. Não tem coragem, sejamos honestos.

Peter torce o nariz e franze a testa.

– Odeio muito isso, sr. Robertson – admite. – Parece até que uma pessoa pode se comportar mal só porque está no comando.

– Você é um garoto muito atento, não é, Peter? – o sr. Robertson pergunta em resposta, *e* sem de fato responder ao comentário de Peter, o garoto não deixa de notar.

Peter dá de ombros.

– Não sei não, senhor.

– Pode me chamar de Robbie, Peter – sugere o sr. Robertson.

– Eu vou… tentar, senhor. – Peter sorri, mas está trêmulo. Ele teve vinte e quatro horas estressantes. – Agradeço por ter me dito que não estou demitido. Mas… posso perguntar por que o sr. Jameson fica *tão* furioso por causa do Homem-Aranha? Tipo, não me interprete mal! – pede ele, erguendo as mãos, com as palmas viradas. – Estou muito feliz que as minhas legendas não estejam mais sendo editadas, mas… ele me *demitiu* só por perguntar sobre isso.

O sr. Robertson suspira, e a respiração pesada quebra o silêncio da sala.

– Não posso contar a história toda, Peter, porque não cabe a mim contar. Certa vez, o Jonah perdeu alguém muito próximo, e acho que ele está só chateado, ou talvez até magoado, por não ter tido o Homem-Aranha para salvar essa pessoa.

O coração de Peter despenca até seu estômago e ele tem que se conter para não se encolher. Isso é algo que entende muito bem. Ele sabe que ninguém deveria passar por uma perda só porque não havia um super-herói por perto onde precisava haver. Ele pensa na própria família. Ele pensa no dr. Shah, que perdeu a esposa e a filha.

– Ah... – diz ele, baixinho.

O sr. Robertson assente.

– Não é justo, não é isso que quero dizer, mas o sofrimento faz coisas esquisitas com as pessoas.

– Entendo – responde Peter, sem de fato pensar, olhando para o nada no escritório do sr. Robertson. Ele não quer ver o rosto do sr. Robertson mudar para pena e fica grato quando ergue o olhar de novo e descobre que a expressão do outro homem é cuidadosamente neutra.

– Randy me contou o que aconteceu com a sua família, Peter, e vou apenas dizer que sinto muito pela sua perda, e podemos parar por aqui.

– Eu agradeço, senhor – responde Peter, se movendo para se levantar. – Mas acho que a sua esposa vai me matar se fizer o senhor se atrasar para o jantar – brinca ele debilmente. O sr. Robertson faz o favor de rir, e o ânimo de Peter melhora um pouco.

– Você não está errado, garoto, nem um pouco errado. – O sr. Robertson coloca as mãos nos joelhos e se levanta da poltrona, gesticulando para que Peter o siga enquanto eles saem do cômodo. – Venha, vamos ver se consigo colocar alguns dos brownies da Martha na sua mochila antes de você ir.

# CAPÍTULO SETE

Haviam se passado alguns dias desde a última reunião do OSMAKER, e MJ está sentada no centro de mídia da escola em seu período livre, trabalhando em sua parte do projeto. Ela escreve no caderno e encara a página. Trabalhar no projeto não é tão emocionante sozinha. Ela não está *mesmo* chateada por isso, e o resto de sua equipe tem boas desculpas. Randy está num jogo de basquete fora da cidade, Maia ficará na casa da avó por alguns dias e Peter está ajudando o anuário com algumas fotos do clube. E... o dr. Shah está ausente de novo. Faz só algumas semanas que as aulas voltaram e já é a terceira vez que o professor não vai à escola.

*Espero que esteja tudo bem...*

Ela olha para o pedaço de papel em branco novamente. Deveria estar organizando as ideias deles em uma página de boas- -vindas coerente, mas não consegue evitar se distrair. Ela e Peter ainda não tiveram tempo de conversar sobre o que aconteceu no trabalho dele. Quando ela perguntou sobre isso, ele sorriu e disse: "Acontece que não fui demitido! Foi tudo um mal-entendido".

E depois ele saiu em patrulha, e ela teve que estudar para uma prova de cálculo, portanto, eles não puderam nem falar ao *telefone*. *E ainda nem me levou para patrulhar com ele também! Deve estar adiando porque acha que é perigoso demais,* reclama. Há também a estranha mensagem sobre o assalto a banco de antes que a está incomodando. E Peter não perguntou sobre o projeto dela com a Maia… embora ela saiba que não pode ficar chateada com isso. Patrulhar ou falar sobre o projeto de horta? Não tem comparação. Além disso, MJ e Maia não fizeram nenhum progresso em descobrir sobre a misteriosa empresa por trás da KRT Tecnologia, e isso a está deixando maluca. Por fim, ela fecha o caderno com um bufo e se levanta para ir até um dos computadores. Fazendo login e abrindo o e-mail, ela clica em escrever.

**ASSUNTO: Resposta de lote vazio?**
**Olá, vereador Grant,**

**Estou enviando este e-mail para verificar uma resposta sobre a consulta que fiz na semana passada por recomendação do vereador Torres. Sou estagiária no escritório dele. E gostaria de saber se há alguma forma de minha amiga e eu podermos começar uma horta comunitária em um terreno baldio se não conseguimos descobrir como entrar em contato com a empresa que é dona do terreno?**

**Muito obrigada pela ajuda.**
**Mary Jane Watson**

Assim que ela clica em enviar, o alto-falante da biblioteca ganha vida e MJ fica surpresa ao ouvir o *próprio* nome sair dele.

– Atenção, estudantes. Mary Jane Watson poderia, por favor, se apresentar à sala da diretoria? – A voz do secretário da escola é alta e crepitante no espaço vazio, e MJ estremece. As poucas cabeças que estão na biblioteca giram em sua direção, e ela fica de pé com os ombros encolhidos, levantando a mochila para o ombro em um único movimento antes de ir para a porta. Ela tenta se lembrar se há algo que pode ter feito para explicar uma convocação à diretoria, mas nada lhe vem à mente agora. Pelo menos não no novo semestre. Ela faz uma longa caminhada até o escritório principal, passando pelos armários e portas fechadas das salas de aula. Ainda é cedo no primeiro período de aulas, então os corredores estão vazios e ela está grata por isso. MJ finalmente chega ao escritório e entra, e o secretário a conduz ao escritório do diretor Pettit.

– Ele está esperando por você – diz ele, apontando para a porta.

O homem em pessoa está sentado atrás de uma velha mesa de madeira e olhando para algo em seu celular. Sua careca é branca e brilhante sob as luzes fluorescentes, e MJ tem uma vontade histérica de rir por um momento, mas mantém a expressão suave e agradável.

– Pediu para me ver, sr. Pettit?

Ele levanta os olhos da mesa e se assusta, como se não a tivesse ouvido entrar.

– Ah, srta. Watson, sim. Desculpe tirá-la da aula, mas preciso discutir algo com você. – Ele abre uma gaveta da mesa e coloca o celular nela. – Por favor – diz ele depois de fechar a gaveta –, sente-se.

MJ se senta em uma das duas cadeiras em frente à mesa e coloca a mochila no colo, abraçando-a junto ao peito. *O que está acontecendo?*, ela se pergunta. *O que será que eu fiz?*

– Sabe por que está aqui? – pergunta o diretor Pettit, empregando o truque mais antigo de todos. MJ sabe que essa é a maneira mais rápida de se incriminar, então apenas balança a cabeça em negativa. *Além do mais, não sei mesmo!* O diretor Pettit cruza as mãos e as apoia sobre a mesa, se inclinando para encará-la. MJ acha que ele pode estar tentando parecer simpático. – Recebemos algumas reclamações do gabinete do vereador Grant.

– *O quê?* – MJ não consegue evitar; a pergunta explode dentro dela, e ela se inclina para trás com a força.

Ele balança a cabeça, franzindo a testa, mas pensativo do mesmo jeito.

– Eles disseram que você está assediando o vereador.

– Eu… – MJ está pasma. – Senhor Pettit, enviei dois e-mails perguntando se Maia e eu poderíamos começar uma horta comunitária. Eu… peço desculpas? – diz ela, mas sem saber por que está se desculpando.

– Está tudo bem – responde o diretor, e MJ pode sentir o rosto começar a esquentar. Mas não com vergonha. MJ está *brava*. – Mas precisará parar de fazer isso. Sei que você tem conversado com a srta. Nguyen sobre começar um novo clube, qual o nome mesmo? Trabalho em Conjunto? Não vamos poder aprová-lo se continuarmos recebendo reclamações sobre assédio. Não seria bom colocar a escola em encrenca com os políticos locais. Eles podem causar *muitos* problemas para nós. Vale a pena para ter uma pequena horta?

MJ está atordoada demais para falar. *Eu não consigo acreditar que ele está falando comigo assim. Como se o que estamos tentando fazer não importasse!*

– Na verdade – ele vira a cadeira e olha pela janela para o pátio atrás da escola –, e se dermos para vocês duas um terreno aqui, na escola, em vez disso?

– Senhor – responde MJ, tentando manter a voz firme –, não estamos nem perto do Queens… como uma horta comunitária na escola ajudaria os residentes *da minha comunidade?*

O diretor Pettit lança um olhar avaliador para ela antes de lhe dar as costas.

– Sinto muito, srta. Watson, gostaria que pudéssemos fazer mais. Mas eu realmente tenho que pedir para você não entrar em contato com o gabinete do vereador sobre isso de novo.

MJ suspira. Sabe que isso não vai a lugar nenhum se tentar discutir agora. Ela precisa de um plano.

– Sim, senhor – responde, desanimada.

O diretor passa mais alguns minutos com ela, mas MJ mal ouve o que ele diz, até que ele informa que ela está livre para ir. Assim que ela está no corredor, pega o celular e manda uma mensagem para Peter e depois para Maia contando o que aconteceu. Ela se encosta na parede do lado de fora do escritório principal e coloca a cabeça para trás, olhando para o teto sem de fato focá-lo. Ela ainda não está pronta para voltar para a biblioteca.

*Não acredito que me ameaçaram só por ter enviado alguns e-mails!!! Só pode ter alguma coisa acontecendo…*

*Estamos ficando mais fortes.*
*Estamos.*
*E podemos sentir nossa casa.*
*Está perto.*
*Mais perto que o espaço.*
*Mais perto do que estava.*
*Ele pode nos ajudar. O homem com as manchas.*
*Ele pode encontrar.*

*Podemos sentir e ele pode encontrá-la.*
*Ele pode nos levar até lá.*
*O outro... o outro... o outro vai deter a aranha.*

O Aranha se balança subindo a Terceira Avenida. Ele está bem longe no centro da cidade e, se puder, quer chegar mais perto de um metrô que o levará para casa mais rápido do que tentar atravessar uma ponte nesse tempo gelado. Foi uma noite bastante tranquila no que diz respeito aos crimes na cidade: ele impediu dois caras de assediarem pessoas nas ruas, ajudou um senhor a carregar as compras até em casa e impediu um assalto numa mercearia de esquina. Tudo trabalho bem leve, verdade seja dita. Estaria de ótimo humor se não estivesse tão preocupado com o que aconteceu com MJ. Ele coloca um braço adiante para lançar uma nova teia e a agarra com as duas mãos, esticando os pés para a frente e deixando o impulso levá-lo para cima e para frente em uma cambalhota antes de lançar *outra*. Ele avista uma pizzaria de que gosta na esquina e sorri sob a máscara: Já está na 52nd Street! Ele volta a ficar pensativo, considerando o que MJ lhe contou.

*Como um político adulto de verdade pode ir atrás de uma garota assim?*

Quando ela mandou a mensagem, ele estava tirando uma foto do clube de francês. Um dos membros achou que seria hilário comprar quase três quilos de queijo Brie e colocá-lo no meio do grupo. Estava com um cheiro horrível, como se tivesse ficado no armário da garota a semana toda. *Na verdade, deve ter ficado no armário de Marissa a semana toda*, pensa o Aranha. *Que nojo.*

Assim que leu a mensagem de MJ, ele fingiu que precisava ir ao banheiro e saiu de lá. Ainda está um pouco envergonhado por ter que fazer mímica para dizer: "Dor de barriga, preciso ir" para o editor do anuário, mas está disposto a fazer muitas coisas por Mary Jane.

Ele a encontrou sentada no chão do lado de fora do centro de mídia, mandando mensagens para Maia sem parar. Quando ele se aproximou, percebeu que Maia estava respondendo com mensagens em caixa alta e ficou satisfeito em saber que pelo menos MJ tinha mais do que só ele do seu lado. Ela olhou para cima quando o notou; suas bochechas estavam coradas e havia uma ruga profunda bem entre as sobrancelhas, de tão juntas que estavam.

— Dá para *acreditar* no que ele me disse? — sussurrou ela com uma voz acalorada quando ele se encostou na parede e deslizou para se sentar ao lado dela.

— Sinto muito, MJ. É uma *palhaçada*. O que posso fazer para ajudar? — perguntou ele, pegando a mão livre dela.

MJ balançou a cabeça.

— Não, isso é problema *meu*... e da Maia — acrescentou ela, enquanto olhava para o celular, que havia acendido de novo, antes de encontrar os olhos de Peter mais uma vez. — Mas agradeço. Eu e a Maia vamos a uma audiência pública que o Grant marcou — contou ela e apertou a mão dele.

— Bem... — Ele deu uma rápida olhada ao redor para se certificar de que estavam sozinhos e então se inclinou e sussurrou: — Se precisa de você-sabe-quem para intimidar alguém... — Ele flexionou um braço e sorriu feito bobo. Teve o efeito desejado, e MJ começou a rir baixinho e abafado.

Eles ficaram sentados juntos no chão o resto do período, e a sorte estava do lado dele, ou talvez ele tenha tido um pouco da sorte habitual de MJ, porque eles nem foram pegos.

Agora, enquanto o Aranha voa pelo ar, ainda está pensando no que fará *caso precise mesmo* se envolver. *Na verdade, não posso usar o uniforme para intimidar um político, mas posso estar lá pela MJ quando ela precisar de mim como* eu mesmo. *Ela mencionou a audiência...* Ele está perto da 70th Street agora e para, subindo e pousando de leve no parapeito de um arranha-céu, entre dois andares. Ele se senta, agachado na ponta dos pés, e pega o celular para digitar uma mensagem rápida para MJ.

> **OI, AVISA QUANDO PRECISAR DE MIM E VOU ESTAR LÁ. QUE HORAS COMEÇA A COISA NA PREFEITURA? ESTOU COM VC, MESMO QUE VC NÃO PRECISE, PQ VC É INCRÍVEL <3**

Sorrindo sob a máscara, ele clica em enviar e depois pressiona o botão lateral para apagar a tela. Ao colocá-lo dentro do uniforme, ele vê a tela acender novamente e faz uma pausa para ver o que ela escreveu. Mas não é MJ; é uma notificação de uma mensagem de alguma conta chamada OCodigoAranha0285. As lentes do Aranha se estreitam enquanto ele encara a tela. *O que raios é um Código Aranha?* Ele desliza a tela do celular de novo e abre o aplicativo para ler a mensagem.

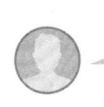

> **Ei, Aranha. Não posso dizer quem sou, mas criei este código para te ajudar. Ele diz onde crimes estão acontecendo na cidade de uma forma mais... coesa.**

OCODIGOARANHA0285

O Homem-Aranha continua lendo a mensagem, balançando a cabeça. *Isso parece ridículo.*

> **Sei que você não deve estar acreditando em mim, mesmo que tenha sido eu que enviou a dica sobre o banco. Eu já deveria saber que horas ia acontecer. Mas melhorei o código. Vai acontecer um assalto no Centro de Ciências da ESU nos próximos 20 minutos. Pode acreditar e vá até lá para poder impedir.**

OCODIGOARANHA0285

Esse é o fim da mensagem. O Homem-Aranha clica e, como da última vez, não há foto nem outras informações no perfil. Ele fica de pé e anda de um lado para o outro no parapeito estreito algumas vezes. *Devo ir?* Então ele se lembra do que o sr. Robertson contou sobre o Jameson: ele tinha perdido alguém porque não havia ninguém para ajudá-lo. *Posso correr o risco que algo assim aconteça de novo?* Decisão tomada, ele se lança do parapeito de volta às ruas, as teias voam, a caminho da Empire State University.

Ele leva vinte minutos de preocupação para chegar lá e, quando alcança o local, seus dedos estão dormentes de frio, mas assim que pousa em frente ao prédio de ciências, sabe que tomou a decisão certa. Mesmo que os alarmes já não estivessem tocando, há um zumbido constante na base do seu crânio. Ele observa a janela rachada no segundo andar e os sons de algo se quebrando. Depois, de repente, o Aranha agarra a própria cabeça e se inclina para frente – seu senti-do-aranha está sobrecarregado! Há algo vindo.

# CAPÍTULO OITO

O Homem-Aranha se agacha e salta alto no momento em que uma figura enorme avança em sua direção, errando-o por apenas alguns centímetros. O Aranha pousa na calçada, agachado no chão e com a mão estendida, pronto para lançar uma teia em quem quer que tenha vindo atrás dele. Suas lentes se ampliam, enquanto seu cérebro tenta compreender o que ele está vendo. É um homem com algum tipo de aparelho com pernas enormes e cauda, e o que parece ser um boné de esqui escuro com grandes e altas orelhas de animal na cabeça. O metal das pernas, da cauda e do peito brilha em azul-dourado nas luzes do campus. Há fios dourados saindo de uma mochila nas costas que parecem estar alimentando o traje.

– Hum, oi? – cumprimenta o Aranha, usando uma das mãos para acenar. O cara pula alto e gira, pousando de frente para o Aranha. Ele tem uma mandíbula grande e quadrada e nenhuma máscara digna de nota, então o Aranha pode ver sua pele branca, sobrancelhas grossas e escuras e olhos redondos. Ele tem um nariz que sem dúvida já foi quebrado mais de uma vez, e o Homem-Aranha tem a sensação de que, mesmo que pareça ridículo, esse não é um cara de quem ele quer apanhar. Não só por causa das enormes pernas e cauda que a armadura de metal lhe dá. De repente, percebe que animal esse ladrão deve ser. — Um canguru? — pergunta, a descrença gravada em seu tom.

— É, algum problema? — cospe o homem canguru. O Aranha estreita as lentes ao ver que o homem tem uma caixa preta presa às costas.

— Quero dizer, parece que você está roubando a universidade, e a gente por aqui não aprova roubar do ensino superior. Minha namorada me disse que acabaram de cortar uma tonelada de financiamento para o departamento, então acho que não eles não vão suportar esse golpe agora. — Os olhos do homem canguru se estreitam e ele rosna algo indiscernível. — Eu... não entendi, Cangu — diz o Aranha, e então atira uma teia bem no rosto do homem. Como o Homem-Aranha esperava, o Canguru salta alto para evitá-lo, e o Aranha atira uma segunda linha de teia na cauda, puxando-o para baixo com força, de modo que o homem com roupa de metal desaba de costas no concreto. — Ou você prefere *Ru*? — o Aranha grita enquanto salta em direção ao ladrão, com o punho fechado. Infelizmente, o Canguru está preparado para ele. O punho do Homem-Aranha se conecta a um conjunto poderoso de pés que o empurra e o faz voar nove metros para trás. Teria ido mais longe, mas uma árvore solitária o detém, e o Aranha para contra o tronco. Tonto, o Aranha se levanta e sacode a cabeça, tentando clarear a visão.

Vagamente, ele consegue ouvir o Canguru gritando do lugar em que estava na calçada.

— Não, não, não, se você quebrou essa caixa, nós dois estaremos encrencados, seu inseto estúpido!!!

O Aranha dobra os joelhos e salta para frente, cobrindo a distância entre eles em dois saltos rápidos. Ele vê o Canguru mexendo na maleta que estava em suas costas, tentando abri-la para verificar o conteúdo. O Aranha não gosta do que acabou de ouvir o homem dizer.

– Como assim, sr. Homem Canguru? – pergunta ele, pousando a poucos metros de distância. Ele toma cuidado para ficar fora do alcance dos chutes poderosos da armadura. Está se lembrando de como os cangurus são mesmo aterrorizantes com sua força bruta.

– Nada! – grita o Canguru, mas há pânico na voz. – Por que não dá o fora daqui?!

O Aranha franze a testa. Precisa descobrir como derrubar esse cara *e* o que ele está fazendo ali.

– Não podemos só resolver isso na conversa? – sugere, ganhando tempo. – A gente pode se sentar, bater um papo. Que tal?

As sobrancelhas do homem canguru se franzem em confusão.

– Eu... o quê? – Então seu rosto volta a demonstrar raiva. – Você só está tentando me confundir! Ouvi falar de você. Sei *tudo* sobre você! Nós, os bandidos, sabemos como cuidar uns dos outros. – E, em seguida, ele se lança para frente e gira no ar, com o objetivo de atacar o Aranha com a cauda.

– Ah, vocês têm um clube? – pergunta o Aranha, pulando e girando para fora do caminho, caindo agachado nos ombros do cara. Ele puxa o capacete. – Tenho que perguntar... as orelhas fazem alguma coisa, sr. Ru?

– AFF!!! – O Canguru estende a mão e agarra o centro do traje do Aranha e o puxa para frente, atirando-o longe. – MEU NOME É CANGURU!

O Aranha se levanta no gramado onde pousou, triunfante. Na mão, ele segura a maleta que estava nas costas do Canguru.

– Sério, não estou nem aí, cara – responde o Aranha, soltando a maleta atrás de si. – Mas não posso permitir que você saia por aí roubando universidades. Não é nada legal. E acho que os cangurus não queiram que você dê má fama para eles!

O rosto do Canguru está vermelho e todo o seu corpo treme de fúria. Ele se agacha no chão e salta alto no ar. Olhando para cima e observando a forma do Canguru caindo de volta para a terra, o Aranha consegue perceber que está bem no alvo.

– Tudo bem – diz para si mesmo, observando o Canguru cair do alto. – Em cinco… quatro… três… dois… UM!

E uma fração de segundo antes de o Canguru fazer contato, o Aranha salta para a direita e estende a mão, socando a perna de metal do traje do Canguru – com força. A coisa se dobra sob sua superforça, e a junta pela qual estava conectada ao torso se quebra ao meio. O Canguru fica saltando em uma perna e tombando um pouco para a direita.

– Ah! Não… consigo… manter… o equilíbrio! – berra o Canguru e o Aranha aproveita a distração do ladrão e atira rajadas rápidas de teia no peito do homem. Ele agarra os fios e puxa com força enquanto salta, passando por cima de seu agressor marsupial. Ele pousa e logo se vira para ver o Canguru voar e cair de costas, gemendo. Então o Aranha avança correndo e puxa os fios dourados que sai da mochila nas costas do Canguru.

– Imagino que esse seja o sistema hidráulico que mantém o traje funcionando… – diz o Aranha enquanto os puxa um por um. Há um suave assobio de ar e o Canguru para de se debater.

– Por que você tem que ser tão cruel assim? – questiona o Canguru fracamente de sua posição no chão.

O Aranha franze a testa para ele, mesmo que o ladrão não consiga ver.

– Como é? Você estava roubando a universidade e depois me chamou de inseto estúpido. *E* – acrescenta, com o dedo em riste para ele de forma acusadora – você disse que todos os seus amigos criminosos estão fofocando sobre mim! Além disso, entre você e a Panda-Mania, vocês, criminosos de Nova York, estão mesmo acabando com os animais fofinhos para mim. – Ele atira algumas teias no Canguru, prendendo-o com força. Então, sua atenção se volta para a caixa preta que o Canguru esteve segurando.

Ele vai até a sacola e se debruça sobre ela. Puxa o zíper com cuidado e abre os dois lados para revelar um cilindro preto com um adesivo vermelho gigante de risco biológico. *Isso não é nada bom!* O Aranha fecha o zíper da bolsa e olha para a direita e depois para a esquerda. Ele fica surpreso por ainda não ter ouvido nenhuma sirene da polícia vindo em sua direção, mas dá de ombros. Talvez estejam ocupados. Ele dá uma última olhada no Canguru antes de seguir na direção do que espera ser a central de segurança do campus da universidade.

– Fique aqui, alguém virá buscar você. Não foi um prazer te conhecer – diz ele ao Canguru, e então vai descobrir quem precisa pegar esse cilindro assustador de *algo com risco biológico* e colocá-lo em algum lugar seguro.

Balançando-se de volta para casa depois de garantir que tinham lidado com o Canguru e colocado o cilindro de volta nas mãos dos profissionais, o Aranha rumina sobre a noite.

*Não gosto da ideia de criminosos falando sobre mim, mesmo achando que faz sentido… e não consigo acreditar que essa coisa de Código Aranha era real!*

Ele percebe algo e para em algum lugar perto da 72nd Street. Olha para a placa da rua. Ele tem um estoque de roupas por perto, sabe disso, mas é tarde o suficiente para que acabe voltando para casa mais rápido de teia do que esperando pelo metrô. Mesmo que esteja congelando. Mas vamos por partes. Ele pega o celular e digita uma mensagem rápida para o Código Aranha.

> **Valeu pela dica, OCA. 👊 Mas preciso perguntar como é que fez isso? Como sabia que o Canguru estaria lá?**

> **Ótimo. Pra falar a verdade: não sabia quem estaria lá, só que haveria problemas. E tem mais de onde veio, Homem Aranha. Entrarei em contato.**
>
> OCODIGOARANHA0285

> **Ótimo. Ah, e hã, tem hífen.**

> **?**
>
> OCODIGOARANHA0285

> **Em Homem-Aranha. Tem hífen.**

> **Ah. Desculpa. Até logo.**
>
> OCODIGOARANHA0285

As mensagens o deixam inquieto, e não só porque aquela coisa do hífen tinha sido constrangedora. *Tenho que começar a deixar pra lá,* pensa ele. Mas há algo familiar na forma como o Código Aranha estava escrevendo para ele. E, ainda assim, algo muito estranho. Ele tira uma captura de tela da conversa e envia uma mensagem para MJ. Ela sem dúvida será capaz de ajudar a descobrir o que o está fazendo se sentir tão esquisito. A resposta é quase instantânea.

> 👀 QUER PASSAR AQUI A CAMINHO DE CASA?
> VAMOS PENSAR JUNTOS.

Peter responde com um joinha e guarda o celular antes de voltar para o ar. Pelo menos isso vai fazer com que passe algum tempo com MJ!

Peter entra pela janela de MJ, tirando a touca e a máscara de uma só vez enquanto pisa no tapete. MJ já está se aproximando para cumprimentá-lo e ele a envolve num abraço apertado.

– Oi – diz, sorrindo.

– Oi – responde ela, com uma expressão correspondente. Ela se afasta um pouco para beijá-lo uma vez e depois vai para seu assento. – Está tudo bem? – pergunta ela.

Peter testa suas articulações mais uma vez e move a cabeça para um lado e para o outro, tirando a luva e passando rápido a mão na nuca.

– Um pouco machucado, mas nada de mais. A cura começou, e o cara só me acertou mesmo, tipo, um bom soco. – Está mentindo um pouco para ela. Consegue sentir uma pequena escoriação na nuca com uma dor incômoda, mas sabe que ela desaparecerá pela manhã.

MJ assente.

– Que bom – diz ela, olhando calorosamente para ele. Ao lado dela está o laptop da família na cama e já tem o perfil do Código Aranha aberto. – Então, tudo isso está me deixando nervosa – comenta ela, com franqueza, batendo uma unha azul cintilante no teclado. Peter se senta no chão em frente à cama para poder ver a tela quando MJ vira o computador em sua direção. – Você devia mesmo confiar em alguém que você nem conhece? Acho que é assim que os filmes de terror começam.

A boca de Peter se curva num meio sorriso.

– Você não está errada. Mas a informação era verdadeira – responde, dando de ombros. MJ torce os dedos entre as mãos, o que Peter reconhece como um sinal de ansiedade de MJ. Ele estende a mão e coloca sobre a dela, acalmando os movimentos. – Está tudo bem? – pergunta ele. – É... por causa do Pettit? – Depois daquele tempo no corredor logo após a reunião de MJ com o diretor, não tiveram mais chance de conversar sobre o assunto.

MJ desvia o olhar e morde o lábio antes de se virar para ele e balançar a cabeça.

– Não, não, está tudo bem.

– MJ, não precisa...

– Peter, essa coisa do Aranha com certeza é mais importante agora. Temos que descobrir quem é essa pessoa e por que ela está ajudando você... *como* ela está ajudando você. Como sabia que a universidade seria roubada?

– Tem *certeza*? – pergunta Peter, esperando que ela consiga entender o quanto ele está falando sério. – Seus assuntos também são importantes! Acho que um vereador desonesto não deveria ser capaz de ir atrás de uma garota do ensino médio assim.

– Peter – diz MJ, e há uma determinação nisso. – O Código Aranha pode ser um cara mau.

– O cara Canguru *disse* que outros criminosos estavam falando de mim… – Peter concorda. *Talvez ela não queria mesmo conversar sobre o diretor…* Peter não tem certeza, mas não quer forçar MJ a algo com que ela não se sinta à vontade.

Peter está balançando a cabeça e MJ ignora o embrulho em seu estômago. Ela acha que ele *provavelmente* não considera os assuntos dele mais importantes que os dela. *Mas deveria considerar! Como é que vou competir contra homens em trajes robô de canguru tentando roubar coisas muito assustadoras do departamento de ciências da Empire State University? Como uma horta comunitária se compara a isso? Parece ridículo.* Ela não consegue evitar de se sentir pouco à vontade com a ideia de que seus problemas são desiguais. Sabe que não é justo, mas às vezes a vida não é justa.

– De qualquer forma – Peter está dizendo, tirando-a de suas reflexões –, imagino que temos que ficar de olho nessa pessoa, mas se continuar me dizendo onde ir atrás dos bandidos, não pode ser tão má assim, não é? – termina, esperançoso.

– Sei lá – responde ela, hesitando em estragar o humor dele, mas querendo ser honesta. – E se for um chefe da máfia ou algo assim tentando fazer com que você acabe com a concorrência dele?

O rosto de Peter empalidece.

– Você acha? Eu nem pensei nisso.

– Está claro que você não assiste a muitos filmes de gangster – brinca MJ com uma risadinha.

– E você assiste? – pergunta Peter, sorrindo e se levantando para se juntar a ela na beirada da cama.

MJ fecha o laptop e o coloca atrás de si. Ela pega a mão de Peter e brinca com os dedos dele, puxando-os para frente e os dobrando na palma da mão. Pode senti-lo sorrindo ao seu lado.

— Agora você está torcendo as *minhas* mãos, MJ. O que está rolando?

— A gente deveria ter só um encontro divertido uma noite dessas — diz ela, se surpreendendo com a ideia, mas também ficando entusiasmada. — Esquecer todas essas coisas irritantes da vida real só por uma *noite*.

Peter move a mão para segurar a dela agora. Ele a aperta uma vez.

— Dessa vez você não está *nem um pouco* errada — repete, e MJ descansa a cabeça em seu ombro.

— Só coisas divertidas, apenas por uma noite — diz ela.

— Só coisas divertidas — concorda Peter.

# CAPÍTULO NOVE

Uma bola de papel voa de um dos buracos escuros situados na parede da sala do Mancha. Sentado no sofá, ele a pega no ar e a joga de volta em outro buraco, e ela apenas voa de volta do primeiro mais uma vez. Se tornou mais instantâneo. Ele pode fazer isso sem pensar agora, levar as coisas de um lugar direto para outro sem uma longa parada no Mundo Mancha. Ele repete a ação mais duas vezes e por fim olha para o celular na mesinha de centro. Já haviam se passado alguns dias desde a última ligação. As vozes disseram algo sobre ser respeitado, e depois o celular morreu. Estava esperando que entrassem em contato de novo, e hoje finalmente fizeram isso.

– Então – diz ele –, quem são vocês?

Há um leve assobio que sai do alto-falante e então o mesmo coro de vozes fala:

– Nós somos os Descrentes. Somos poderosos. Nós somos os Descrentes.

A bola de papel voa pelo ar novamente e o Mancha a agarra antes de largá-la na mesa ao lado do celular. Ele se debruça e olha para ele.

– Isso não me diz nada. Qualquer idiota mesquinho pode se chamar do que quiser. Quem *são* vocês? – pergunta outra vez.

– Nós somos os Descrentes – repetem as vozes ao telefone. – Não somos deste planeta.

– *Alienígenas?!* – O Mancha pega o celular e quase grita de empolgação. – Alienígenas! *Alienígenas* de verdade! – Quase deseja ainda ser um cientista empregado, nem que seja apenas para ver a expressão no rosto de seus colegas. Ele fez o primeiro contato!

– Nós somos… Somos mais do que apenas esta palavra. Somos reis, e rainhas, e conquistadores – declaram os Descrentes.

O Mancha recoloca o celular onde estava e então se levanta para andar. É uma ação que o lembra dos velhos tempos.

– E vocês, "reis, e rainhas, e conquistadores" precisam… da minha ajuda? – questiona ele, um sorriso ganancioso corta a metade inferior de seu rosto.

– Sim, sim, sim – respondem as vozes. – Você tem a habilidade. Você tem os portais. Você tem e precisamos para voltar para casa.

– Vocês querem que eu encontre um buraco no espaço? – O Mancha nunca tentou chegar ao espaço.

– NÃO! – gritam as vozes. – Abaixo. No fundo. Podemos sentir e direcionar. Abaixo.

O Mancha faz uma pausa, confuso.

– Abaixo de quê? – pergunta. – No subsolo?

– Não. Sob a ilha. Sob a cidade.

– Aaaah, debaixo *d'água* – diz ele, voltando para o sofá, se apoiando no encosto e colocando os braços atrás da cabeça. Ele levanta os pés e os cruza em cima da mesa. – Eu devo conseguir levar vocês até lá – ele blefa um pouco. Nunca tentou ir para debaixo d'água. – Mas o que eu ganho com isso? O que isso vai fazer pelo meu *nome*? – questiona ele, e sua nova e sempre presente raiva logo borbulha em suas entranhas. – O que vai me ajudar a mostrar para todos aqueles idiotas do CSN que sou digno de entrar, que posso roubar mais que todos aqueles preguiçosos imprestáveis… – Ele se interrompe, revisitando seu constrangimento e fúria anteriores.

– Podemos conseguir poder para você. Poder. Você precisa de poder para construir. Reputação.

– Estou ouvindo….

– Daqui a quatro noites. Quatro noites. Uma grande movimentação de dinheiro… – O Mancha ouve enquanto essas vozes incorpóreas contam sobre uma movimentação bancária que acontecerá na noite seguinte. Seus olhos se arregalam e as manchas em seu corpo tremem, e ele percebe o que isso significa.

– Eu vou ficar *rico*. E *todo mundo* vai saber que sou um figurão – sussurra ele, assim que contam os detalhes. Então, se debruça, apoiando os cotovelos nos joelhos. – Como vão evitar que eu seja pego? A polícia? Ou, aff, o Homem-Aranha. – Ele cospe o nome com desgosto evidente.

– Polícia? Fácil. Distraímos.

– O Homem Aranha? – pergunta o Mancha de novo. É com quem ele está realmente preocupado. Ouviu falar sobre como a aberração fantasiada derrotou pesos pesados.

– Também distraímos. Cuidando dele. Temos um plano para o Aranha em andamento. – Há algo estranho nas vozes, mas continuam falando antes que o Mancha consiga entender o que é. – Você nos ajuda. Você nos ajuda e nós ajudamos você – declaram as vozes.

– Escutem, se der certo, levo vocês para casa, levo vocês para a Casa Branca, levo vocês aonde precisarem ir, meus novos e bem informados amigos. – O Mancha se levanta e estica os braços acima da cabeça antes de desligar. – E se isso significa que vou humilhar alguns espertinhos, então melhor ainda para o bom e velho Mancha.

– Muito bem – diz Maia, distribuindo os papéis. – Juntei as anotações de todo mundo, li tudo e usei os modelos do Peter para criar uma via de como seria o nosso aplicativo de verdade. Pedi para o meu primo mais novo projetá-lo para mim.

– O que ela quer dizer é que o chantageou, ameaçando contar para os pais dele sobre como ele está ficando de detenção por matar aula – explica MJ, o canto de sua boca se curva em um sorriso malicioso.

Eles estão sentados no horário de estudo com o dr. Shah e examinando os materiais do osmaker. Peter percebe que embora o dr. Shah esteja na aula, ele não parece tão presente. O professor deles parece meio… *abatido,* pensa Peter. O *dr. Shah parece mal.* Ele ficou quieto o tempo todo também. Ao chegar, depois de Peter, murmurou um cumprimento e logo se sentou à mesa, gesticulando para que trabalhassem no projeto. Isso foi há meia hora. Peter suspira e examina os papéis em mãos. Ele pensa no que o sr. Robertson falou sobre o luto. *Faz coisas* estranhas *com pessoas.*

– A gente… precisa pensar num nome de verdade para isso? – pergunta Randy depois de dar uma olhada na papelada.

– Tipo, será que o seu primo pode ser coagido a fazer um logotipo de verdade para a gente?

Maia lhe lança um olhar apreciativo.

– É uma boa ideia, Randy – responde. – Gostei!

– Eu também – concorda MJ. – Talvez a gente possa mesmo fazer isso se vencermos, e vamos precisar de um nome, não é?

Peter concorda com um aceno de cabeça.

– Que tal... Mão Amiga? – sugere.

Maia franze a testa e nega com a cabeça, Randy a imita, e MJ faz uma careta e então abre um sorriso de desculpas para Peter.

– Parece coisa de senhorinha, cara. Sem querer ser chato – diz Randy.

Peter ri.

– Está tudo bem! Não devo ser a melhor pessoa para isso.

– Não! Não existem ideias ruins, mas vamos encontrar a certa – afirma Maia. – Vamos pensar nisso esta semana e, quando tivermos a nossa primeira aula na próxima, cada um de nós vai trazer uma lista de ideias e votaremos na melhor.

Peter faz uma anotação mental para se lembrar de fazer alguma lista para não parecer que está dando mole. MJ já está escrevendo em sua agenda escolar, e Maia tem uma lista de lembretes em seu tablet e está digitando.

Peter olha para Randy, que bate na lateral da cabeça.

– Tudo aqui, meu caro. – Ele sorri.

– Idem – responde Peter. Em seguida, acrescenta: – Na maioria das vezes. – Depois que MJ lança um olhar sério para ele.

Antes que alguém possa dizer alguma coisa, o sistema de som acima da mesa do dr. Shah emite um alto fluxo de estática.

— *Caramba* — comenta Randy, cobrindo os ouvidos. Todos na sala fazem o mesmo e encaram em conjunto a pequena caixa marrom.

— Olá, alunos! — Uma voz alta ecoa pelo alto-falante. — Aqui é o dr. Osei, seu professor de prática de ciências favorito *e* chefe da equipe de microrrobôs da Midtown High. Estou animado em compartilhar que recebemos um incrível, bem… presente na forma de um subsídio municipal totalmente novo. Cada aluno da Midtown High receberá um tablet escolar para usar. Tudo isso é possível graças a um doador rico e anônimo, mas que deseja permanecer *anônimo*, portanto, não tentem descobrir quem é! — brinca ele, sem jeito. — E novos tablets! — Então o sistema de comunicação silencia.

A sala fica em silêncio por um instante, e então Peter, MJ, Maia e Randy começam a comemorar e aplaudir.

— Cada um de nós vai receber um tablet *grátis* para usar o ano todo?! — diz Peter. — Isso é incrível!

— É mesmo. Posso finalmente fazer pesquisas sem ter que pedir para a minha mãe para usar o computador — comenta MJ, com os dentes aparecendo em um sorriso largo e brilhante.

— Vocês todos podem, por favor, *calar a boca*?! — A voz alta do dr. Shah interrompe a alegria deles. Peter fica chocado.

Ele vira a cabeça para olhar para o professor. O dr. Shah está com os olhos fechados e dois dedos nas têmporas, esfregando sem parar em pequenos círculos. As olheiras profundas sob seus olhos parecem ainda mais pronunciadas. A sala cai num silêncio mortal. Peter troca olhares com os amigos e todos parecem igualmente chocados e incomodados. Enfim, o dr. Shah abre os olhos e suspira.

— Desculpem… desculpem, pessoal. Isso não foi nada gentil da minha parte. Acho que não dormi o suficiente ontem à noite, só isso. Fiquei até tarde corrigindo exercícios, faz parte da vida emocionante de professor – brinca. Mas ninguém ri. – Vocês tem razão em ficarem contentes; é muito bom que todos vocês estejam recebendo ferramentas para facilitar os estudos.

Peter cruza o olhar com MJ e ela balança a cabeça de leve. *Que estranho,* ela parece estar concordando.

– Queria ser rica o suficiente para poder doar dois mil tablets para alguma escola – comenta Maia por fim, e Randy solta uma gargalhada.

– Pois é – concorda ele. – Tá bom, vamos voltar ao trabalho, só temos mais dez minutos de aula. Preciso saber o que devo fazer a seguir.

Peter está ouvindo, mas não consegue deixar de olhar de novo para a mesa do dr. Shah. O professor está de costas para eles, encarando a tela do computador. Mas Peter não tem certeza se ele está vendo alguma coisa.

O Aranha corre pelos telhados, tentando alcançar o assaltante que vê no nível da rua, segurando o laptop de alguém. O Código Aranha o levou até a Sheepshead Bay depois de dizer que achava que alguém estava prestes a assaltar uma loja de eletrônicos na área. Acontece que era apenas um cara espreitando perto de uma cafeteria, esperando que um escritor ingênuo fosse ao banheiro para que pudesse levar o computador.

*Ainda assim é um crime!,* pensa o Aranha, saltando de um prédio para outro. A desvantagem de trabalhar no Brooklyn é que há muitas áreas onde os edifícios são baixos demais para balançar. Ele e MJ ainda não decidiram se o Código Aranha é bom ou ruim, mas o Aranha não quer correr o risco de não escutar e acabar perdendo algo grande outra vez.

– Por favor, pare! – grita ele para o ladrão. – Por acaso esse cara é corredor de maratona ou algo do tipo? – Bufa para si mesmo. – Caramba.

Contudo, não surte o efeito desejado e o homem abaixo continua correndo. Ele o vê virar à direita na próxima rua, e o Aranha fica satisfeito ao ver uma árvore *muito* alta na esquina. Apontando o braço adiante, ele pressiona a palma da mão e a teia dispara, grudando num galho alto. O Aranha agarra a linha e salta, o impulso faz com que se mova rápido o bastante para poder se soltar e voar para frente, pegando o ladrão pela cintura.

– *Humf!* – diz o larápio, caindo com força no chão. O Aranha ouve o barulho de algo quebrando quando o laptop bate na calçada e estremece com o som. *Isso não é nada bom.* Ele se afasta do ladrão e se levanta. O homem rola de bruços e o Homem-Aranha finalmente consegue vê-lo bem: ele está com a pele branca suja e corada pelo esforço, e os olhos azuis-claros encaram com raiva o Homem-Aranha. Por baixo da barba, os lábios estão pressionados numa linha fina. O laptop ao lado dele parece uma causa perdida: a carcaça de metal está retorcida e há uma grande rachadura na parte superior. Mas a mochila do ladrão está cheia e as lentes do Aranha se estreitam. Ele prende as pernas do homem no chão com teias e puxa a mochila. – Ei! Não! – grita o ladrão, mas o Aranha o ignora, abrindo o zíper da mochila. Suas lentes se arregalam quando ele vê o que há dentro.

– Há *dez laptops* aqui. Como é que você estava correndo tão rápido daquele jeito carregando *dez laptops...*? – Ele faz uma pausa, agacha e tira a carteira do homem da mochila, lendo seu nome na carteira de motorista. – Brett? – O homem, Brett, solta um gemido alto, e o Homem-Aranha ouve um *baque silencioso* enquanto a cabeça do homem cai para trás, apoiada no concreto. – Quer uma dica, Brett? Não saía carregando a própria carteira numa sacola cheia de bens roubados. Agora, por que não me conta o que está fazendo com dez laptops...?

Acontece que Brett, o ladrão solitário de laptops, *é* uma espécie de quadrilha criminosa por si só. Ele tem roubado computadores pelos cinco distritos há *meses* e depois os distribui com cuidado em lojas de aparelhos eletrônicos usados espalhadas pela cidade. O que quer dizer que o Homem-Aranha tem o dilema de deixar o homem preso na calçada com o que parece ser uma mochila cheia de laptops gratuitos *ou* ficar por perto para manter os laptops a salvo e correr o risco de esbarrar em policiais, que, por alguma razão parecida com a de J. Jonah Jameson, o detestam.

Em algum lugar atrás dele, uma sineta alta toca quando uma porta se abre, e o Aranha olha para trás e encontra um homem branco, baixo, barrigudo e com a cabeça coberta de cabelo branco, o encarando. Ele tem o nome da loja atrás dele estampado na camiseta: DMITRI'S.

– Hum... oi? – O Homem-Aranha acena sem jeito.

O homem diz algo depressa no que parece ser russo e então aponta para o Homem-Aranha e diz:

– Homem-Aranha! – Com um sorriso.

– Obrigado? – responde o Homem-Aranha, sem saber o motivo de sua gratidão, mas parece ser o caminho certo quando o homem sorri ainda mais, depois aponta para a loja e de volta para si mesmo. – Dmitri? – o Homem-Aranha pergunta.

– Sim! – confirma Dmitri. E acrescenta: – Somos fãs do Homem-Aranha! – Em inglês com sotaque carregado. Ele aponta para trás de novo, e o Homem-Aranha olha mais de perto para ver uma versão desenhada à mão de sua máscara colada dentro da janela frontal. Ah, ele deve ter ajudado esse homem em algum momento!

Ocorre ao Aranha que essa pode ser a solução que ele procura. Ele pega o celular, abre um aplicativo e fala com clareza.

– Pode esperar aqui e garantir que ninguém leve esses computadores? E chamar alguém para ajudar a lidar com esse ladrão? – Ele aperta um botão e deixa o celular traduzir a frase para um russo com sonoridade robótica. Dmitri assente com a cabeça, enquanto franze a testa para Brett, que está observando a conversa com uma expressão cada vez mais frustrada no rosto.

– Não olhe assim para a gente, Brett. Você não estaria aqui se não tivesse roubado o laptop daquela senhora.

– Você é péssimo, cara.

O Homem-Aranha decide não dignificar isso com uma resposta. Em vez disso, agradece a Dmitri pela ajuda e então se atira no telhado para ficar de olho e ter certeza de que Dmitri vai mesmo pedir ajuda. Depois de ouvir os sons das sirenes se aproximando, finalmente se sente à vontade para pegar o celular e enviar uma mensagem para OCodigoAranha0285.

> **Valeu, não estava de todo certo, mas era um peixe pequeno roubando um monte de laptops. Parecia meio complicado, mas peguei ele. Obrigado pela dica.**

> **Cada vez que você me der mais informações, vai melhorar. Mais uma para você: vai acontecer uma briga num trem da linha Q com destino a Manhattan quando passar por Flatbush.**

OCODIGOARANHA0285

**Como vou saber qual vagão pegar?**

 **Terceiro ou quarto vagão, mas é a linha Q que vai chegar em Flatbush às 20h48.**

OCODIGOARANHAQ285

O Aranha encara o celular e suspira. *Vai ser impossível. Como vou saber qual vagão escolher entre o terceiro ou quarto?* Ele vai até a estação Q mais próxima, em Neck Road, e se balança no ar até a estação ao ar livre. Há cinco paradas em Flatbush – ele só precisa descobrir que trem pegar. A distância, pode ver um trem vindo da parada de Sheepshead Bay. Precisa pegar um trem que vai chegar na estação da Avenue H às 20h48. *Preciso pegar um trem que estará aqui às 20h40...* raciocina, fazendo as contas. O Aranha verifica a hora em um dos quadros de programação digital; agora são 20h37. *Que sorte.*

Ele é a única pessoa na plataforma, então não há muito o que fazer quando o trem para. O Código Aranha disse que era o terceiro ou quarto vagão da frente, então ele corre até as portas e entra pouco antes de se fecharem de novo. Espera ter escolhido o certo. Na frente dele, a boca de uma criança se abre e ela aponta.

– Aranha! – exclama ela.

– Sim, sim, aranha – repete a mãe, sem de fato dar atenção e sem tirar os olhos da tela do celular.

O Aranha olha ao redor. Não parece haver ninguém que queira criar problemas. Todos no vagão estão sentados em silêncio, lendo ou ouvindo algo em fones de ouvido; há alguns adolescentes na outra ponta do vagão tendo uma conversa animada sobre anime, pensa o Aranha. No verdadeiro estilo nova-iorquino, ninguém está prestando atenção nele.

Ele apoia o quadril na divisória à direita das portas e cruza os braços, se recostando para esperar e torcendo para não estar perdendo tempo. Está perto o suficiente do final do vagão para saber se algo der errado no próximo. Eles passam por algumas estações e finalmente entram em Flatbush oito minutos depois. O trem para na Avenue H, e o Aranha sai para deixar as pessoas passarem antes de voltar. Ninguém entra em nenhum dos vagões naquela parada. A voz feminina pede às pessoas que fiquem longe das portas, que se fecham, e depois estão a caminho da próxima estação. Mais uma vez, o Aranha faz a mesma coisa. Ele sai, volta a entrar e, desta vez, há algumas pessoas novas no vagão e nenhuma no quarto. Ainda quietas, ainda em seus mundinhos particulares, ignorando os outros passageiros do metrô. Isso acontece mais duas vezes, até que, por fim, chegam à estação de Church Avenue. As portas se abrem e, antes que o Aranha possa sair do carro, alguém esbarra nele, gritando:

— SAI DA FRENTE!

Um homem branco usando um sobretudo enorme empurra o Aranha sem olhar para ele. Na plataforma, uma mulher grita:

— PAREM ELE! ELE ROUBOU A MINHA BOLSA!

As portas se fecham e o homem olha pela janela para a mulher que ainda está na plataforma. Ele está rindo. Em seguida, ele se vira para encarar o Homem-Aranha e engasga.

O Aranha sorri sob a máscara.

— Ei, cara, ouvi falar que você conseguiu uma bolsa nova — diz ele, quase rindo.

— Ah, *qual é* — geme o cara. — O que é que *você está* fazendo na *linha Q*?!

# CAPÍTULO DEZ

Peter está no *Clarim*, perto da copiadora, esperando a apresentação de PowerPoint que ele pôs para terminar de copiar e compilar. Kayla perguntou se ele se sentiria à vontade em apresentar uma atualização das redes sociais para alguns membros da equipe, já que ele vinha conduzindo grande parte do conteúdo nas últimas semanas. Peter ficou surpreso e satisfeito por ter sido solicitado. Seu nervosismo aumentou quando ela contou quem estaria presente na reunião.

— Não acredito que tenho que apresentar isso para o sr. *Jameson* — fala ele para si mesmo, esfregando os olhos. Ele não via Jameson desde aquele horrível encontro no elevador e, apesar do que o sr. Robertson disse, não tem certeza se Jameson não vai demiti-lo de novo no minuto em que colocar os olhos em Peter. O zumbido da máquina é alto, então, por um momento, Peter não percebe que não está sozinho desse lado do andar. Então, a voz de Ned Leeds surge.

— Pois é, só não sei o que o Homem-Aranha está fazendo, Bets.

Peter fica atento. *Por que estão falando sobre o Homem-Aranha?* Peter se aproxima mais do canto e dá uma espiada rápida. A sala da impressora fica perto de uma das salas de descanso, e ele avista Ned e Betty Brant parados perto da cafeteira. Há um líquido escuro saindo da máquina e caindo na jarra, mas nenhum dos dois parece notar. Ned está apoiado no balcão e Betty está bem na frente dele, então Peter tem uma visão clara do rosto dos dois. Ele olha para baixo e fica surpreso ao vê-los de mãos dadas. *Essa é nova....*

– Vi que ele estava em Sheepshead Bay esta semana – comenta Betty, balançando a cabeça. – Muito estranho.

Peter franze o cenho, ficando a meio caminho entre ofendido e confuso.

– Isso não é típico dele… quase me faz pensar que não é o verdadeiro lançador de teias – brinca Ned. – Em geral há algum tipo de padrão, como se ele estivesse naquela parte da cidade e aqueles fossem os crimes, mas ele nunca se desviou tanto da rota e perdeu completamente os crimes graves.

– Pois é, casos isolados, eu até entendo. Mas ele pegou um ladrão de bolsas do metrô e um outro ladrãozinho? – A boca de Betty se contorce. – Enquanto isso, pela cidade estavam ocorrendo dois assaltos a banco diferentes e um tiroteio do crime organizado no meio de Wall Street.

– Muito, muito estranho – concorda Ned, repetindo o sentimento anterior de Betty. – Vai investigar isso? – pergunta ele.

– Pode ser que sim… – responde Betty. – Parece ser *alguma coisa,* não?

Ned concorda com um gesto de cabeça.

– E tenho certeza de que o Jameson vai ficar interessado por qualquer coisa que o Homem-Aranha esteja fazendo de errado. – Ri ele sem humor. – Então você com certeza terá a proposta aprovada.

Betty dá de ombros.

– Eu não sou a favor nem contra ele, na verdade. Mas ele *é* de interesse jornalístico – declara ela, com os olhos reluzindo e os lábios se curvando nos cantos.

*O que há de tão engraçado nisso?*, Peter se pergunta. *Os adultos são estranhos.*

Ned ri.

– *De interesse jornalístico*, sei. De qualquer forma, ainda vamos jantar hoje? – pergunta ele, mudando de assunto.

Peter dá um passo para trás, voltando ao seu lugar na frente da máquina. Há algo que o deixa enjoado, e Peter consegue admitir para si mesmo, com incômodo, que deve ser a culpa. *Com certeza há algo errado com o sistema do Código Aranha se me fez perder tanta coisa! Quantos outros eventos importantes perdi porque estava dando ouvidos para um bot? Mas quem está me dando essas informações disse que vai melhorar…*

Peter geme, esfregando as palmas das mãos nos olhos.

*Se a gente conseguir que fique perfeito, ajudará no foco e vai me tornar mais eficiente! Nada de ficar sentado nos telhados ou balançando sem rumo, esperando encontrar alguém que precise de ajuda. Talvez eu possa até começar a planejar coisas de novo. Talvez eu deva perguntar para o Código Aranha se há uma atualização para o sistema…*

Ele tira o celular do bolso e abre o aplicativo para enviar uma mensagem ao estranho misterioso. Seus dedos estão posicionados sobre as teclas, mas ele vacila, inseguro. À sua frente, a impressora emite um som alto e agudo e Peter desperta dos pensamentos. Há uma mensagem de erro na tela e Peter solta um ruído frustrado, enfiando o celular de volta no bolso antes de se ajoelhar para puxar as portas laterais da impressora. Há o som de passos leves virando a curva, e Ned e Betty acenam para Peter quando passam.

– Oi, garoto – cumprimenta Betty.

Peter retribui o aceno, mas não responde, deixando a impressora servir de distração para que não tenha que fingir que não está irritado pelo que entreouviu.

– Cara, Jameson precisa comprar alguns equipamentos novos com urgência. – Peter ouve Ned dizer enquanto eles se afastam. – Essa coisa tem uns oito milhões de anos.

Mesmo irritado com eles, Peter tem que concordar. Ele leva mais dez minutos para reiniciar a impressora e outros vinte para reunir e verificar de novo todas as apresentações agrupadas. Quando volta para seu lugar, está quase na hora de ir para casa. Ele deixa cair a pilha de páginas sobre a mesa e se joga na cadeira, bufando.

– Tendo um dia bom, hein? – comenta Kayla sem se virar, mas Peter consegue ouvir a piada. Ele sorri fracamente. Então, se endireita e se inclina para frente, uma ideia lhe ocorre.

– Ei, Kayla – chama Peter.

Ela deve ter notado a seriedade na voz dele porque seus dedos param e ela vira a cadeira para encará-lo. Ela está com as tranças puxadas num coque no alto da cabeça hoje, usando um terninho vermelho sob medida e com o rosto maquiado. Peter lembra que ela teve a própria reunião com os chefes pela manhã.

– O que foi? – pergunta ela.

– Sabe se existe alguma maneira de descobrir quem está por trás de uma conta anônima no Twitter?

O rosto de Kayla muda para uma expressão pensativa e ela bate com uma unha bem cuidada no queixo. Parece que está analisando uma base de dados em seu cérebro. Por fim, ela volta a se concentrar em Peter e pergunta:

– Posso perguntar por quê? – Então, ela se inclina para frente. – Você está sofrendo bullying, Peter?

Peter quase ri da pergunta, pensando em Flash Thompson e todos aqueles apelidos maldosos. *Como eu queria que o* Flash *fosse o meu maior problema.* Em vez de dizer em voz alta, ele apenas balança as mãos e diz:

— Não, não, claro que não. Eu só estou curioso.

Kayla lança um olhar astuto para ele.

— Você tem sorte de eu conhecer você, Peter. Qualquer outra pessoa que me fizesse essa pergunta, e que não fosse um garoto tão bom, eu iria pensar que queriam criar uma conta anônima para intimidar alguém. — Ela ri. — Mas isso é porque trabalho com jornalismo e sei como tantas pessoas são terríveis.

Peter fica horrorizado.

— Eu não faria isso!

— Eu sei, eu sei! Foi mal — diz ela. — É uma espécie de humor macabro. Rimos para não pensar muito sobre coisas horríveis. — Ela dá de ombros. — *De qualquer forma,* para responder à sua pergunta… você pode querer perguntar para um dos nossos repórteres de tecnologia. Eu não sei o bastante sobre o funcionamento real dessas coisas para te responder. Mas me deixa… — Ela se vira para a própria mesa e passa por algumas telas antes de finalmente encontrar a informação que procura. Ela tira uma nota adesiva rosa brilhante do topo de uma pilha, anota algo e depois a devolve para Peter. — Aqui, entre em contato com Swapna Subhaiya. Ela é uma das nossas principais repórteres de tecnologia, basta dizer que eu mandei você entrar em contato com ela.

Peter pega a nota e dá uma olhada nela – há um nome, um número de telefone e um endereço de e-mail. Ele a guarda no bolso, sorrindo para Kayla.

— Valeu, é uma grande ajuda – agradece ele, embora Kayla não possa saber o quanto. *Vou procurá-la no sistema antes de ir embora, e a srta. Subhaiya receberá uma visita do simpático herói do bairro, o Homem-Aranha.*

É bem no início da tarde quando o Aranha passa por um prédio de apartamentos chique no centro da cidade. Ele veio direto depois de encontrar o endereço da srta. Subhaiya no *Clarim. Juro que só vou usar o sistema quando precisar de verdade*, prometeu ao universo enquanto anotava as informações. Ele pousa do outro lado da rua e começa a contar as janelas, encontrando a que procura, cinco abaixo do topo do prédio e três à direita. Se o mapa estiver certo em sua cabeça, deve ser o apartamento 1503. Ele lança uma teia e voa para frente, agachando junto à parede à esquerda da janela. O som da cidade abaixo dele é alto, e ele não acha que alguém esteja prestando atenção em algo acontecendo tão alto.

– Ei, Aranha! – Do outro lado, há um lavador de janelas acenando para ele. – Grande fã! – grita o homem, apontando para si mesmo.

O Aranha ri e acena de volta. *Tudo bem, não posso esquecer dos lavadores de janelas.*

– Valeu, cara! – grita ele em resposta, com um sorriso largo sob a máscara. – Agradeço o apoio!

Ao seu lado, há um som de janela se abrindo e uma voz alta e raivosa corta o ar.

– Com licença, você poderia parar *de gritar* do lado de fora da minha janela?

A cabeça do Aranha gira para ver quem está falando. Há uma velha branca furiosa, de roupão, encarando-o.

– Swapna Subhaiya? – pergunta ele, incerto. Todo o comportamento da mulher muda tão depressa que deixa o Aranha confuso.

– *Ah*, você está procurando aquele casal maravilhoso do sul da Índia, algumas portas abaixo? – questiona ela. – Desculpa, querido, está no lugar errado. Você tem que ir três janelas *para lá* – explica ela, apontando na direção oposta. Em seguida, ela pega algo dentro do apartamento e coloca a mão para fora da janela. Ela espera um segundo e acrescenta: – Vamos, abra a mão! – O Aranha tira uma das mãos de onde estava ancorado à lateral do prédio e a estende para ela sem entender.

Ela põe dois doces nela, e o Aranha quase os deixa cair de surpresa. *Por que todas essas velhinhas estão me dando doces??*

– Um deles é para Swapna, então não coma os dois, Homem-Aranha.

– Pode... deixar – promete ele, hesitante, um pouco ofendido. – Vou dar para ela.

– Faça isso. Agora vá embora, estou no meio de uma maratona de Keanu Reeves.

O Aranha ri consigo mesmo e rasteja ao longo da parede na direção que a mulher apontou, contando até chegar ao que espera ser a janela certa. Ele bate alto no vidro e depois se recosta para esperar.

Poucos minutos depois, a janela se abre e um homem indiano bonito, usando camisa de colarinho branco engomado e com cabelo escuro e grosso coloca a cabeça para fora.

– Ah! – exclama ele, surpreso. – Achei... achei que seria um pássaro. – Ele parece confuso.

– Não, sou só eu – declara o Aranha, levantando a mão em saudação. – Ah, é... – Ele estende o punho, e o homem estende a mão aberta, hesitante. O Aranha deixa cair um dos doces nela. – Bati na janela errada e uma senhora me pediu para entregar isso para você.

O homem ri e coloca o doce no bolso.

– Ah, sim, a sra. Burnside. – Então ele balança a cabeça. – Espera, que estranho, não é? Você costuma bater na janela dos outros?

O Aranha dá de ombros.

– Se for preciso – responde e, depois, fica sério. – E estou precisando mesmo.

O homem acena com a cabeça uma vez, mas ainda parece inseguro.

– Há... algum tipo de crime acontecendo na área em que eu possa ajudar você? – pergunta ele, com dúvidas na voz.

O Aranha balança a cabeça em negativa.

– Na verdade, estou procurando uma repórter chamada Swapna Subhaiya – esclarece, esperançoso.

– Ah! Você está procurando a minha esposa – responde o homem. – Sou Kabir Subhaiya. Sinto muito, Homem-Aranha. No momento, ela está em São Francisco fazendo uma reportagem sobre uma dessas gigantescas e monstruosas empresas de tecnologia.

O pedido de desculpas pesa nos ouvidos do Homem-Aranha. *Aff, precisava muito falar com ela.*

– Tudo bem – é o que ele diz a Kabir.

– Ela estará de volta em alguns dias. – Kabir faz uma pausa. – Você tem...? Bem, tem um número de telefone ou algo que eu possa passar? Desculpe, não sei como funciona toda essa coisa de super-herói. – Ele pede desculpas novamente.

O Aranha não pode deixar de soltar uma leve risada. *Eu também não sei. Vamos ser realistas.*

– Hum, um número de telefone... – Ele tenta se lembrar se ainda restam alguns minutos no telefone VPN gratuito que configurou, mas acha que não. – Não tenho um que possa compartilhar, mas posso simplesmente voltar aqui. – Ele dá de ombros e se move para saltar do prédio antes de se virar para Kabir de repente. – Ah, espera aí! Ela pode me mandar uma mensagem no Twitter; meu perfil lá é o Homem-Aranha-N-Y.

Kabir fica boquiaberto e uma risada curta e alta escapa. Ele logo fecha a mandíbula e parece horrorizado.

– Desculpe! Desculpe! – exclama ele. – Eu só... achei que aquela conta fosse super falsa.

As lentes do Aranha se estreitam e, sob a máscara, uma carranca marca seu rosto.

– O quê? Por quê? – pergunta, tentando não deixar o aborrecimento transparecer na voz.

Kabir dá de ombros e ergue as mãos em um gesto apaziguador.

– Bem, há muitos erros de digitação e compartilhamentos de fotos legais do *Clarim*. Parecia muito que alguém estava fingindo. Desculpa, é sério – pede ele, e parece que ele se sente mesmo mal por pensar isso, então o Aranha lhe dá um desconto.

Mas isso não o impede de acrescentar:

– Tente digitar enquanto balança em alta velocidade pelas ruas *e* usando luvas.

– Justo. – Kabir sorri. – Desculpa – repete, através do sorriso.

– Está tudo bem – diz o Aranha, resignado. *É isso o que as pessoas devem estar pensando da minha conta verdadeira. Devem achar que uma das falsas é a real.* – De qualquer forma...

– Vou avisar para a Swapna que você está procurando por ela – afirma Kabir.

– Obrigado – responde o Aranha. – Foi, bem, um prazer conhecer você – acrescenta ele, sem jeito. *Nunca sei como terminar essas coisas.*

– Igualmente, Homem-Aranha. Obrigado pelo doce – responde Kabir, rindo de novo. Ele dá um passo para trás e fecha a janela.

O Aranha deixa o prédio e atira uma teia, permitindo que o impulso do balanço o leve para frente. *Se eu não tiver notícias da sra. Subhaiya neste fim de semana, vou voltar e tentar de novo. Agora preciso ir para a casa da MJ!*

MJ segura a mão de Peter enquanto eles saem do trem da linha G e entram na estação da Metropolitan Avenue.

– Não acredito que a gente perdeu o anúncio da Nassau Avenue. – Peter está rindo.

– Sei que dissemos que o nosso próximo encontro seria uma patrulha – comenta MJ. – Mas estou feliz que não seja na verdade. – Os olhos de Peter se arregalam e ela acrescenta depressa: – Eu quero ir! Só... quero um tempo disso tudo antes. Só me divertir e nada de coisas *estranhas* na vida.

– Acho que dá para fazer isso – diz Peter, quase como se estivesse fazendo uma pergunta.

A noite é do encontro divertido deles e MJ está animada. Há uma multidão ao redor deles, e perto do final da plataforma, ela consegue ouvir música tocando. Soa como um violino e um tambor, e MJ aperta a mão enluvada de Peter com a dela.

– Vamos parar e assistir! – Ela sorri. – Em geral é o cara que toca aqueles covers horríveis dos Rolling Stones aqui. Mas agora parece até uma banda de verdade.

– Ah, caramba, eu detesto aquele cara – geme Peter. – Ele é tão barulhento e *tão* desafinado. E gritou comigo uma vez.

Então, ele avança pela multidão, decidido, para que ele e MJ possam se aproximar da apresentação do grupo. Quando surgem à vista, MJ pode ver que é uma mulher tocando um violino e um homem usando as mãos para bater em uma grande caixa de plástico. A combinação é surpreendentemente alegre, e os dois passam alguns minutos curtindo a música ao lado da multidão.

– Talvez a gente *tinha* que perder a nossa parada em Nassau para podermos ouvir essa música – comenta MJ.

– Foi o destino. – Peter sorri.

Quando a música termina, MJ solta a mão de Peter e dá um passo à frente para deixar alguns dólares na caixa aberta aos pés da violinista, em agradecimento.

– Pronta para subir? – pergunta Peter quando ela volta para ele.

– Pronta – confirma ela, dando a mão para ele de novo. – Vamos. Acho que o Museu da Comida ainda fica a uns dez minutos de caminhada.

– Ótimo – diz Peter, usando a mão livre para puxar a touca até as orelhas e o cachecol sobre o nariz.

MJ morde a bochecha para não rir. Com sua parca preta e roupas de inverno, Peter parece um marshmallow queimado.

– Peter. – MJ sorri. – Não está *tão* frio assim. Além disso – ela se aproxima para sussurrar –, você costuma usar bem *menos* camadas. Vai ser moleza.

– Agradeço a sua crença na minha capacidade de não reclamar do frio, mas lamento informar que está enganada. – Peter ri, enquanto os dois sobem as escadas e saem para o frio do Brooklyn. MJ começa a puxar Peter para o Leste na Metropolitan para que eles possam virar a esquina na Lorimer Street em direção ao Museu da Comida e da Bebida. Ela leu na internet que há uma exposição sobre as lanchonetes americanas. *O que será que pode dar errado quando a gente só vai aprender sobre comida?*

Pelo canto do olho, MJ vê Peter erguer a mão e esfregar o nariz. Ela se vira para encará-lo e vê que já está muito vermelho. *E fofo.*

– Dá para acreditar que só alguns meses atrás a gente estava lutando contra um alienígena secreto e invisível? – comenta Peter, de repente.

– Dá para acreditar que só alguns meses atrás você não sabia que eu tinha uma queda por você? – responde MJ, sorrindo e mordendo o lábio. Peter tropeça e em seguida cora, e MJ solta a mão dele para que possa colocar o braço ao redor dele e para que possam andar mais perto um do outro. – Peguei você.– Ela sorri.

– Não dá – admite ele alguns minutos depois.

– Hum? – pergunta ela.

– Não dá para acreditar que você tinha uma queda por mim – explica ele, desviando o olhar.

– Você é um bom partido, Peter Parker – declara MJ, rindo antes de acrescentar: – E eu também sou.

– Não discordo – diz ele, se aproximando para poder bater com o ombro no dela.

– Ótimo – responde MJ. Em seguida, seu olhar encontra algo e ela aponta. – Olha só!

Há uma feirinha de rua em uma pequena avenida lateral à esquerda deles. Ela e Peter fazem um desvio para ver as barracas. Enquanto caminham, Peter pergunta a ela se há algo novo acontecendo na horta.

– Ah, já nem sei. Está tudo tão estranho – responde MJ, segurando uma carteira de couro com as iniciais dela. Ela a solta depois de alguns segundos. – Eu e a Maia não tivemos sorte em descobrir *por que* teríamos problemas por perguntar sobre aquele lote, e não conseguimos descobrir o que é a KRT tecnologia, ou por que querem aquele lote para começo de conversa. Estou com um mau pressentimento com tudo isso.

– Ah, quer saber? – diz Peter, puxando-a para longe da cabine em que estavam, para uma área mais isolada.

– Lembra que eu te contei sobre aquela repórter com quem estou conversando ou tentando conversar – altera ele. – Ela é a repórter de tecnologia, aposto que você também pode perguntar para ela sobre aquele URL!

MJ lhe dá um meio sorriso.

– Isso seria muito útil! Estamos todas travadas com isso. Tem a audiência pública chegando, mas seria bom poder olhar para isso de vários ângulos... – *Ele não vai fazer nenhum trabalho extra se pedir para alguém com quem já está conversando,* raciocina MJ. – E, a propósito, espero que ainda esteja encarando essa pessoa do Código Aranha com cautela – acrescenta ela. – Ainda não confio nela. Acho estranho que tenham mandado você para Sheepshead Bay na semana passada.

Peter assente.

– Pode ser estranho, ou pode ser que estejam aperfeiçoando qualquer sistema que estejam usando. Só queria saber quem é!

Há um zumbido alto vindo do bolso de Peter nesse instante, e ele pega o celular. MJ não consegue ver a tela, mas o rosto de Peter desaba enquanto ele lê.

– Trabalho noturno? – pergunta ela.

– Trabalho noturno – confirma ele, e ela consegue perceber o pedido de desculpas na ponta da língua dele.

– É a vida. Eu entendo, Peter. De verdade – declara ela, soltando os braços deles e espanando de leve o casaco dele. Ela tenta não deixar a decepção transparecer no rosto.

Os olhos de Peter se movem daquele jeito que ela passou a reconhecer e a apreciar, de quando ele está tentando encontrar a coisa certa para falar ou tentando captar alguma coisa.

– Valeu, MJ. Tenho *muita* sorte de ter você como namorada. Com certeza o museu da comida e a *diversão* vão ter que ficar para outro dia – diz ele e se inclina para dar um beijo rápido nela antes de se virar para encontrar algum lugar onde se trocar. *Ou retirar algumas camadas,* pensa MJ.

– E tem mesmo, Peter! – exclama ela às costas dele. – Mas venha me ver depois!

# CAPÍTULO ONZE

O Mancha está agachado em um telhado com vista para uma rua tranquila da cidade. É pouco depois das quatro da manhã e o amanhecer está no horizonte. Ele está carrancudo, observando a rua vazia e silenciosa.

– É melhor que seja de verdade e não uma nova maneira que aqueles idiotas do CSN inventaram para me torturar. – Ele revira os olhos. – Não que isso faça sentido, porque como é que eles poderiam saber que eu ia roubar aquele garoto e ficar com aquele celular? Não, isso *só pode* ser verdade. – Ele fica de cócoras e cutuca o telhado. *Só que,* pensa, *há* muitas *pessoas más e poderosas mesmo naquela cafeteria, e quem sabe do que são capazes.* – Quero dizer – continua ele, falando sozinho em voz alta –, todo o meu corpo está coberto por portais interdimensionais agora! – Há um tom de desespero na voz, mas ele o afasta. Precisa estar confiante e pronto para isso. Tinha passado algumas horas se preparando o máximo possível sozinho, usando sua mente científica para pesquisar assaltos. Ele tem uma boa ideia de como as coisas podem se dar, desde que não tenham mentido para ele sobre a oportunidade.

Neste exato momento, há um som abaixo, e ele se estica para espiar por cima da borda do telhado. Um enorme caminhão preto e blindado faz a curva, entrando na Varick Street, em direção ao centro da cidade. Ele espera para ver se há mais. Dois minutos se passam e o caminhão é seguido por um único carro preto, como se a empresa de segurança que planejou isso tivesse decidido que preferia não chamar a atenção para o trabalho e, em vez disso, confiaria no anonimato e na falta de pessoas nas ruas em vez de um destacamento de segurança extra. O Mancha sorri porque isso não importa para alguém com suas habilidades especiais. Ele espera um instante até que o caminhão pare no semáforo e depois se põe em movimento. Há um grande buraco negro próximo a ele no telhado. Ele fica de joelhos e empurra a cabeça e os ombros para poder sair no asfalto logo abaixo do caminhão. Já está com um alicate de corte na mão e ele puxa um fio preto fino e o corta, depois aproveita a oportunidade para cortar os dois pneus dianteiros. Há um som alto de ar sibilando e uma *batida surda*.

O Mancha recua e está de volta ao telhado. O semáforo fica verde e o Mancha fica satisfeito ao ouvir o ronco de um motor acompanhado de nenhum movimento. Dois homens com vestes de combate saem da frente do caminhão. Eles usam capacetes resistentes com viseiras abaixadas e coletes à prova de balas, e estão com roupas toda pretas, da cabeça aos pés.

Um grita algo para o outro e o Mancha sabe que essa é a sua chance. O motorista se ajoelha para olhar o pneu que se esvazia rápido, enquanto seu parceiro se move para proteger a porta traseira. *Eles vão se ferrar; nunca vão* me *ver chegando.*

Desta vez, o Mancha salta por completo para dentro do buraco, pousando no Mundo Mancha. Ele leva um momento para olhar para todos os discos pretos flutuantes ao seu redor, saltando bem na direção do que precisa. Está um pouco abaixo e à direita dele. Nesse espaço, tudo o que precisa fazer é rastejar por ele e então estará na traseira do caminhão de segurança. É apertado porque o Mancha se encontra completamente cercado por dezenas e mais dezenas de grandes cofres. Há uma luz fraca na traseira do caminhão, permitindo que ele veja. Ele solta um buraco num cofre e enfia a mão nele, tirando um punhado de lindas esmeraldas reluzentes. Seus olhos se arregalam e ele sorri, seu rosto brilha esverdeado com o reflexo das gemas. Colocando as esmeraldas de volta no cofre, ele tenta outra caixa. Desta vez são *diamantes*. Ele escolhe mais uma ao acaso e fica feliz ao ver que são mais gemas. Isso significa que não terá que se preocupar com coisas bobas, como códigos de segurança registrados em cédulas, ou com repassar arte famosa, ou qualquer coisa do tipo. Joias são mais difíceis de rastrear. Pelo menos de acordo com a pesquisa que havia feito.

O Mancha faz um grande buraco na porta traseira do caminhão. Ele tem tempo mais que suficiente; não há razão para os homens abrirem a traseira tão cedo, mas mesmo assim ele se apressa. *Não há motivos para abusar da sorte,* pensa, enfiando uma pilha de cofres no buraco, no qual eles deslizam direto do Mundo Mancha para seu apartamento. Ele não leva mais de oito minutos para pegar quase todos os cofres do caminhão. Ele está alcançando os dois últimos quando ouve um som e, à sua frente, pode ver as dobradiças da porta começarem a se mover. *Eles estão entrando!* Ele começa a vibrar de empolgação, sabendo que vai se safar. Atirando os dois últimos cofres antes dele, o Mancha se joga para a frente e para dentro do buraco escuro. Em seguida, está seguro e no Mundo Mancha, os dois últimos cofres já estão deslizando para o portal que leva ao apartamento. O Mancha os segue e vê os cofres de joias espalhados por sua casa. Ele se senta, cercado pelo saque, e começa a rir de alegria. Conseguiu.

O celular roubado toca na mesa de centro e ele desliza o dedo pela tela, atendendo a ligação.

– Olá, parceiros! – cumprimenta antes que eles possam dizer qualquer coisa, incapaz de esconder a alegria. – Acho que este é o início de um relacionamento longo e mutuamente benéfico. Se é isso que vocês podem me conseguir, acho que não tenho nada a perder.

– Se isso for aceitável. Aceitável. Podemos fazer mais do que isso, mais do que pedras insignificantes. Se você nos ajudar. Nos ajude a encontrar a nossa casa. Podemos ajudar você a conseguir mais.

O largo sorriso do Mancha assume um brilho misterioso e maníaco.

– E, então, todos vão conhecer o meu nome – afirma ele com veemência. – Todo mundo temerá que *eu* mexa com *eles*.

– Infame. Podemos tornar você infame. Respeitado. Temido – declaram as vozes, e de alguma forma parecem mais altas.

– Gostei disso – responde ele, se recostando nos cofres cheios de dinheiro sujo e passando as mãos pelas laterais da pilha ao seu lado. – É exatamente o tipo de coisa que eu mereço.

*Está funcionando. Estamos mais perto.*
*Mas ainda tão longe.*
*Esse é mais forte que o anterior. Mais esperto.*
*Precisaremos ter cuidado.*
*Ele não pode nos deixar.*

– Peguei dois caras que estavam tentando roubar um vagão de metrô inteiro, MJ, impedi que três mercearias diferentes fossem roubadas *e* agarrei um sequestrador de cães depois que ele tentou sequestrar o poodle premiado de uma senhora no Central Park.

Peter e MJ estão caminhando para o ponto de ônibus. Ele está surpreendentemente animado para alguém que só foi dormir às cinco da manhã, mas foi uma noite movimentada. Ao seu lado, MJ está segurando a mão dele e assentindo com a cabeça, mas está quieta e isso está começando a incomodar Peter.

– Não é incrível? – questiona ele, tentando fazê-la participar da conversa. Ela finalmente olha para ele e assente com a cabeça, sorrindo, mas não é convincente. – O que foi? – pergunta ele, ficando desanimado.

– Não, Peter, é incrível mesmo. É sério – responde ela, com a voz suave.

– Mas... ? – pede Peter. Eles fazem a curva no sinal, ainda a poucos quarteirões do ponto de ônibus. Um vento forte e rápido sopra; Peter usa a mão livre para puxar o cachecol para cima.

– Mas – continua ela, depois que o vento diminuiu – isso estava tudo na lista que a pessoa do Código Aranha ou o que quer que seja enviou para você? – Ela coloca uma mecha de cabelo atrás da orelha e puxa a própria touca para baixo. Seu cabelo está voando para todo lado e suas bochechas estão muito coradas contra o branco de seu rosto. Ela está linda na manhã gelada de fevereiro, e *eu pareço o maldito Rudolph, a Rena do Nariz Vermelho.* Ele suspira.

– Estava... – admite ele em voz alta. – Por isso que foi tão produtiva! Em geral só consigo ajudar, tipo... uma ou duas pessoas no máximo. Apesar de que eu com certeza não posso passar sempre muitas noites até tarde. – Ele é interrompido por um bocejo enorme e oportuno. Quando termina, ele sorri torto. – Você sabe o que quero dizer.

MJ ri, um som baixo que se espalha pelo ar frio.

– Cinco da manhã é *muito* tarde – concorda. – Você tem sorte de hoje ser um dia bem tranquilo. Mas… – diz ela mais uma vez, e Peter tenta não deixar a frustração transparecer no rosto. Quer que ela fique contente por ele estar indo tão bem e se sente confuso com a resistência dela. – Bem, você perdeu uma coisa muito importante ontem à noite, Peter.

– Hein? – pergunta ele. Acordou mais tarde do que o normal naquela manhã, o que já era alguma coisa, considerando que sua rotina habitual não era bem a imagem da pontualidade, e não teve a chance de ver nenhuma notícia on-line, por isso não tem ideia do que ela está falando.

– Houve um roubo de joias *de verdade* – revela ela, enfim em uma explosão de empolgação e um pouco de descrença. Peter fica chocado.

– Um *roubo de joias*? – repete, estupefato. – Um roubo de joias?! – Ele solta a mão de MJ para poder apertar as palmas nos olhos e bloquear o mundo por um segundo. – Perdi um roubo de joias – sussurra ele para si mesmo. – Alguém… se machucou, Mary Jane? – pergunta ele, depois de deixar as mãos caírem ao lado do corpo. Todo o seu corpo está tenso.

– Não! Não, ninguém ficou ferido. Desculpa, eu deveria ter começado com isso – responde MJ depressa. – Não estão divulgando muitos detalhes, mas *sei* que *ninguém* se machucou. Eu só… – Ela pega a mão dele de novo e eles voltam a andar. – Só acho que essa pessoa do Código Aranha tem segundas intenções e é algo para se levar em consideração.

Peter dá de ombros.

– Pode ser que você tenha razão. Eu não deveria confiar tanto em algo que não consigo ver. Mas vou mandar uma mensagem e ver o que dizem se eu perguntar sobre o roubo das joias.

– Não é uma má ideia – concorda MJ. De repente, seus olhos se arregalam e ela aponta. – Peter, o ônibus! – O ônibus escolar está passando por eles e eles têm pelo menos mais um quarteirão e meio para chegar ao ponto.

– Droga! – Juntos, eles correm pela rua, arfando e bufando quando enfim conseguem chegar, bem a tempo de as portas se abrirem. A motorista do ônibus, a sra. Betty, sorri para os dois, com olhos alertas e a pele escura parecendo radiante à luz da manhã.

– Bom dia, pessoal! – cumprimenta ela, rindo. – Espero que essa corrida tenha sido um bom despertador para vocês dois.

– Sra. Betty – diz Peter, ofegante ao passar por ela para descer o corredor –, algum dia, por favor, conta para a gente o seu segredo para estar tão acordada tão cedo pela manhã.

Em resposta, a risada dela o segue até o assento vazio que MJ pegou para eles na parte de trás do ônibus.

– Pois é, chega de noites acordada até super tarde – declara MJ. – Não aguento esse tipo de estresse antes mesmo de as aulas começarem. – Mas ela está sorrindo, então Peter sabe que ela não está chateada.

– De acordo – responde Peter. Ele se senta ao lado dela e busca o celular no bolso. – Tá bom, vamos mandar uma mensagem para o nosso suposto ajudante do Código Aranha.– MJ murmura em concordância. Ele abre um link para a notícia sobre as joias desaparecidas e cola o URL numa nova mensagem.

**Como a gente perdeu isso???**

– Tá bom – diz ele. – Está feito. – Ele aperta um botão para desligar a tela do celular e o põe na mochila, em vez de tentar colocá-lo de volta no bolso do casaco enquanto está agasalhado e sentado.

– Ótimo – responde MJ. – Agora, mudando de assunto, por favor, não esqueça que a audiência com o vereador Grant é hoje à noite. Eu e a Maia vamos ver se conseguimos algumas respostas.

Peter sorri e passa o braço sobre os ombros de MJ.

– Estarei *lá*. Assim que eu sair do *Clarim*, mando uma mensagem para você para a gente se encontrar.

# CAPÍTULO DOZE

esta vez, quando chega ao Café Sem Nome, o Mancha não espera até criar coragem para entrar. *Não sou um zé-ninguém. Eu sou alguém.* Ele caminha até aquela mesma porta velha e suja e a abre, deixando que bata contra a parede com um *baque alto.* Ele dá um passo para dentro. Renunciou a qualquer vestígio de sua antiga aparência e agora está coberto da cabeça aos pés pelas manchas pretas.

O mesmo segurança de antes aparece e estreita os olhos.

– Você não é o mesmo lixo de antes? – zomba ele. – Já falei que você não é bem-vindo aqui.

O Mancha aponta um dedo para o rosto do segurança e dá a volta nele. Só precisa de um segundo a mais, e a confusão do segurança lhe dá tempo. À vista da clientela silenciosa, ele enfia um punho vazio num buraco no peito e puxa um punho cheio. Então atira um monte de diamantes minúsculos e brilhantes que voam pelo aposento.

– Esses são…? – Ouve alguém dizer; e outro: – Isso é do…

– *Esse* cara?!

O segurança está logo atrás dele agora, mas o Mancha consegue sentir o homem vacilando. O clima mudou e está a favor do Mancha.

— Imagino que você está prestes a me dizer que posso ficar — sugere o Mancha, sem se virar.

— Sim — responde uma voz rouca. — Pode. — E, em seguida, os passos pesados voltam para a entrada.

— Foi o que pensei. — O Mancha observa o CSN, não há muitas *pessoas* e o espaço é escuro, mas ele acha que há algumas silhuetas reconhecíveis. Aquela nos fundos da cafeteria, numa mesa da qual todos os que passam por aquela zona se mantêm afastados, é particularmente familiar com os seus ângulos retos e a sua forma retangular. O Mancha não segue nessa direção, optando por uma mesa vazia ao longo da parede. Um velho de pele negra se aproxima dele, segurando um bloco de notas. Deve ser garçom. A metade superior de seu rosto é cheia de cicatrizes e uma barba branca cobre a metade inferior. Ele encosta uma caneta no bloco de notas e começa a falar:

— Uma entrada e tanto, novato...

— Sou *o Mancha* — corrige o Mancha com tom profissional.

— O Mancha, então — repete o homem. — Uma entrada e tanto. É a você que podemos agradecer por aquele grande trabalho do outro dia? — Ele lança um olhar para os diamantes espalhados pelo chão.

O Mancha se recosta na cadeira e dá de ombros.

— Pode ser que eu saiba uma ou duas coisas sobre uma ou duas coisas, ainda mais se algumas dessas coisas forem diamantes, rubis e esmeraldas — responde com uma risada desagradável.

— Nossa — retruca o garçom, com uma inflexão igualmente desagradável. — Então, o que acha da sua primeira bebida ser por conta da casa, sr. Mancha. E esperamos que seja com o entendimento de que a gente vai se ver de novo.

O Mancha precisa conter um estremecimento de empolgação. Ele se assegura que sua voz esteja controlada quando pede:

– Quero um macchiato. Sem açúcar.

O homem inclina a cabeça e sai para fazer o pedido. Ao seu redor, Mancha consegue sentir as pessoas observando e gosta disso. Ouve sussurros e conjecturas sobre como conseguiu. Deixa as palavras passarem e não consegue evitar o sorriso que se estampa em seu rosto. Ninguém ali vai julgá-lo por seus resultados; ninguém vai zombar dele por fazer as coisas. Eles não se importam com a *ética*.

– Espera – declara uma voz taciturna de uma mesa no canto. – Espera só até o inseto pegar você. Você não tem nenhuma chance contra ele. – O Mancha olha e vê um grande homem branco debruçado sobre uma caneca. Parece que alguém tinha acertado o nariz dele com um bastão e seus olhos são pequenos e raivosos.

– Hum – responde o Mancha, a bravata faz sua voz se elevar. – Eu dou conta daquele cara. Ele é patético. – Os Descrentes podem estar lidando com o Homem-Aranha por enquanto, mas se o Mancha foi capaz de realizar o trabalho que acabou de fazer… por que ele mesmo não conseguiria lidar com o Homem-Aranha também?

– Aham, tá bom – diz o grandalhão. Ele fica de pé. – Como quiser, novato.

– É *Mancha* – o Mancha diz em resposta, entre os dentes.

– Só estou dizendo que o inseto vai acabar com você mais cedo ou mais tarde. – Ele dá de ombros e depois manca até a porta. O Mancha está zangado demais para dizer qualquer coisa. – Até mais, Bobby – o idiota anônimo se despede do segurança e sai noite adentro.

*Ah, então ainda sou um "novato", hein? Espere só. Vou acabar com* o inseto.

Quando Peter aparece no *Clarim* depois da escola, a energia é *intensa*. As pessoas estão correndo de um lado para outro e, quando ele chega à sua mesa, vê que Kayla não está em lugar nenhum. Ele se senta e retorna para o projeto de longo prazo que Kayla lhe deu de organizar antigas fotos impressas. Há uma pilha enorme de pastas para examinar, então ele escolhe uma ao acaso, abrindo-a e começando a examinar as fotos para organizá-las em pilhas. Alguns cubículos adiante, ele ouve alguém ao telefone pedindo uma declaração de alguém.

– Você pode me dizer quando percebeu que o fornecedor de diamantes havia desaparecido? Senhor? Alô? Alô? – Em seguida, o som de um telefone batendo no gancho. – Aff! Por que ninguém fala comigo?!

Peter estremece. *Caramba, isso não parece nada bom.* Todo o andar está assim. A certa altura, Peter se levanta para usar o banheiro e jura que consegue ouvir Jameson a dois andares de distância, gritando por *mais informações em sua mesa agora mesmo*. Ele ainda não ficou cara a cara com Jameson desde a falsa demissão, e Peter está satisfeito em continuar assim. Ele abaixa a cabeça e volta para as fotos.

Cerca de meia hora depois, há um turbilhão de energia atrás dele, e Peter se vira e dá de cara com Kayla desabando na cadeira. Ela está se abanando e sentada na cadeira, curvada de um jeito que Peter acha que nunca a viu antes.

– Hã, oi? – cumprimenta, inseguro.

– Me lembra que fui eu que pedi por essa promoção e que sabia como seria quando comecei – diz ela como cumprimento.

– Hum, você pediu pela promoção e sabia como seria quando começou? – Peter pergunta mais do que afirma. Kayla sorri, mas Peter percebe que ela está cansada por trás do sorriso. – Qual é o problema por aqui? Todo mundo parece doido – diz ele, gesticulando. A pessoa de antes está de volta ao telefone e Peter acha que ela está à beira das lágrimas.

Kayla se inclina para frente e seus olhos estão arregalados de empolgação.

– Há um *novo* supervilão em Nova York.

Peter faz uma careta.

– E isso é… bom por quê?

– Notícias, Peter! Notícias quentinhas e emocionantes! E a primeira pessoa que divulgar a história vai poder nomeá-lo, vai decidir como o resto dos jornais vai cobri-la, vai obter o reconhecimento, aí quando a inevitável reportagem bem pesquisado for publicada, vai estar concorrendo pra valer aos prêmios. Tudo está a mil agora; é preciso entrar *no jogo*. – No final da última frase, os olhos de Kayla estão arregalados e os punhos cerrados sob o queixo, e ela nem está mais olhando *para* Peter, mas sim para algo distante.

– Ah… – *Isso tem alguma coisa a ver com aquele roubo de joias que eu perdi?* – Então… – Ele hesita, tentando descobrir como perguntar o que quer perguntar. Ele finalmente decide. – O que sabemos até agora?

O olhar de Kayla se volta para Peter.

– Bem, estamos chamando ele de Pontos, ou quem sabe de Manchas… Jonah estava gritando, mas também não estava articulando muito bem, então, não tenho certeza do que ele e Robbie decidiram; e ele deixa para trás esses círculos pretos, mas ninguém sabe o motivo. De alguma forma, conseguiu entrar e sair de um caminhão todo blindado com *toda* a carga sem que ninguém o visse. Acho que os pontos são como uma marca pessoal e ele deve conseguir ficar invisível.

Ao longo da explicação de Kayla, a expressão de Peter vai ficando cada vez mais abatida. Algumas semanas atrás, essa pessoa estava roubando caixas eletrônicos aleatórios e Peter não a pegou. E, agora, está esvaziando caminhões blindados inteiros? Peter sabe que as coisas só podem piorar a partir disso.

– E também... – Kayla olha para o rosto de Peter e se interrompe de repente. – Está tudo bem? – pergunta ela.

Peter se apressa a transformar as feições em algo mais neutro.

– Sim! Sim, foi mal. É só que... esses caras sempre causam tantos problemas na cidade, sabe? Aquele cara com roupa de rinoceronte atacou a minha escola uma vez, e ela ficou em reformas por *meses*... ainda está, na verdade.

A expressão de Kayla suaviza e ela se inclina para frente na cadeira.

– Tem razão, Peter. Desculpa por isso. É que, do ponto de vista jornalístico, *é* emocionante. E ele não machucou ninguém, então espero que seja pego antes que algo aconteça, é claro.

– Não, você tem toda a razão! – responde Peter, sem querer que Kayla se sinta mal só porque *ele* se sente responsável.

– Kayla! – A voz de Jameson está mais próxima agora, e Peter não consegue evitar estremecer. – Aquela ameaça mascarada esteve em algum lugar perto do novo cara? Alguma notícia disso?! – grita ele, invadindo a cena. Peter gira a cadeira tão rápido que quase cai dela, de modo que suas costas ficam voltadas para a direção de onde Jameson está vindo.

Kayla inspira fundo e se vira para J. Jonah Jameson, que agora está inclinado por cima da parede do cubículo.

– Não, senhor – responde ela.

– Que estranho, não é? Essa é a notícia! "Ameaça mascarada perde gênio responsável por roubo de joias".

Peter tem que resistir à vontade de abaixar a cabeça na mesa e gemer. Atrás de si, ouve Kayla dizer:

– Tem razão, Jonah. Vou começar a escrever agora mesmo.

– Ótimo! – exclama Jameson, já voltando apressado por onde veio.

Peter solta um suspiro de alívio que nem percebeu que estava prendendo. *Ótimo, mais publicidade maravilhosa,* pensa, franzindo a testa para as pastas que restavam em sua mesa.

Mais tarde, o Aranha está voltando do *Clarim para casa,* se balançando pelas ruas do Queens. Está desconcertado com o quanto todo mundo parece perceber que ele errou feio por não ter estado presente no grande assalto. *MJ tinha razão. Há algo muito estranho sobre quem está administrando aquela conta.* O Código Aranha nunca mais respondeu à mensagem depois daquela manhã, e isso o está deixando nervoso. Ele não consegue pensar em nenhuma razão para o silêncio, *a não ser* que a pessoa esteja furiosa por ter sido questionada ou frustrada porque o Aranha descobriu que o Código Aranha tem os próprios objetivos.

– MJ! – exclama o Aranha, lembrando de repente que devia estar em um lugar. – A audiência! – Ele atira uma teia diagonal num canto próximo e usa o ângulo para girar e virar à esquerda. Esqueceu completamente de mandar uma mensagem para ela quando estava saindo, tão preocupado com Pontos ou Manchas ou seja lá como esse novo vilão se chama. *Agora ela vai mesmo sentir que não pode conversar comigo sobre essas coisas,* a mente do Aranha está fervilhando. *Eu não posso decepcioná-la!*

Ele faz outro truque com a teia em diagonal e vira a próxima curva à esquerda. Quando ele vira a esquina, suas lentes se arregalam ao ver o que está adiante, mas ele está se movendo rápido demais para evitá-lo. Ali, pairando no ar à frente, está um gigantesco buraco negro, e o Aranha voa direto para dentro dele.

MJ olha para o celular novamente e ainda não há mensagem de Peter. Ela e Maia estão sentadas na segunda fila da audiência pública que o vereador Grant convocou, na esperança de ter algum tempo cara a cara com o homem. Ela desbloqueia a tela e digita a terceira mensagem para Peter na última meia hora.

> **SÓ CHECANDO DE NOVO, A AUDIÊNCIA ESTÁ PRESTES A COMEÇAR, CADÊ VC?? SE SEU TRABALHO NOTURNO ATRAPALHOU, SÓ ME LIGA E AVISA PELO MENOS.**

Ela clica em enviar e franze a testa para o celular. Espera que não haja nada de errado, mas também espera que Peter não tenha esquecido que deveria encontrá-la na prefeitura.

– Com licença, pessoal! – Uma voz alta na frente do salão chama. – Se puderem, por favor, silenciar seus celulares. Estamos prestes a começar. – Há apenas outras oito pessoas no espaço além de MJ e Maia. *Uma audiência pública de um vereador local numa noite aleatória da semana não é bem o evento mais badalado da cidade,* pensa MJ, embora a visão da sala vazia a deixe um pouco triste. Ao seu lado, Maia se remexe no assento, tentando ficar confortável nas cadeiras baratas de plástico.

– Pelo menos vamos poder fazer uma pergunta, isso *com certeza* – comenta Maia. – Espera – acrescenta ela –, a gente deveria usar nomes falsos? Já que ele já ligou para você na escola?

– Ah… não pensei nisso, mas… será que a gente pode mentir para um vereador? – pergunta MJ, e Maia ri em resposta.

– Aposto que ele mente o tempo *todo* – observa ela. MJ responde com um sorriso irônico. – Na verdade, vou perguntar. Ele ainda não sabe quem eu sou.

– É justo. E é uma pergunta simples também! Muitas pessoas podem querer saber como iniciar uma horta comunitária se não souberem quem é o proprietário de determinado lote e se esse lote estiver vazio há *anos.*

Antes que Maia possa responder, um homem alto e branco vai para a frente do salão. Ele tem cabelo castanho--claro e um par de óculos de aros dourados. Seu terno azul sob medida e gravata vermelha parecem caros.

– Bem-vinda comunidade do Queens. Sou o vereador Grant e obrigado por terem vindo hoje. Todos vocês dez. – Há uma rodada de risadas silenciosas e educadas. – Então, devemos começar? – pergunta ele.

O vereador anda pela frente do salão falando sobre construtoras e trazer dinheiro para o Queens; ele menciona alguns nomes no início. *Ele é muito carismático,* pensa MJ, franzindo a testa. *Mas tem algo que eu não gosto.* Um dedo bate em sua coxa e ela se vira para olhar para sua companheira. Maia está carrancuda.

– Tem algo suspeito nele – sussurra ela para MJ, que apenas concorda com um gesto de cabeça.

Nesse momento, o vereador declara:

– E estarei trabalhando em estreita colaboração com uma organização totalmente nova, a KRT Tecnologia, para realizar a maior parte disso.

Tanto MJ quanto Maia ficam eretas e se inclinam para frente. *É a empresa proprietária do terreno!*

Infelizmente, Grant não se aprofunda nessa corporação em particular durante seu discurso, apesar de MJ e Maia esperarem que faça isso. Ele passa mais dez minutos falando de parques para cães e algumas leis comerciais locais antes de finalmente abrir espaço para perguntas. Maia ergue a mão no mesmo instante.

Os olhos azuis-claros do vereador se voltam para ela e ele aponta. Então MJ jura que ele dá uma segunda olhada ao perceber que ela está sentada ao lado de Maia.

– Na verdade, um momento, por favor – solicita ele, deixando a frente do salão e se inclinando para falar no ouvido da pessoa que o apresentou no começo. Depois o vereador não volta mais. Ele sai apressado por uma porta lateral e a pessoa para quem ele sussurrou se adianta.

– Peço desculpas, pessoal, mas o vereador Grant teve uma emergência e teve que sair às pressas. Nos vemos em algumas semanas para a próxima audiência!

– Está de *brincadeira*?! – explode Maia.

MJ se encosta na cadeira e joga a cabeça para trás em frustração, fechando os olhos e soltando um suspiro profundo.

– Mas que *droga* – diz ela. Pega o celular para ver se Peter ligou ou mandou alguma mensagem, esperando que ele tenha algo bom a dizer. Seus olhos ardem quando ela vê que não há notificações, e ela morde a bochecha, furiosa por estar prestes a chorar. – Aff – murmura, fechando os olhos e respirando fundo para impedir que as lágrimas caiam. *Por que estou chorando? Isso é tão irritante! Estou só frustrada!*

    – Vamos desvendar essa questão – declara Maia ao seu lado. – Não vou deixar *esse* cara vencer.

# CAPÍTULO TREZE

Quando o Homem-Aranha acorda, a primeira coisa que nota é o *cheiro*. Tem cheiro de... lixo. *Como partes da cidade num dia quente de verão, mas de alguma forma ainda pior.* Ele está deitado sobre algo duro e ainda não abriu os olhos. Tentando não engasgar, leva um segundo para examinar seu corpo e se certificar de que nada está quebrado. Ele mexe os dedos dos pés e flexiona os dedos das mãos. Tudo parece estar em boas condições. Abrir os olhos não ajuda muito; é tudo escuridão ao seu redor. Por fim, ele empurra o chão e se move para se levantar. No mesmo instante, ele solta um gemido de dor e coloca a mão na cabeça. Deve ter batido com muita força. Fecha os olhos novamente e fica parado por um momento, tentando fazer com que a dor diminua. Enfim, ele pega o celular e liga a lanterna.

– Será que estou no *esgoto*?!

O Homem-Aranha quase vomita. Levando os dedos ao rosto, ele considera puxar a parte inferior da máscara para cima, só por garantia, mas não quer perder a única camada de proteção que tem contra o cheiro nojento ao seu redor. Faz um esforço concentrado para respirar pela boca.

– Mas que raios? – Ele move a lanterna para ver se há alguma coisa que consiga ver que possa lhe dar uma pista de como chegou ali, mas não há nada. A última coisa de que se lembra é… – o BURACO NEGRO! Eu atravessei… eu *atravessei aquilo*.

O Homem-Aranha já passou por muita coisa, mas nunca foi jogado por uma mancha de tinta preta, no melhor estilo desenho animado, bem meio do céu.

– Mas – questiona, começando a andar – *como* foi que eu atravessei aquilo? As manchas no caixa eletrônico estavam *pintadas* nas máquinas. Eu as toquei. Não havia nada naquelas que parecesse que algo pudesse entrar ou sair. Preciso falar com a… MJ! – Ele bate a palma da mão na testa e logo solta um grito de dor. Com delicadeza, passa os dedos pela parte superior da máscara. Ele para cerca de cinco centímetros acima da sobrancelha direita e estremece, há um galo alto ali e está sensível ao toque. – *Ai* – diz. *Devo ter caído de cabeça daquele buraco.*

O Aranha geme de novo e respira fundo pelo nariz para acalmar a dor e logo ofega pela segunda vez.

– É isso. Preciso sair daqui antes que vomite e morra, ou vice-versa. – Ele olha de um lado para outro ao longo do corredor do esgoto. A uma curta distância, consegue ver os pontos fracos de um poste brilhando através dos buraquinhos de uma tampa de bueiro. Alguns minutos depois, está empurrando com força o disco pesado e saindo da escuridão úmida. Quando chega à rua, ele leva um segundo para se orientar.

– Homem Aranha?– Há uma jovem asiática parada na esquina apontando para ele. – Oi, Homem-Aranha!– repete ela, com mais entusiasmo.

Ele olha para a placa da rua acima dela.

– *Canal Street?!*– grita ele. – Eu estava no *Queens* e agora estou de volta ao centro. Você está *de brincadeira*?!

– Hã… Homem-Aranha, está tudo… – diz a moça pela terceira vez, como se não tivesse certeza se é mesmo ele, ou talvez algum impostor.

Ele controla o tom e acena.

– Ah, foi mal, oi, sim, sou o Homem-Aranha – responde ele. – É bom te ver, mas agora tenho que ir. – E, antes que ela possa dizer mais alguma coisa, ele atira uma teia no topo de um prédio e voa até o telhado. No segundo em que suas botas atingem o teto, puxa o celular de novo. Já passa das onze da noite, o que significa que ele perdeu cerca de quatro horas de tempo e que ele… Há um pequeno círculo vermelho com o número sete no canto do aplicativo de mensagens. Fazendo uma careta, ele toca no ícone. Cinco delas são de MJ.

> OI, VC NÃO DEU NOTÍCIAS, JÁ ESTÁ VINDO? EU E A MAIA JÁ ESTAMOS AQUI. VEJO VC EM BREVE!

> EI PETER, VOCÊ JÁ SAIU DO CLARIM?

> SÓ CHECANDO DE NOVO, A AUDIÊNCIA ESTÁ PRESTES A COMEÇAR, CADÊ VC?? SE SEU TRABALHO NOTURNO ATRAPALHOU, SÓ ME LIGA E AVISA PELO MENOS.

> BEM, VC PERDEU, MAS DEVE TER SIDO UMA BOA COISA, PQ FOI HORRÍVEL

> TÁ BOM PETER, TÔ COMEÇANDO A FICAR PREOCUPADA, CADÊ VC????

O Homem-Aranha não perde tempo e responde à mensagem.

> **DESCULPA! FIQUEI PRESO NO TRABALHO NOTURNO E ESTOU INDO PRA CASA AGORA, VOU PARAR PARA ME TROCAR BEM RÁPIDO (LONGA HISTÓRIA), MAS VEJO VC DEPOIS???**

Três pequenos pontos aparecem para indicar que ela está digitando, mas quando a mensagem chega, tudo o que ela diz é *beleza*.

*Não é um bom sinal...*

O Mancha cai de volta na cama com um suspiro feliz. *Eu acabei de vez com o Homem-Aranha! Sozinho! Eu consegui! Eu! Agora vamos ver o que aquele cara do CSN tem a dizer.* Ele coloca as mãos atrás da cabeça e cruza os tornozelos. Há alguns cardápios de comida para viagem no chão perto da cama, e ele pensa em pedir um banquete comemorativo para o jantar. Um zumbido alto vindo da sala interrompe seus pensamentos, e ele se levanta da cama para ver o que é.

O celular roubado vibra alto na mesinha de centro, se movendo alguns centímetros para a direita a cada vibração. O Mancha o agarra e desbloqueia para atender.

– Não era isso que queríamos. Não era isso. – As vozes estão *altas* desta vez e o Mancha franze a testa.

– Era o que *eu* queria – responde, com um tom inflexível. – Tinha que acontecer.

– Por que você... – As vozes param e gaguejam por um momento. – Sabotagem. Por que você sabotou?

Os pontos pretos por todo o seu corpo dançam e se movem enquanto o Mancha fica cada vez mais frustrado. *Sabotagem?*

– Isso não foi *sabotagem*. Foi uma brincadeira. Uma pegadinha. Isso foi *deixar a minha marca* – declara ele, o tom ardiloso de sua voz destacado em contraste com sua falsa inocência. – Olha, vi aquele idiota de uniforme vermelho voando pela esquina e pensei: *Por que não?* – Ele estende a mão livre em um amplo arco. – O universo o deixou cair na palma das minhas mãos e eu *não* deveria aproveitar? Pensem no que vai acontecer com o cara que derrotar *o Homem-Aranha*. As pessoas vão lembrar o nome dele *para sempre*.

O Mancha nem pensa mais no celular em mãos. Está pensando num futuro no qual seu nome estará na boca de todos. No qual os chefões vêm até ele em busca de ajuda.

– Não deveria. Não foi inteligente. Nada inteligente. Temos o Aranha. Estamos lidando com o Aranha. Plano. Plano acontecendo – dizem elas, as vozes se elevam a cada palavra, interrompendo seus devaneios. Há uma pontada de *algo* contra o braço do Mancha. Como se algo o estivesse empurrando, mas é tão fraco que ele nem consegue ter certeza de que está de fato acontecendo. Ele olha para o braço e depois para o celular.

– Isso são vocês? – pergunta ele. – Estão tentando *fazer* alguma coisa?

– Você deve. Ouvir. Você deve *ouvir*! – soam as vozes, altas e raivosas.

– Me deem um bom motivo – exige o Mancha.

– Nós *daremos* tudo a você. Mas você nos ajuda. Primeiro. Encontra casa. Nosso lar.

Peter rasteja até seu quarto e quase escorrega no parapeito da janela. Olha para baixo e descobre que sua bota ainda tem algum tipo de gosma do esgoto. Ele estremece de nojo e tenta limpá-la na lateral da casa para não a levar para dentro. Ao fazer isso, seu dedo do pé fica preso sob uma das ripas e ele cai para frente, com a barriga batendo com força contra o parapeito da janela, as pernas penduradas para fora e a cabeça para dentro. – *Ai* – ele solta um grunhido com o impacto.

Ele ouve a voz da tia vindo do andar de baixo.

– Peter? Está tudo bem?

Peter se apressa para entrar no quarto, fechar a janela e começar a se livrar do uniforme. Ele tira tudo e enfia a bagunça debaixo da cama, depois pega o pijama sujo que deixou no chão naquela manhã. Está levantando as calças quando ouve uma batida suave à porta.

– Peter? – A voz da tia May sai abafada.

Ele mergulha debaixo das cobertas e se acomoda antes de responder em voz baixa:

– Oi?

A maçaneta gira e a tia May enfia a cabeça para dentro.

– Pensei ter ouvido alguma coisa caindo aqui – diz ela. Seus óculos estão apoiados na ponta do nariz e Peter percebe que ela provavelmente estava trabalhando lá embaixo.

– Ah, derrubei uma pilha de livros – mente. – Foi mal por isso. – *E por mentir,* ele pensa.

Os olhos de May ficam suaves e ela sorri.

– Tudo bem, Peter. Só queria ter certeza de que estava tudo bem. – Então o nariz dela se contorce e seus olhos se estreitam. – Que cheiro *é esse?* – pergunta ela, olhando ao redor do quarto.

Peter mantém o rosto calmo.

– Que cheiro? – pergunta, esperando que ela não perceba que ele sabe exatamente que cheiro ela está sentindo.

– Não sei… mas é um fedor *horrível*. Você deixou comida apodrecer aqui ou algo assim? – questiona ela, se movendo para dar um passo para dentro.

– Não! Não. Não. Eu só… Ah, pode ser que sejam os restos de um experimento em que eu estava trabalhando – sugere ele, as palavras saem depressa. Ele tira as pernas de debaixo dos cobertores. – Quer que eu verifique agora?

May levanta as mãos e balança a cabeça.

– Ah, não, descanse, Peter. Sinto que você está trabalhando demais desde que as aulas recomeçaram. Tente tirar um tempinho livre. – O tom dela indica que ela está pedindo, mas Peter já o escutou antes e sabe que ela quer dizer que, caso ele não tire algum tempo de descanso, ela fará isso por ele.

– Sim, tia May – consente ele. – Mas é o sujo falando do mal lavado. – Um olhar interrogativo se instala nas feições dela em resposta. – Alguém aqui também tem trabalhado demais – explica ele.

– Isso é um grande atrevimento da sua parte, Peter. Não se esqueça de quem é o adulto aqui – ralha ela, a falsa irritação em seu tom desmentida pelo grande sorriso no rosto.

– Sim, tia May – repete ele, retribuindo o sorriso dela com um dos seus.

– No próximo fim de semana, nós *dois* vamos tirar uma folga e poder passar o sábado comendo bobagens e assistindo a filmes – diz ela, se virando para voltar para baixo.

– Parece ótimo – responde Peter, falando sério.

– Muito bem, agora vá para a cama! Boa noite.

– Boa noite!

Peter espera quinze minutos no quarto antes de se levantar para colocar um suéter pesado e um par de meias grossas. Em seguida, abre a janela e desliza para fora, tomando cuidado para não pisar na mancha de antes. Ele rasteja até a beira do telhado e olha para os lados para ter certeza de que a rua está tranquila antes de se lançar até a casa dos Watson. Ele chega à janela de MJ e bate de leve no vidro. Ela abre sem dizer nada e já está sentada na cama quando ele entra. Está usando um robe grosso e escuro amarrado na cintura. Parece muito à vontade, mas não combina com a maneira como está se comportando. Seus braços estão cruzados no peito e ela está com as pernas cruzadas sob o corpo.

– Oi, MJ – diz ele sem jeito, esfregando a nuca. – Eu...

– Onde você *estava*? – diz ela, com a voz embargada. – Eu fiquei preocupada. Você disse que estaria lá e não estava, e não havia nenhuma informação e eu nem sabia para quem ligar. Eu fiquei *preocupada* – repete ela, e o coração de Peter desaba. Ele dá um passo à frente e ela levanta a mão. – Não, espera, você tem que me contar.

Ele acena com a cabeça uma vez e recua para se sentar no pufe. Então ele abre a boca e despeja tudo. Sobre Jameson e o *Clarim,* sobre ter perdido um novo supervilão e sobre o buraco negro no meio da rua. Quando ele termina, o rosto de MJ está pálido.

– Peter, eu sei que tenho que descobrir como ficar bem com tudo... – Ela gesticula em um amplo arco – tudo isso. Eu sei. E *com certeza* acho que precisamos criar algum tipo de sistema para te ajudar caso alguma coisa aconteça. Tipo, e se você não acordasse naquele esgoto?!

– Mas eu acordei! – protesta Peter. – Eu acordei. E sei que é assustador, MJ, mas... – Ele faz uma pausa e considera como quer dizer o que precisa dizer. – Já faço isso há algum tempo e às vezes coisas acontecem. Posso acabar me machucando, sei disso. – Ele dá de ombros. – Já estou acostumado. Falando sério, minha cabeça quase não dói mais.

– Mas e se for algo… pior? – pergunta MJ, se encolhendo e com clareza repentina, Peter percebe o que ela está perguntando.

– Ah, ah, não, MJ.– Ele fica de pé e ela finalmente permite que ele se sente ao seu lado e coloque o braço ao redor de seus ombros.

– MJ, eu… já faz um tempo que eu *tenho* feito isso sozinho e com certeza ficou perigoso. Mas também sou muito bom em lutar – brinca ele debilmente.

Em resposta, ela empurra de leve as costelas dele com o cotovelo.

– Não tem graça – reclama, com a cabeça baixa. – Precisamos de um sistema. Eu não posso… Temos só dezesseis anos. Precisamos de um *sistema.*

Peter aperta o ombro dela e acena com a cabeça.

– Está bem. Está bem. Vamos inventar alguma coisa caso algo *horrível,* mas improvável, aconteça. Me lembra de contar sobre quando derrotei o Electro e a pior coisa que me aconteceu foi que ganhei uma farpa.

MJ solta uma risadinha e então disfarçadamente enxuga o rosto. Peter faz cena ao desviar o olhar.

– Temos que descobrir quem é esse cara do Código Aranha logo, Peter. Não gosto da facilidade com que esse Pontos ou o quem quer que seja tenha crescido.

– Concordo. Está no topo da minha lista. Não gosto de ser enganado. – A voz dele fica baixa e irritada por um momento antes que ele se recupere. – *De qualquer forma* – diz ele por fim. –, me conta sobre a audiência.

– Essa é a *outra* coisa! – Ela o empurra de novo no mesmo lugar, bem no meio das costelas. – Eu sei que essa sua *atividade aranha*... – Peter levanta uma sobrancelha, sua bochecha marcada como se ele a estivesse mordendo para não rir. Ela revira os olhos. – Essa sua *atividade aranha* é importante e você faz muito bem para as pessoas da cidade. Mas os meus assuntos também são importantes. E não gosto de sentir que não são. Também quero mudar o mundo e ajudar as pessoas... só que de uma forma diferente.

Peter se apoia nas mãos. Ele pensa por um momento antes de se virar para ela para responder:

– Tem razão. Eu deveria ter lembrado de mandar uma mensagem para você antes de sair do *Clarim*, mesmo que essas outras coisas *estivessem* acontecendo. Eu deveria ter lembrado onde precisava estar, com você, muito antes, porque o que você está fazendo *é* importante – concorda ele. – Não quero que pense que não sei disso. Apesar de terem sido circunstâncias atenuantes. Acho que não dava para prever a aparição daquele grande buraco negro no céu. – Ele tenta fazer parecer que está brincando, mas não funciona.

MJ torce a ponta do cinto do roupão nas mãos, puxando-o de um lado para o outro e o enrolando nos dedos. – Você *deveria* ter se lembrado de me mandar uma mensagem. E as coisas do Homem-Aranha provavelmente sempre vão atrapalhar. – Peter abre a boca para dizer alguma coisa, mas MJ continua: – Acho que vou ter que descobrir como lidar com isso sozinha, como não comparar as coisas que fazemos, ou algo assim.

Peter balança a cabeça para indicar que está ouvindo.

– Eu não... quero dizer... – começa, sem saber o que pode dizer. Então, ele se mexe e fica sentado direito de novo. – Não posso simplesmente parar.

MJ dá uma longa olhada para ele antes de levantar e se afastar dele. Peter reprime um som de frustração.

– Não estou pedindo isso; ninguém está pedindo para você parar. Mas acho que você não tem pensado muito nas… consequências.

– Você acha que eu não penso nas *consequências*? – questiona ele, incapaz de esconder a incredulidade na voz. – Eu só penso nas consequências! E se alguém se machucar? E se…

O celular de Peter vibra no bolso, interrompendo-o. Ele franze a testa; só consegue pensar em duas pessoas que estariam enviando mensagens para ele tão tarde da noite, e uma delas está bem ao lado dele. A outra ainda lhe deve uma resposta.

– Acha que é…? – pergunta MJ, deduzindo o mesmo que Peter. Mas a voz dela está tensa e Peter não tem certeza do que pode fazer.

– Não sei – responde ele, puxando o celular para ver. Ao ler a notificação, ele fica surpreso. – Ah.

– E? – pergunta MJ. – Era ele? O Código Aranha?

Ainda olhando para a tela, Peter balança a cabeça uma vez antes de voltar seu olhar para MJ.

– Não, é aquela repórter, Swapna Subhaiya. Ela está de volta à cidade e quer me encontrar.

# CAPÍTULO QUATORZE

Na noite seguinte, o Aranha volta para o mesmo prédio no centro da cidade. Dessa vez ele rasteja até a janela correta e se recosta, se apoiando no concreto plano. Ele olha para o celular e vê que está alguns minutos adiantado. Swapna pediu que ele aparecesse às 7h15, e ele disse para ela encontrá-lo na mesma janela que Kabir havia aberto alguns dias antes.

Ele olha para a calçada abaixo por um tempo, observando os pontos de pessoas cuidando da própria vida. Não consegue deixar de pensar na briga com MJ na noite anterior. Na verdade, não havia sido resolvida, apenas terminou, e ele ainda está inquieto. *Não quero que ela pense que não a apoio. E com certeza não quero que ela se preocupe comigo. Mas... o que devo fazer?* Antes que ele possa continuar com essa linha de raciocínio, a janela ao lado se abre e uma cabeça de cabelo escuro aparece.

– Homem-Aranha! Oi!

Enquanto Kabir Subhaiya era um pouco sem jeito e reservado, Swapna Subhaiya é toda vibrante e animada. A cor de seu cabelo é profunda, um preto escuro e com um corte curto reto na altura do queixo, e seus lábios estão pintados de um vermelho brilhante. Ela já se trocou das roupas de trabalho – *a menos que ela vá trabalhar usando uma camiseta do Nirvana e calça de moletom,* pensa o Aranha. *Como vou saber?*

– Oi – cumprimenta ele. – Obrigado por entrar em contato comigo.

Swapna abre um sorriso largo.

– Eu tenho que perguntar, você tem todas as suas conversas assim? – Ela aponta para si mesma dentro do apartamento e para o Aranha grudado na lateral do prédio.

Ele leva um segundo para pensar sobre isso.

– Acontece mais do que eu esperava, na verdade – ele decide responder.

Ela ri em resposta e então começa outro discurso.

– Como eu poderia não entrar em contato com você? Você *já* conversou com algum repórter? Quero dizer, sei que não sou tecnicamente a pessoa que cobre a sua... hã, área, mas... – Ela para. – Ele pode até reclamar de você, mas nem mesmo o Jonah torceria o nariz para uma exclusiva com *o* Homem-Aranha – comenta ela, com os dentes aparecendo em um sorriso largo e radiante.

O Aranha fica surpreso e tenta se equilibrar.

– Ah, bem, não. Não, não é isso... não, obrigado – diz ele por fim – Não quero dar nenhum tipo de entrevista. Na verdade, estava me perguntando se posso conseguir a sua ajuda com um... um caso em que estou trabalhando.

Os olhos escuros de Swapna se arregalam, fazendo-os parecer ainda maiores do que já são. Ela se inclina para frente, apoiando os cotovelos no parapeito da janela.

– Ah, eu não tinha pensado... É *claro que* você trabalharia em casos. Você não só *tropeça* em todos esses crimes.

– O Aranha faz uma nota mental para não revelar quantas vezes ele simplesmente "tropeça" em pessoas cometendo crimes.
– Vou ficar feliz em ajudar se puder. Em troca de um favor.

O Homem-Aranha não tem certeza se gosta disso.

– Como você *me encontrou*, afinal? – Swapna acrescenta antes que o Aranha possa dizer qualquer coisa.

Ele está preparado para essa pergunta. Ele e MJ discutiram possíveis explicações antes de ele ir embora na noite anterior.

– Ah, um amigo de um amigo de um amigo trabalha na mídia – responde ele, esperando que a imprecisão seja suficiente para dissuadi-la de investigar mais a fundo.

Ela o encara com um olhar demorado e pensativo. O Aranha espera para ver se ela vai questioná-lo.

– Tudo bem – diz ela, pelo visto decidindo que não vale a pena continuar com essa linha de questionamento. – Me fala o que está rolando. O que posso fazer por você?

As lentes do Aranha se estreitam.

– O que você quis dizer com "favor"? – pergunta, em vez de respondê-la.

Swapna sorri, porém, ele consegue ver algo sagaz desta vez.

– Olha, não posso simplesmente deixar essa oportunidade escapar. Você nunca falou com *ninguém* da imprensa. Não estou dizendo que quero saber a sua identidade secreta, mas que, se eu te ajudar nessa questão, você... pode me fazer um favor. Essa é a oferta, Aranha. É pegar ou largar.

O Homem-Aranha olha para ela, ponderando. Não tem certeza de quais são suas opções e, contanto que ela não esteja tentando descobrir quem ele é de fato... talvez ele possa tentar.

– Tudo bem – concorda. Em seguida, pega o celular, abre sua conta no Twitter e conta para ela sobre o usuário anônimo que lhe enviou dicas. Mas não dá detalhes sobre as dicas, exceto pelo nome do usuário.

Quando ele termina de falar, ela batuca o queixo e olha para longe, pensativa.

– Bem – diz ela, depois de processar o que ele contou –, minha primeira pergunta é: esse é o seu celular pessoal? Tipo, esse é o celular que você usa mesmo quando não está, sabe – ela aponta para o Homem-Aranha – vestido assim?

O Aranha dá de ombros, desconfiado de onde ela quer chegar com isso.

– Sim, acho que sim – responde.

Swapna inspira fundo.

– Quer um conselho, garoto? Isso tem que mudar. Você não pode usar o seu celular *pessoal!* Sabe como seria fácil descobrir quem você é? Precisa de um celular pré-pago, que possa ser configurado com apenas alguns dólares e sem precisar de nenhum tipo de informação de identificação para liberar o serviço.

O Aranha bate com a palma da mão na testa. *Não consigo acreditar que não pensei nisso por seis meses, ainda mais depois daquela conversa com MJ sobre o usuário do Código Aranha!*

– Você é a pessoa que tem mais razão que já conheci – afirma ele, contendo um gemido. *Porque* isso *não seria profissional.* Sob a máscara, ele revira os olhos. – Essa será a primeira coisa que vou fazer depois disso. Você pode...

Swapna dá a ele aquele mesmo sorriso astuto.

– Eu avisei, não estou interessada em divulgar a sua identidade nem nada. Acho que conseguimos mais matérias boas com você do que sem você... e quero que o meu jornal continue a vender exemplares. Mas redefina o seu celular pessoal para as configurações de fábrica e nunca conecte o seu pré-pago no Wi-Fi de casa. Na verdade, por segurança, nunca tuíte em nenhum lugar perto de onde você mora.

– A internet é assustadora.

Ela balança a cabeça, rindo.

– Não é. Você só tem que ter cuidado. Agora – ela se vira por um momento, e quando coloca a cabeça para fora, está segurando uma caneta e um bloco de anotações –, o identificador é OCodigoAranha0285? – pergunta. O Homem-Aranha acena com a cabeça. – Está bem, ótimo. Vou pesquisar e depois digo o que conseguir encontrar. E, hoje à noite, vou mandar para você uma lista de aplicativos para você baixar que vão permitir que você troque mensagens com segurança e os meus contatos nesses aplicativos.

– Você é uma salva-vidas, sra. Subhaiya – afirma ele, e então logo diz: – Swapna, quero dizer. Swapna. – *Os adultos usam o primeiro nome!* – Ela não comenta sobre isso, mas o Aranha pode ver que ela o está estudando de forma estranha agora, como se estivesse tentando descobrir alguma coisa.

– Ah, mais uma coisa. Existe alguma maneira de você descobrir quem é o dono de um URL para mim?

– Isso faz parte do mesmo caso? – pergunta ela.

– Não, é para… um caso diferente. – *O que não é de todo falso,* o Aranha reflete, *só não é o meu caso.* Ele bate o dedo na parede atrás dele, tentando acalmar os nervos.

– Duas perguntas… dois favores – informa ela, e o Homem-Aranha franze a testa sob a máscara, se perguntando se está se metendo onde não deve.

– Está bem. É de uma empresa chamada KRT tecnologia.

Swapna rabisca com a caneta no bloco, anotando o nome da empresa.

– K… R… T… Tec – diz ela, baixinho para si mesma, enquanto escreve. – Por que soa tão familiar…?

O Aranha dá de ombros de novo.

– Nunca ouvi falar deles e não há informações de contato ou funcionários listados no site. É meio confuso.

Swapna está assentindo com a cabeça para o bloco, deve estar pensando em seus próximos movimentos.

– Está bem, me dê alguns dias com isso. Vou entrar em contato, Homem-Aranha! Arrume um pré-pago!

A primeira coisa que Peter faz após seu encontro com Swapna Subhaiya é entrar num beco e se trocar para suas roupas comuns. Depois, ele encontra a loja de eletrônicos mais próxima, que fica a apenas alguns quarteirões de distância, e começa a se dirigir para lá. Ao chegar, ele vê uma placa para Eletrônicos JT em uma pequena loja entre um salão de beleza e uma pizzaria na 39th Street. As fortes luzes fluorescentes da loja se espalham pela calçada, atravessando as janelas encardidas. Peter empurra a porta e uma campainha toca para anunciá-lo.

– Olá! – soa uma voz com leve sotaque vinda do fundo da loja. Um homenzinho, de pele escura, com um kufi branco cobrindo metade da testa e uma espessa barba grisalha aparece de um canto. – Olá – repete ele quando avista Peter. – Como posso ajudá-lo?

Peter olha ao redor. A loja tem uma infinidade de eletrônicos: rádios e tablets, câmeras, tudo o que se pode precisar.

– Estou procurando um celular – informa ele. – Mas um que não precisa de uma conta ou algo assim. Tipo, um que eu possa só colocar alguns créditos e usar os minutos. – *Pois é, isso não parece nada estranho ou obscuro, Parker.*

Mas o homem não está olhando para ele de forma estranha, apenas balança a cabeça e olha para a mercadoria.

– Hum, sim, tudo bem. Acho que tenho exatamente o que você precisa – afirma ele, se virando e alcançando uma prateleira com caixas embrulhadas em plástico. – Este é muito bom e custa só cento e vinte e nove dólares.

Peter hesita. O homem franze a testa e acena com a cabeça.

– Vejo que está querendo outra coisa. – Ele se ajoelha e pega uma caixa diferente embrulhada em plástico de uma prateleira baixa. – Este aqui custa quarenta dólares.

Peter solta um jato de ar e pega a caixa da mão do homem.

– Dá para…? Posso baixar aplicativos nele? – pergunta, observando a caixa nas mãos. Não é uma marca da qual já ouviu falar, mas parece um smartphone comum.

O homem assente.

– Sim, mas a vida útil do aparelho não será muito longa.

Peter pega a carteira e olha dentro dela. Ele tenta guardar alguns dólares do seu salário *do Clarim* para emergências e alguns para encontros com MJ – o resto ele repassa para a tia May, mesmo a contragosto dela. Na carteira, ele tem uma nota de vinte, uma de dez e duas de um que vinha guardando para comprar um presente de Dia dos Namorados para MJ… *Mas isso é mais importante; MJ concordaria.*

– Tenho trinta e dois dólares– diz ele. O homem dá um passo para trás e o estuda. Ele toma algum tipo de decisão porque se afasta de Peter e vai para trás do balcão.

– Você parece ser um garoto legal – diz ele assim que se situa. – Trinta e dois dólares, então.

Peter sorri e se posiciona diante dele, do outro lado do balcão. Ele vê algumas echarpes e o que parece ser um tapete de oração enrolado e guardado no espaço limpo atrás do balcão.

– Muito obrigado! – exclama Peter, deixando o dinheiro no balcão e abrindo a caixa no mesmo instante.

– Por favor, não. Minha esposa diria que eu apenas não consigo dizer não a um garoto triste.

– Eu não estou triste! – Peter não consegue evitar reagir, um pouco ofendido.

O homem lhe dá um sorriso paciente.

– Assustado, então. Não, espera. Qual é a palavra, não é assustado. Ansioso. Você está ansioso.

– Está bem – Peter concorda. – Não posso negar. Mas de qualquer forma, agradeço, senhor. De verdade. É uma ajuda enorme.

Dez minutos depois, Peter está em um Starbucks mais adiante na mesma rua, com seu novo celular conectado e ligado. Ele se conectou ao Wi-Fi gratuito da cafeteria e está tomando um café preto. Encontrou um vale-presente antigo que ganhou em algum tipo de evento escolar no ano anterior e que tinha exatamente 2,67 dólares sobrando. Um copo grande de café preto custava 2,52 dólares. *Pode ser que aquela velha sorte Parker seja coisa do passado,* pensa, sorrindo e esperando o celular baixar o Twitter. Desligou o próprio celular. Acessando sua conta, ele logo abre as mensagens e fica satisfeito ao ver que há uma nova do Código Aranha, enviada vinte minutos antes.

Finalmente estão respondendo à pergunta do dia anterior.

> **Desculpas pela demora, mas queria investigar isso mais a fundo. Estou preocupado com o erro porque o programa deveria ser melhor do que isso. Não deveria estar falhando. Não entendo como falhou conosco nisso.**

OCODIGOARANHA0285

As sobrancelhas de Peter se erguem. Isso é mais emotivo do que a pessoa já foi antes. Em geral ela é muito profissional e quase concisa nas mensagens.

> **OK. Só não quero me preocupar com isso de novo. Posso fazer alguma coisa para ajudar?**

A resposta vem de imediato.

> **Não! Não! Cuidarei disso. Vou consertar isso. Não se preocupe, Homem-Aranha. Vou melhorar isso e ninguém mais se machucará ou será prejudicado.**

OCODIGOARANHA0285

– E o que disseram depois? – pergunta MJ a Peter.

Os dois estão sentados um ao lado do outro à mesa da cozinha da casa dela depois da escola, com a desculpa de trabalhar no projeto, porém, Peter está, na verdade, contando para ela sobre o encontro com a repórter de tecnologia do *Clarim* na noite anterior e o que o Código Aranha tinha lhe dito. Pareciam ter chegado a um acordo tácito de não falar da briga, e MJ não tem certeza de como se sente sobre isso. As coisas estavam um pouco estranhas quando ele chegou, algumas horas antes, mas assim que ele começou a contar para ela sobre sua noite, voltaram a ter uma conversa fácil.

– Que iam consertar e que ninguém nunca mais se machucaria – conta Peter, e parece incomodado. – Não sei não, MJ. Sinto que talvez seja alguém que tenha se machucado porque você-sabe-quem não estava por perto… O que parece ser um tema recorrente na minha vida nos últimos tempos. – Solta um grunhido e passa a mão pelo cabelo.

MJ dá um meio sorriso e estende a mão para pegar o pulso dele, parando seu movimento.

– Peter – diz ela –, você não pode estar em todos os lugares o tempo todo, a menos que tenha, tipo, um milhão de clones ou algo assim. Não coloque *tudo* sobre as suas costas.

Em resposta, Peter apenas suspira e levanta o canto do lábio em uma tentativa de sorrir.

– Vou trabalhar nisso – promete e coloca a mão de volta no colo.

– Faça isso – pede ela. – Estou falando sério.

– Sim, senhora. – Desta vez, o sorriso dele é genuíno e MJ sente um quentinho no peito.

– Bem, vamos começar a trabalha nas coisas do os-MAKER – diz ela. – Maia vai matar a gente se não mapearmos as nossas partes do aplicativo hoje.

O rosto de Peter se contorce e ele solta um som que diz a MJ que ele com certeza prefere fazer outra coisa. MJ está prestes a fazer uma piada quando ouve a porta da frente se abrir.

– Cheguei! – anuncia a mãe dela.

– A gente está aqui! – responde MJ e, alguns segundos depois, sua mãe entra na cozinha, segurando uma pilha de envelopes e os folheando um por um.

– Oi, sra. Watson – cumprimenta Peter, e a mãe de MJ ergue os olhos, surpresa.

– Ah, olá, Peter. Não sabia que você estava aqui – diz ela incisivamente para MJ.

– Eu disse "a gente" – murmura MJ, mas depois pede desculpas. – Desculpa, mãe. Pensei ter avisado que o Peter viria hoje para trabalhar no nosso projeto.

A sra. Watson coloca uma mecha de cabelo ruivo brilhante atrás da orelha e balança a cabeça.

– Você deve ter dito. Estou com a cabeça cheia. – Então ela se vira para Peter. – Você é sempre bem-vindo aqui, é claro. Então não pense que não é!

– Ele sabe – diz MJ ao mesmo tempo em que Peter diz: – Sei disso!

A mãe de MJ solta uma risada alta em resposta. Ela vai até o balcão para colocar os envelopes enquanto os examina.

– Alguma coisa boa? – pergunta MJ de seu lugar.

– Só contas e lixo – responde a mãe e então para. – E, hein, algo de um escritório de advocacia? – MJ ouve o som do envelope sendo rasgado e, em seguida, uma inspiração rápida enquanto a mãe lê a carta.

MJ se vira toda para a mãe nesse momento.

– Está tudo bem?

– Mary Jane, há algo que queira me contar? – questiona a mãe em resposta.

MJ olha para Peter e tem certeza de que a expressão dele reflete a dela. Suas sobrancelhas estão unidas em confusão e seus lábios, crispados.

– Acho que não – responde ela após pensar um pouco.

– Então, você não está perseguindo esse... vereador Grant? – pergunta a mãe dela com uma voz severa que MJ não ouve com muita frequência.

– O quê?! – exclama MJ, completamente chocada. Peter deixa cair a caneta na mesa. – Eu... não! Mandei dois e-mails para o escritório dele porque o meu chefe me disse que eu deveria, e depois fui à audiência, mas nem *falei com* ele! – deixa escapar.

A sra. Watson lhe lança um olhar ponderado e depois volta a olhar para o lençol.

– Acho que... acho que estão esperando que a gente fique com medo dessa folha de papel – comenta ela com calma, como se estivesse deduzindo enquanto as palavras saem de sua boca.

Peter pega a mão de MJ e aperta com força. Ela olha para ele, que está com as sobrancelhas erguidas em desconfiança. MJ aperta a mão dele em resposta e balança a cabeça. *Eu cuido disso.*

– Mãe, não contei para você, mas também me causaram problemas na escola.

A sra. Watson bate o papel no balcão e é a sua vez de perguntar a MJ o que ela quer dizer. Então MJ explica sobre ter sido chamada à sala do diretor e sobre o terreno baldio que ela e Maia encontraram.

– Sei que você não vai querer fazer isso, MJ, mas se importaria de parar um pouco com essa ideia de horta? Só para que a gente possa descobrir o que é seguro e o que não é seguro.

MJ se irrita.

– Não é justo! – exclama ela. – Eu não fiz nada de errado! – Ela sente aquelas lágrimas de frustração começarem a se acumular atrás dos olhos de novo e fecha a mão em punho. Ao seu lado, Peter se remexe como se não tivesse certeza se deveria fazer alguma coisa.

– Eu não falei que você fez – diz a mãe, com voz apaziguadora. – Só estou dizendo para a gente analisar isso primeiro.

MJ respira fundo, tentando se acalmar.

– Tudo bem, mãe – concorda. A mãe dela não está errada, mas não vai desistir desse projeto só porque alguém está tentando assustá-la. Só terá que ser mais esperta que *o vereador Grant.*

# CAPÍTULO QUINZE

*Lar!*

    *Pedaços. Está em pedaços. Mas está tão perto. Perto. Ele encontrará para nós.*

        *Vamos nos erguer.*

    *Poder retornará.*

     *Poder.*

      *Lar.*

*Tão abaixo.*

     *Abaixo de nós.*

O Mancha esfrega os braços tentando criar alguma fricção, mas é mais força do hábito do que qualquer outra coisa. *O antigo eu sentiria frio, parado em Brighton Beach no meio da noite, conversando com alienígenas aleatórios num celular que roubei de um garoto.*

Ele balança a cabeça para afastar os pensamentos negativos e olha para o oceano negro à sua frente.

– Certo, estamos aqui – diz ele, segurando o celular perto da boca. – E agora?

– Agora… agora vamos procurar – respondem as vozes, e o Mancha não tem certeza, mas acha que parecem estar mais fortes. Os Descrentes o enviaram até ali, dizendo que há algum tipo de coisa poderosa que precisam encontrar, e precisam que ele faça isso.

– Então… – Ele olha para a extensão de água. – Eu só devo ficar adivinhando? – A Oeste, ele pode ver a sombra do Luna Park de Coney Island a distância.

– Coordenadas. Tente 40.56, -73.9 – respondem.

– Sei que pareço um supervilão onisciente – diz o Mancha –, mas me deixem inserir isso no aplicativo de mapas para descobrir em que direção preciso seguir. E me digam o que estou procurando.

– Lar. Encontramos casa.

– Está certo – resmunga o Mancha, a irritação transborda em seu tom. – O que isso *significa* para alguém que nunca viu a casa de vocês?

– Você chama. Você chama de meteoro. Pedra. Do espaço.

– É de… bem… tem alguma cor ou uma textura? – o Mancha pergunta entre os dentes cerrados. – Vocês precisam me dar algo para continuar aqui.

– Vermelho. Vermelho e sólido. Pedra. Suave. Oco no meio. Bolsa de ar – dizem elas.

O Mancha solta um suspiro profundo.

– Acho que isso já é alguma coisa…

Ele digita os números na barra de busca e o mapa muda e se move para um local a alguns quilômetros da costa, e o Mancha dá um passo para trás.

– *E* – declara ele – vou precisar de algum tipo de equipamento de mergulho ou algo parecido. Não consigo respirar debaixo d'água.

– *Depressa* – é tudo o que as vozes dizem. – *Depressa.*

O Mancha abre um buraco no escuro e passa, entrando em uma loja de esportes em algum lugar de Miami. Não se preocupou com a distância. As últimas semanas mostraram a ele os poucos limites existem para seus poderes. Portanto, não fica surpreso quando pousa bem onde deseja. A loja está silenciosa, mas ele pode ouvir pessoas gritando nas ruas. Olha ao redor e encontra um tanque de oxigênio, uma máscara e um par de nadadeiras do seu tamanho. Algo perto da caixa registradora chama sua atenção, e o Mancha o pega – a lanterna potente cabe muito bem em sua mão. Ele veste o equipamento e, segurando as nadadeiras com a outra mão, retorna ao Mundo Mancha.

– Certo, agora estou pronto. – Ele posiciona o tanque de oxigênio e puxa o tubo longo e o bocal até o rosto e calça as nadadeiras. Ele solta o celular, deixando-o no Mundo Mancha antes de encontrar o buraco que precisa, aquele que o levará às coordenadas a que deseja chegar. Está logo abaixo dele, então ele dá um passo e pula e é imediatamente cercado pelo oceano.

O Mancha olha para a esquerda e para a direita e não vê nada que possa ser o que os Descrentes lhe descreveram. Está fundo o bastante para que esteja escuro como breu ao seu redor, e o Mancha espera que isso não signifique que haja animais por perto que não possa ver. Estremece na água fria e acende a lanterna. Aperta os olhos na escuridão, o feixe de luz que se move de um lado para o outro. Há pequenas partículas flutuando no brilho, mas nada que pareça corresponder ao que os Descrentes lhe contaram. Ele busca por mais alguns minutos antes de nadar de volta e passar pelo portal, retornando ao Mundo Mancha.

— Lar! LAR! — exigem as vozes ao telefone, sem esperar que ele comece a falar.

— Foi mal, não havia nenhuma forma vermelha lisa lá embaixo. Vamos ter que tentar de novo.

Um grito tão alto sai dos alto-falantes do celular que o Mancha se vê pulando no buraco que leva ao seu apartamento só para fugir.

— Tem certeza de que está tudo bem? — pergunta Peter pela terceira vez.

MJ solta um gemido frustrado e para na calçada de repente, puxando-o para trás por suas mãos entrelaçadas. Ele tropeça de leve, mas ela percebe que ele está fazendo isso para ser engraçado, considerando que ele tem a agilidade de uma verdadeira aranha. *Eu acho.* MJ pode dizer que os dois estão se esforçando para ignorar a leve sensação de constrangimento que ainda paira ao redor deles depois da briga não resolvida e da cena com a mãe dela. Mas tudo o que MJ quer fazer hoje é sair com o *namorado* no que deveria ser um encontro romântico.

— Peter, pela *última vez,* sim, estou bem com o fato de o nosso encontro de Dia dos Namorados ser *simples,* porque, pra começar, é um feriado falso…

— Ei! — protesta Peter. — É, tipo, o ápice do romance!

MJ olha para ele, incrédula.

— É um *feriado falso* — repete ela. — E segundo, entendo por que você teve que comprar aquele celular — diz, séria.

— Prefiro que você gaste com algo que ajude a gente a lutar contra os bandidos do que, tipo, sei lá, chocolates? Cartões?

– Espero que saiba que sou mais original do que isso – comenta Peter com um sorriso torto.

Ao redor deles, há casais de mãos dadas andando pela rua, e grupos de amigos entrando e saindo de restaurantes.

– Eu sei, eu sei – cede MJ. – Só quero que você saiba que estou *contente* com o fato de a gente sair juntos. – Então ela faz uma pausa. – Espera, Peter, você queria um encontro romântico de verdade digno de filme de Dia dos Namorados? – pergunta ela.

As bochechas de Peter ficam de um vermelho radioativo e ele desvia o olhar.

– Não, não. Claro que não. Eu, não.

MJ aproveita a oportunidade do olhar esquivo dele para cutucá-lo no estômago.

– Peter Parker, se quiser fazer algo assim, basta me dizer. Eu não me importo *mesmo*. – E é a vez de MJ ficar encabulada. – Eu só não quero que você se sinta mal.

– Bem, eu não quero que *você* se sinta mal.

– *Com licença!* – Um homem branco bem-vestido, com um buquê de flores, passa entre eles e corre para a estação de metrô da esquina. MJ consegue ouvi-lo murmurar algo sobre "turistas" e "calçada é para andar" quando ele passa.

– Não somos turistas! – grita Peter para as costas do homem, que se afasta.

– *Poderiam ter me enganado!* – grita o cara em resposta.

– Ai, ai, esse pessoal que se muda para Nova York. – MJ sorri, retomando a mão de Peter e voltando seguir com ele. Estão em Williamsburg de novo naquela noite, Peter os conduz para uma degustação gratuita de chocolate quente que acontece em uma padaria recém-inaugurada perto da linha L de metrô.

– Espero que eles não esperem uma compra junto com o chocolate quente grátis – comenta ele, mas há humor em seu tom e MJ sabe que ele não está falando sério. – O site não dizia nada sobre a necessidade de uma compra para comparecer. Li três vezes para ter certeza.

– Meu tipo favorito de evento. – Ela sorri, entrelaçando os dedos deles. Eles conversam amigavelmente por alguns quarteirões e estão prestes a atravessar a rua para chegar à padaria quando MJ sente Peter se remexendo ao lado dela. Ele a puxa depressa para a direita para que fiquem sob o toldo de uma loja. Ele pegou algo de uma vitrine e escondeu às costas. MJ lança um olhar interrogativo para ele, mas ainda está sorrindo.

– Está bem, sem muito romance hoje, sem problemas. Mas para você, minha querida – diz Peter, exibindo uma única rosa embrulhada atrás da jaqueta.

A boca de MJ se abre em um pequeno O antes de voltar a sorrir de leve.

– De onde veio isso? – pergunta ela, estendendo a mão para pegar a rosa dele. Algo lhe ocorre nesse momento, e ela se inclina para a esquerda para encontrar um balde num estande atrás dele cheio de *Rosas de Dia dos Namorados, apenas um dólar!* Uma gargalhada escapa dela, e então MJ se dobra, rindo com o punho na frente da boca e ainda segurando a rosa com força. Quando ela enfim recupera o fôlego, Peter está com aquele mesmo sorriso torto no rosto.

– Então, romântico... mas no estilo falido do Peter Parker. – Ele ri. – Aqui, ainda tenho que pagar por isso – diz ele, pegando a flor da mão dela. MJ começa a protestar, mas Peter apenas ergue a mão. – Não podemos simplesmente devolver! Já está infectada com todos *os nossos* germes nojentos de namorados do Dia dos Namorados. – Ele ri, e o som é quente e suave aos ouvidos de MJ.

– Tá bom, tá bom – concorda ela, com leve provocação no tom. – Você primeiro, tigrão.

Ele entra na loja e ela está logo atrás dele. Mas quando entram, a atmosfera descontraída que estiveram desfrutando não foi encontrada em lugar nenhum.

– Eu *disse* que não precisava de sacola! Você não consegue entender uma declaração simples?! Deus! – alguém na frente da loja está gritando com a vendedora. – E o troco está *errado*! Contar também está além da sua capacidade?!

Peter lança um olhar para MJ, seu rosto contorcido em uma expressão que só pode ser descrita como *que horror*. MJ faz um gesto sutil de concordância. Nesse momento ela percebe que a voz de quem está gritando é familiar.

– Peter – ela toca no braço dele – esse é o…?

Ao lado dela, Peter fica tenso como se tivesse acabado de perceber a mesma coisa.

– O dr. Shah? – diz ele em um suspiro.

Eles avançam alguns passos, pelos corredores estreitos, e espiam por uma curva. Com certeza, de costas para eles está a forma familiar do professor de ciências. Ele está com as mãos nos quadris e inclinado para a frente, claramente tentando intimidar a jovem indiana que está atrás do balcão. Peter dá um passo à frente, decidido, e MJ se move com ele.

– Oi, dr. Shah! – cumprimenta ele, animado, e MJ fica impressionada com a capacidade de Peter de fazer o que é certo, mesmo quando sem dúvida será muito incômodo. Na frente deles, os ombros do professor ficam tensos e ele se vira devagar. Há olheiras profundas sob os olhos dele, como se não dormisse bem há muito tempo, e sua mão direita segura uma sacola de compras preta e treme.

– Peter, MJ – diz ele, e há apenas um reconhecimento frio em seu tom, nada mais. – Que bom ver vocês. Se me dão licença. – E sem dizer mais nada, ele pega as compras e sai da loja.

*Que estranho...*

– Que idiota – murmura a mulher atrás do balcão antes de voltar a usar seu charme para Peter e MJ. – Posso ajudar? – pergunta ela, com um sorriso no rosto de novo. Peter segura a rosa.

– Só isso, obrigado – responde ele, tirando algumas moedas do bolso. Com a rosa comprada, eles saem da loja e Peter a apresenta a MJ com um floreio, mas há uma estranheza em seus movimentos agora, como se ele estivesse tentando forçá-los a voltar ao clima de alguns minutos antes. MJ pega a flor com um leve sorriso e Peter se encolhe.

– Foi um exagero? – pergunta ele. – É, um exagero. Aquilo foi estranho. O dr. Shah anda esquisito.

MJ concorda.

– Pois é, ele está *mesmo*... mas tem uma coisa... Aquela agressividade... – Ela para e Peter levanta as sobrancelhas em expectativa.

– Que coisa? – pergunta ele.

– Ainda não sei – diz ela devagar, tentando solucionar algo em sua cabeça. Por fim, ela olha de volta para a rosa na mão e para Peter. – Na verdade, não vamos deixar isso estragar a nossa noite. A gente pode entender isso mais tarde.

Peter sorri e pega a mão livre dela.

– Tem razão. Tem duas xícaras de chocolate grátis nos esperando.

Rindo, eles caminham em direção à padaria, deixando para trás a estranheza do dr. Shah por enquanto.

# CAPÍTULO DEZESSEIS

– **P**eter – diz tia May, se apoiando no encosto do sofá onde Peter está sentado com livros e o caderno abertos, escrevendo sem parar. É uma manhã de domingo e a casa está silenciosa.

– Hum? – pergunta ele.

– Quando é que os seus amigos vão chegar?

A cabeça de Peter gira e ele encara a tia. Há algo na voz dela que o deixa nervoso. Ele estreita os olhos.

– Daqui a pouco... Por quê?

– Estou muito animada para conhecer a sua galera! – responde ela, tentando não sorrir demais.

Peter solta um gemido.

– Tia May, por favor, não chame eles de "minha galera" quando chegarem aqui. Não é isso que eles são.

– Tudo bem – diz ela, mas de uma forma que diz a Peter que ela não está fazendo nenhuma promessa. – Talvez eu ofereça alguns bolinhos de trigo para eles.

Peter emite um som doloroso e, atrás dele, tia May solta uma gargalhada. Ele se vira e dobra os braços em cima do encosto do sofá, deixando o queixo cair no vão entre eles, olhando para a tia por baixo das sobrancelhas.

— Você sabe que adoro os seus bolinhos de trigo, mas eu também sei que é *esquisito* que eu adore bolinhos de trigo aos dezesseis anos — comenta ele.

— Não é *esquisito* — retruca tia May, parecendo um pouco ofendida. — Pois fique sabendo que os meus bolinhos de trigo costumavam ganhar prêmios. — Ela coloca uma mecha de cabelo grisalho atrás da orelha.

— Tia May — choraminga Peter.

A tia ri de novo e coloca a mão na cabeça dele, acariciando seu cabelo com carinho.

— Prometo não oferecer nenhum dos meus estranhos bolinhos de trigo para os seus amigos. Só os lanches mais normais para sua galera — brinca ela.

— Obrigado — diz Peter, sorrindo. — Por favor, saiba que o seu sobrinho desesperado agradece muito e promete fazer bolinhos de trigo *para a senhora* no próximo fim de semana. — May tenta esconder um estremecimento, mas Peter nota. — O que foi? Meus bolinhos de trigo são muito bons — argumenta ele.

— Com certeza são, querido. São muito bons — concorda a tia May de forma apaziguadora.

A desconfiança está estampada no rosto de Peter.

— Parece que está dizendo isso só para ser legal.

A campainha toca, interrompendo qualquer chance que Peter tenha de descobrir se a tia está brincando com ele ou não, e ela apenas sorri seu sorriso enigmático e vai atender a porta. Peter revira os olhos, mas está bem-humorado e cheio de carinho pela tia. Ele a ouve cumprimentando MJ na porta.

– Mary Jane! É tão bom ver você – diz a tia May do corredor.

Peter dá um pulo e começa a organizar a bagunça em algum tipo de pilha organizada, esperando que não pareça tão caótico quanto ele acha. Então ele se vira e fica de pé quando MJ entra na sala.

– Oi, Pete. – Ela lhe dá um pequeno aceno.

– Oi, MJ – diz ele, sem querer dar mais motivos para provocações da sua tia.

– Ah – diz a tia. – Acho que deixei o fogão ligado. Volto num minutinho.

Peter aproveita a ausência dela como uma chance de saltar por cima do sofá e dar um abraço e um beijo em MJ como cumprimento.

– Muito bem! – Tia May se anuncia um momento antes de voltar para a sala, e Peter percebe que ela foi até a cozinha para que ele e MJ pudessem ter um momento a sós. Ele cora, mas pensa, *tenho sorte de ter uma adulta legal na minha vida.* – Como está, MJ? – pergunta ela, assim que todos se acomodam no sofá para esperar Randy e Maia se juntarem a eles. – Devo dizer que acho que você teve um efeito muito bom no Peter; acho que o número de ligações que recebi sobre o meu sobrinho se atrasar caiu pelo menos pela metade – brinca ela.

MJ ri e concorda.

– Demorou um pouco, mas acho que estamos *quase* no ponto em que não vamos mais precisar correr para pegar o ônibus todos os dias.

– Quase – repete Peter, contente em ver duas de suas pessoas favoritas no mundo rindo juntas.

Eles passam mais alguns minutos em uma alegre conversa quando a campainha volta a tocar, provavelmente anunciando Maia ou Randy. Peter se levanta e diz:

– Vou atender. – Ele vai até a porta e a abre, surpreso ao encontrar Maia *e* Randy na entrada.

– Ei, cara, deixa a gente entrar. Está *congelando aqui* – pede Randy, empurrando Peter para o lado no segundo em que a porta está aberta o suficiente para ele passar.

– A gente se encontrou no ônibus – explica Maia. – Foi mal pelo atraso, o metrô estava um horror hoje. – Ela segue Randy até o corredor e começa a tirar suas camadas de agasalhos para pendurá-las nos ganchos situados na parede.

Peter fecha a porta e aponta para a sala.

– Tudo bem. A MJ já está aqui, a sala é por ali.

– A MJ já está aqui, hein? – repete Randy, movendo as sobrancelhas sob o gorro vermelho e grosso que ainda está em sua cabeça.

– Pois é, espertalhão. – Maia ri. – Ela literalmente mora na casa ao lado.

– Ah – diz Peter, apontando para um armário perto da porta de entrada. – Podem deixar as botas ali.

Randy logo se volta e se abaixa para desamarrar as botas com um sorriso amarelo. Peter acena para ele parar com isso, e os três entram na sala para se juntar a MJ e a tia May.

– Ah, olá. – A tia de Peter se levanta para cumprimentar os amigos dele, e já fazia tempo que a casa dos Parker não via esse tipo de agitação. Ele dá um passo para trás para absorver e fica feliz por um segundo. Depois de algum tempo, tia May diz que vai deixá-los trabalhar e vai para a cozinha preparar alguns lanches para os jovens.

– Muito bem – diz Maia, pegando seu tablet, tendo recusado o que a escola lhes havia cedido, pois já tinha um. – Meu primo criou uma espécie de versão funcional do nosso aplicativo e acho que a gente deveria vê-la juntos. – Os quatro estão sentados no chão ao redor da mesa de centro da sala.

– E também a nossa lista de nomes – acrescenta Randy, largando o tablet sobre a mesa com um *baque alto*. Ele estremece com o som, mas depois continua: – Tenho alguns bons, não vou mentir.

MJ acena com a cabeça, puxando sua pasta e abrindo sua própria lista.

– Cadê os seus brinquedos novinhos em folha? – questiona Randy.

Peter e MJ dão de ombros.

– Deixei no meu armário – responde Peter, ao mesmo tempo que MJ diz: – Está em casa, ainda não configurei.

Randy olha para eles enquanto Maia toca na tela.

– Claro – diz ele. – Como preferirem. Se querem se manter no analógico, é decisão de vocês.

– Eu confio no analógico – brinca Peter, batendo o lápis no papel com pautas azuis de seu caderno.

– *Tá bom* – anuncia Maia, chamando a atenção de todos. – Peter sendo um ludita à parte…

– Não sei o que isso significa, mas estou ofendido – interrompe Peter, e MJ joga uma bola de papel nele.

– *De qualquer forma.* – Maia tenta mais uma vez, mas ela está rindo enquanto fala. – Meu primo criou um design bem legal, mas a gente precisa escrever uma lista de causas falsas para passar para ele, para que ele possa projetar como seria uma tela de verdade sem todo esse texto de simulação. – Ela ergue o tablet para que eles possam ver que uma das telas diz ORGANIZAÇÃO DEDICADA A TRAZER DE VOLTA OS SANDUÍCHES DE FRANGO PARA AS COZINHAS DO SR. MANNY.

– Mas essa daí é uma boa causa – diz Randy. MJ joga uma segunda bola de papel na direção de Randy, e ele ergue as mãos em defesa.

– Acho que uma das nossas falsas causas deveria ser algo relacionado à indústria de tecnologia – sugere MJ, e Peter acha que ela deve estar pensando nos próprios problemas com a KRT Tecnologia.

– Essa é uma ótima ideia, MJ. – Os dedos de Maia tocam na tela enquanto ela anota. – O que mais? – Ela olha para Peter e Randy.

– Acho… que algo… com… plantas? – A voz de Peter fica alta no final da frase e termina como uma pergunta.

– O meio ambiente é uma ótima ideia – diz MJ, gesticulando para Maia anotá-la.

Eles passam alguns minutos inventando uma variedade de causas falsas para listar na seção Projetos em Potencial para inserir no aplicativo. Em seguida, Maia vai para a seção de grandes causas que eles criaram, usando o grupo *Vamos! Vamos! Hortas!* como a página de exemplo.

– Isso está *incrível, Maia* – comenta Peter. – Tipo, parece um aplicativo de verdade que as pessoas poderiam usar.

– Parece mesmo, não é?!

As horas passam muito depressa. Tia May aparece uma vez para deixar uma bandeja de biscoitos e uma tigela de chips na mesa do canto para eles, mas, fora isso, eles fazem seu trabalho sem interrupção.

Finalmente, MJ fecha sua pasta com um *ruído alto* e sorri.

– Estou me sentindo bem confiante sobre esse trabalho. Maia acena com entusiasmo.

– Sério, acho que isso vai surpreender todo mundo. – Ela olha para a hora na tela e dispara: – Ai, caramba, Randy, vamos perder o ônibus se a gente não for embora nos próximos dez minutos. – Há uma agitação, e ela e Randy correm para colocar suas coisas nas mochilas.

– Ah – diz Randy de repente enquanto começa a ir para a porta. – MJ, esqueci totalmente de falar para você. Foi mal, ainda não tive a chance de perguntar para o meu pai sobre aquele URL; eu já falei para a Maia no ônibus, mas ele tem andado *bem* ocupado com esse novo supervilão, o Pontos, ou algo assim.

Peter fica atendo e observa MJ dizer a Randy que não é nada demais.

– O que está acontecendo com o tal Pontos, afinal? O seu pai sabe? – pergunta Peter quando ela termina de falar.

– Você saberia melhor do que eu, cara. Com o seu trabalho no *Clarim* e tal. Meu pai não me conta nada. Só sei que o Pontos consegue entrar e sair de lugares sem deixar vestígio. E todas as autoridades estão super confusas com isso. Bom, não é bem sem nenhum *vestígio* – corrige ele. – Tem aqueles estranhos pontos pretos deixados em toda cena de crime. Mas que tipo de marca é um círculo preto simples em vários tamanhos diferentes e aleatórios? – pergunta ele.

Do hall de entrada, Maia grita:

– Randy! Temos que ir. – Ela olha de volta para dentro da sala e já está com o casaco e as botas. – Vejo vocês dois outra hora – diz ela para Peter e MJ. – E vou mandar por e-mail para todo mundo o arquivo atualizado para que a gente possa dar uma olhada antes de mostrar para o dr. Shah esta semana.

– Está ótimo! – concorda MJ, acenando. Randy corre para se juntar a Maia.

– Tchau! – Tia May apareceu no corredor.

– Obrigada por nos receber! – despede-se Maia. – E desculpe por termos que sair correndo.

— Precisamos pegar o ônibus!— Peter pode ouvir Randy gritar pouco antes de a porta da frente se fechar.

Tia May volta para se juntar a MJ e Peter na sala.

— Estou curtindo a sua nova galera, Peter — comenta a tia May com um sorriso radiante no rosto.

Peter é obrigado a rir.

— Sinceramente, estou impressionado por você ter esperado tanto tempo para dizer alguma coisa — declara ele.

— Desculpa, mas somos sua galera? — pergunta MJ, seu tom cheio de descrença suspeita.

— É uma piada! — diz Peter. — A tia May está trabalhando em seu novo número como comediante.

A tia ergue as mãos em um gesto conciliatório.

— Eu nem cheguei aos palcos e já estou fracassando — lamenta ela. — Bem, vou terminar alguns trabalhos para o abrigo. Tem alguma coisa que vocês dois precisam ou vão ficar bem aqui?

— Vamos ficar bem. Obrigado, tia May — responde Peter, e MJ concorda.

Quando estão sozinhos, sentados no sofá, o silêncio parece mais pesado do que o normal entre eles. Eles têm tomado cuidado para evitar falar sobre a briga e Peter quer acabar com isso. Está prestes a tocar no assunto quando MJ começa a falar sobre o Pontos.

— Bem, isso não é nada bom, não é? Já recebeu mais algum contato do Código Aranha?

Peter recalibra os pensamentos, pensando no caso.

— Não. Aquela repórter, a Swapna, disse que precisaria de alguns dias para localizar, mas eu estava torcendo para que ela já tivesse entrado em contato comigo. — Fiel à palavra, ele não está verificando o celular portátil, a menos que esteja longe de casa, então ainda não teve a chance de olhar hoje. — Mas algo está me incomodando muito nesse novo vilão.

— Ah, é? – pergunta MJ. – Porque algo está me incomodando muito no dr. Shah, mas não consigo definir o que é.

Peter se vira para ela e segura suas mãos.

— Exato! Tipo, está no fundo da minha mente…

— Mas não consigo trazer para a boca – completa ela. – Tá bom, o que há com esse Pontos?

— Bem, tenho pensado que ele deve estar usando viagem interdimensional de alguma forma; e isso é uma coisa que eu *queria muito experimentar* em circunstâncias mais legais; porque não sei de que outra forma eu poderia entrar voando num buraco negro no Queens e acabar no esgoto debaixo de Chinatown.

— Mesmo que você estivesse inconsciente – aponta MJ enquanto torce o cabelo em um coque alto e enfia um lápis nele para mantê-lo preso.

— É verdade – admite Peter. – Alguém pode ter me carregado até lá… só que eu não entendo por que eles me deixaram de máscara, se for esse o caso. Lembro de voar *para dentro* do portal. É a última coisa que lembro, mas sei que entrei nele. O Pontos usa *alguma coisa* para criar esses portais. Disso eu sei. Com certeza era um portal.

— Mas o que ele poderia usar para fazer algo assim?

Peter balança a cabeça, frustrado pela falta de respostas.

— Isso é o que a gente precisa descobrir, MJ.

— Tudo. Tudo está bem. Funcionando.

— Tudo está funcionando como deveria. Como deveria ser.

— Não. Não se preocupe, amigo. Isso é… Isso é bom.

— Estamos aqui. Estamos aqui para ajudar.

O Mancha acorda assustado em sua cama, esteve sonhando com *a praia.* Ele geme, levantando as mãos e esfregando o rosto.

– Preciso dar um tempo daquela praia. Estar naquela água está me fazendo ter sonhos estranhos – diz ele em voz alta.

Eles voltaram a Brighton Beach todas as noites durante a última semana e meia e não tiveram quase nenhum resultado. Os Descrentes estão ficando cada vez mais frustrados, mas o Mancha está só cansado. Ele se levanta da cama e tira um segundo para apreciar o quarto ao redor. Está tomado de todas as coisas maravilhosas que ele roubou na última semana: exemplos de sua destreza. Há uma pintura do Met da qual ele gostou; algumas joias da Tiffany; ele até pegou um dos manequins da loja Armani no SoHo.

Ele abre seu celular pessoal para ver se já há alguma matéria sobre ele. Abre o site do *Clarim Diário* e ali, logo na primeira página! Ele passa a matéria, ficando cada vez mais irritado à medida que avança.

– Eles continuam me chamando de *Pontos,* como se eu fosse algum tipo de personagem de desenho animado?! Ah, não. Ah, não mesmo. Não passei décadas estudando e depois fiz experimentos para me tornar um supervilão poderoso para não poder escolher a minha própria alcunha. Eu *sabia* que precisava ir além. – Ele está fervendo, agora andando de um lado para o outro, evitando seus novos tesouros. – Vou além – decide. Ele entra na sala e olha para o outro celular, o roubado, que está carregando no braço do sofá. Observando-o, ele levanta o queixo e inclina a cabeça para o lado. – Mas o que fazer com vocês? Não posso arriscar nenhum grande pagamento, mas também não posso arriscar que vocês descubram. Mas... – Ele pensa *de novo* no artigo do *Clarim*. – Também não serei desrespeitado por um tabloide lixo de Nova York.

Ele vai até o celular roubado e o pega, segurando-o no canto.

– Se eu considerar as evidências, tudo indica que todos vocês vivem neste equipamento eletrônico.

Ele abre um buraco no ar à frente, joga o celular lá dentro e depois puxa o buraco de volta para o corpo.

– Pronto. Agora vocês estão presos aí, a menos que *eu* tire vocês, *e* acho que deve conter vocês bem enquanto eu faço a minha *grande* estreia.

# CAPÍTULO DEZESSETE

O Homem-Aranha salta do parapeito de um dos arranha-céus mais altos de Midtown e mergulha antes de atirar uma teia para avançar. Descobriu que quanto mais velocidade conseguir ao cair, mais longe vai balançar em um único tiro de teia e menos tempo terá que gastar para fazer seu fluido de teia. Ele avança e solta a teia atrás de si, cambaleando antes de pousar na lateral de um prédio. Suas pernas estão apoiadas no tijolo vermelho e ele tem uma das mãos apoiada na parede, mantendo-o firme. A outra está dentro do uniforme para pegar o celular que começou a vibrar no seu quadril.

É o seu novo celular de atividade paralela e há um alerta de que Swapna finalmente entrou em contato! A mensagem é curta, apenas pedindo desculpas por demorar tanto e perguntando se ele pode passar por lá. O Aranha faz uma varredura rápida para encontrar a placa de rua mais próxima.

CHEGO EM DEZ MINUTOS ✌

Ele está adiantado. Leva oito minutos e meio para percorrer as duas avenidas e cinco quarteirões até o apartamento dela, mas desta vez bate no vidro logo de cara. O Aranha fica surpreso quando Kabir enfia a cabeça para fora e diz alguma coisa, tapando a boca com a mão. Parece que ele está mastigando. Ele demora um segundo, engole e então diz:

– Olá, Homem-Aranha – repete, seguido por: – Perdão, você me pegou bem quando dei uma mordida um tanto grande num burrito, e a Swapna está numa ligação bem rápida.

– Olá, senh… Kabir – cumprimenta o Aranha. – Obrigado por me avisar. Vou ficar esperando por ela aqui, se não tiver problema?

– O quê? Não precisa fazer isso. Ora, por que não entra?

– Isso seria ótimo, obrigado. Nada como Nova York em fevereiro para fazer a gente lembrar o quanto a gente ama os nossos horríveis radiadores.

Kabir ri enquanto se afasta do parapeito da janela, e o Homem-Aranha rasteja para dentro depois que o caminho está livre. Assim que pousa no chão de madeira, ele sacode as mãos, tentando trazer alguma sensibilidade de volta aos dedos. Parece que a janela em que ele estava batendo leva à sala de estar. Há um pequeno sofá azul-petróleo com um grande pufe circular que serve como mesa de centro. Nele há dois recipientes de papelão com burritos meio comidos e duas garrafas de vidro de Coca-Cola mexicana. Como em muitos apartamentos em Nova York, a cozinha é facilmente visível, separada da sala por um balcão alto e pelo sofá para onde Kabir está voltando.

– Desculpe… incomodar vocês durante o jantar – diz o Homem-Aranha, recuando sem jeito, enquanto Kabir se senta.

Kabir acena para ele.

– Não há nenhum problema. Pode sentar aí. – Ele aponta para trás do Homem-Aranha, e o Aranha se vira para ver uma cadeira verde brilhante atrás de si. Ele se deixa cair nela. – E aí – diz Kabir, pegando o burrito –, como anda a vida de Homem-Aranha nos últimos tempos? – Depois ri. – Desculpa, não sei mesmo o que dizer quando há um super-herói sentado na minha sala. Quer... alguma coisa para comer ou beber, talvez água ou café? Acho que ainda tem um pouco na prensa francesa. Ou prefere ficar com a máscara?

O Aranha solta uma risada curta.

– Café cairia bem – responde ele. – Mas posso pegar se estiver comendo! Quero dizer...

Kabir se levanta e diz:

– Sem problemas. – Ele vai até a cozinha e coloca um pouco de líquido escuro em uma caneca grande antes de colocá-la no micro-ondas. Enquanto esperam o café reaquecer, ele se vira e se inclina sobre o balcão, olhando para o Aranha. – E aí, como *anda* o trabalho? – repete ele.

Algo diz para o Aranha que Kabir quer mesmo saber, e ele aprecia esse tipo de sinceridade em uma pessoa. Por isso, responde com a mesma honestidade:

– Tudo bem. No meio de um caso meio confuso...

– Com aquele cara pontilhado? – pergunta Kabir.

– Pessoa – corrige o Aranha. – Ainda não sabemos quem é, então pode ser *qualquer um*. Mas, sim, faz parte do caso, com certeza. Estou mesmo muito agradecido pela sua esposa me ajudar com algumas dessas coisas.

Atrás de Kabir, o micro-ondas emite um sinal sonoro e ele pega a caneca, entregando-a ao Aranha antes de voltar a se sentar no sofá. O Aranha puxa a parte inferior da máscara e a deixa repousar em cima do nariz. Toma um longo gole do café, sentindo o calor fluir pelo seu peito e barriga e soltando um suspiro agradecido.

Ele abre a boca para falar quando Swapna passa por uma porta aberta perto da cozinha, entrando descalça na sala.

– Ah – diz o Aranha. – Devo tirar as botas?

*Por favor diga não, por favor diga não, por favor diga não, meus pés não devem ser vistos por outros humanos.*

Swapna balança a cabeça em negativa ao se juntar ao marido.

– Oi, e não, está tudo bem. Isso parece ser – ela observa o uniforme de Peter – meio complicado.

– É melhor do que parece. – Ri o Aranha.

– Está certo. – Ela coloca as mãos nos joelhos. – Obrigada por vir em cima da hora, mas eu não queria digitar o que tinha para dizer numa mensagem, mesmo uma que fosse supostamente segura.

– Comprei aquele celular novo – informa o Aranha, puxando-o e o segurando para ela ver.

Ela lança um sorriso encorajador para ele.

– Que ótimo! Mas mesmo assim… – Hesita. – Na verdade, acho que é melhor a gente ir lá para o escritório.

Algo no estômago do Aranha se embrulha. *Parece algo sério.* Swapna tenta se levantar, mas Kabir estende a mão para impedi-la e começa a recolher sua comida e bebida.

– Não, não, vou terminar de comer no quarto. Queria mesmo assistir ao resto daquele episódio de *Top Chef* – diz ele, beijando-a no topo da cabeça ao se levantar. – Prazer em ver você de novo, Homem-Aranha. Você é bem-vindo a qualquer hora. – Então ele parece incrédulo, como se não pudesse acreditar que a frase acabou de sair de sua boca antes de logo transformar suas feições uma expressão gentil.

– Valeu pelo café – responde o Aranha, ignorando o olhar, e Kabir acena com a cabeça antes de ir para o quarto.

Swapna espera o som da porta se fechando antes de recomeçar a falar:

– Então, ainda estou investigando o usuário do Twitter, estou esperando a resposta de alguns dos meus contatos. É uma coisa meio... arriscada – diz ela, evasiva. Depois, ri e acrescenta: – Qualquer favor que eu vá pedir será grande. Estou quase pensando em pedir mesmo uma entrevista exclusiva com você para o *Clarim*.

O Homem-Aranha não tem certeza do que pensar disso.

– Agora, sobre o URL, esse foi outro quebra-cabeça. – Ela cai de volta no sofá e o coque escuro e solto que tem no topo da cabeça balança em reação. Swapna junta as mãos e começa a bater a ponta dos dedos indicadores uma na outra. Ela torce a boca, como se estivesse pensando em como prosseguir e achando isso desagradável. O Aranha fica alerta. *Não vai ser nada bom,* pensa. – Bem, aquela empresa KRT tecnologia... é propriedade de uma tal FLT TEC, que é propriedade de uma BYS TEC, e *que é* propriedade de uma SYQ TEC. Tem umas dezessete empresas de fachada, uma empilhada por cima da outra.

– Mas qual está há no topo? – pergunta o Homem-Aranha, com a perna sacudindo num ritmo rápido em antecipação.

Swapna inspira fundo e de um modo cansado.

– A Oscorp.

Swapna não consegue fornecer muito mais além do fato de que a Oscorp está de alguma forma envolvida. O Aranha explica o verdadeiro *motivo* pelo qual está investigando a KRT tecnologia.

– Por que a Oscorp se preocuparia com um terreno baldio qualquer no Queens? – questiona Swapna, mais para si mesma. – Essa pode ser um caso maior do que você pensa, Homem-Aranha. Vou continuar investigando.

– Mas você não vai contar...

Swapna o interrompe.

– Sou uma profissional, Homem-Aranha. Não vou revelar onde consegui nenhuma informação.

O Aranha assente. Eles conversam por mais alguns minutos, mas nenhum dos dois consegue encontrar qualquer boa razão de por que a Oscorp poderia querer algo como aquele terreno. Quando ele está saindo, ela dá um tapinha em seu ombro.

– Espero ter algo para te dizer sobre o perfil do Twitter em breve. Só preciso que os meus amigos em cargos importantes me respondam. Assim que fizerem isso, vou descobrir uma maneira de você pagar os favores que me deve.

– Favores?– o Aranha pergunta, fazendo uma careta e um pouco inseguro sobre no que se meteu.

Swapna apenas sorri.

– Não se preocupe. Devo ter novidades para você em breve.

O Aranha agradece antes de sair pela janela para voltar para casa. *Preciso falar com a MJ.* Antes de sair pela lateral do prédio, ele pega o celular, coloca os fones de ouvido e liga para MJ. Assim que começa a tocar, ele pressiona as solas dos pés contra a parede e avança, se lançando alto no ar e depois descendo em um arco antes de atirar uma teia para pegar um parapeito.

– Alô? – A voz de MJ chega com clareza ao seu ouvido.

– Oi, MJ! – grita ele acima do som do vento forte.

– Peter? – Mesmo com os fones de ouvido, a voz de MJ é difícil de ouvir. Ele *lança* uma teia e para em um telhado vazio. O atirador no pulso direito engasga um pouco e ele faz uma nota mental para reabastecer seus recipientes de fluido de teia quando chegar em casa. A voz de MJ interrompe de novo.

– E aí? – pergunta ela. Parece estar no meio de alguma coisa.

– Você está… pode falar agora? – o Aranha pergunta.

Do outro lado da linha, MJ solta um ruído frustrado.

– Sim, eu não teria atendido se não pudesse.

O Aranha tenta não gemer. Já faz algum tempo que está assim e ele sente falta de como as conversas eram fáceis entre eles. Ele explica o que Swapna lhe contou. Pode ouvi-la respirar fundo quando revela quem tem a propriedade do terreno.

– O que a Oscorp ia querer com um terreno? – Mais uma vez, parece que ela está perguntando para si mesma mais do que qualquer outra coisa, mas o Aranha responde mesmo assim.

– A gente não conseguiu pensar em nada, mas eu ia aí na sua casa para que a gente pudesse conversar cara a cara. A Swapna parecia muito assustada com a ideia de lidar com isso por telefone. Mesmo os que são difíceis de rastrear. Na verdade, foi por isso que liguei em vez de enviar mensagens.

– Faz sentido. Acho que a Oscorp é dona da internet que todo mundo usa na maior parte da cidade – comenta MJ. – Pode não ser seguro. Olha, vou investigar as coisas aqui. Obrigada pela informação!

– Passo aí quando chegar em casa para a gente poder trabalhar nisso juntos – diz o Aranha.

– Só se você puder, mas se não puder, posso lidar com isso sem problemas – responde MJ.

– Não é problema nenhum, MJ. – O Aranha espera que ela acredite nele. – Vejo você daqui a pouco – acrescenta e desliga o celular. O Aranha cai de volta na rua, voltando para casa. Então vira uma esquina na 68th Street e dá de cara com uma parede de tijolos. O Aranha voa para trás e cai de costas no meio de um beco. – O que…? – Um gemido de dor escapa de seus lábios e ele toca a testa com cuidado. Sua máscara está rasgada e quando seus dedos voltam à vista, há vestígios de sangue na luva.

Ele se senta e olha para a parede bem à frente e então olha de volta para a abertura do beco atrás dele.

– Onde raios estou?!

MJ está sentada no quarto quando desliga o celular. Ela se joga de volta na cama, olha para o teto e reflete sobre as informações que ele acabou de passar para ela.

*Oscorp… a empresa que patrocina a nossa competição… que está metida em tudo… quer um pequeno terreno em Forest Hills, no Queens, por… alguma razão?*

MJ levanta a cabeça uma vez e a bate de volta no travesseiro como se isso fosse desbloquear algo em seu cérebro que lhe daria a resposta. Ela fica ali por mais alguns minutos antes de finalmente soltar um gemido alto e frustrado.

– Vamos… *pense*! – diz para si mesma antes de rolar de bruços e pegar o celular para enviar uma mensagem para Maia. Sabe que pode desvendar isso se conseguir solucionar o problema.

> **EI, ESTÁ AÍ?**

> **SIM, O QUE FOI**

> **VÍDEO?**

> **ME DÁ 2 MIN, AMIGA**

Poucos minutos depois, o celular de MJ vibra e anuncia que Maia está começando uma chamada de vídeo com ela. Ela atende logo de cara e começa a falar sem nem mesmo deixar Maia dizer alguma coisa.

– Oi, então, uma amiga do Peter no *Clarim* descobriu quem é o dono do URL... e é a Oscorp.

– O quê?! – Os olhos de Maia se arregalam e ela fica boquiaberta, em estado de choque. – Primeiro, por que eles esconderiam isso? Tipo...

– E esconder *bem* – interrompe MJ. – Parece que tem um *montão* de empresas de fachada ou algo assim.

– E imagino que devem saber sobre o vereador Grant, que está sendo bem exagerado. – Maia morde o lábio e fica quieta. – A Oscorp deve estar mandando o vereador fazer isso. Quem mais seria?

– Não estou gostando nada de quão fundo isso está indo – comenta MJ. – E parece que alguém naquela empresa não vê problema nenhum em aterrorizar estudantes do ensino médio. – Ela afasta a franja dos olhos e uma expressão de desgosto surge em suas feições. – A gente deveria...? Sei lá. Isso me faz ter uma sensação estranha com esse concurso OSMAKER.

– Entendo – responde Maia com cuidado. – Mas não sei quais são as nossas opções de verdade. Sem falar que não temos nenhuma prova... E acho que o OSMAKER vem mesmo de Norman Osborn. Esse cara está sempre falando em investir nos jovens criadores, inventores e cientistas, etc.

– Aff, tem razão – admite MJ, batendo o punho no colchão. – Só não estou gostando de como... – Ela para, como se não tivesse certeza de como terminar a frase.

– De como parece que estamos impotentes? – sugere Maia.

MJ suspira.

— Isso. O que a gente pode fazer contra uma corporação como a Oscorp?

O Homem-Aranha ainda está sentado no chão, completamente abalado pelas circunstâncias. Não tem certeza de onde está e seu crânio lateja como se tivesse batido de cara em uma superfície bastante dura. *E foi o que eu fiz, de certa forma.* Enfim se levanta do chão, se apoiando nas mãos e tenta se levantar, mas é logo recompensado com uma cabeça girando. Cambaleando alguns metros para a direita, ele se apoia na lateral do beco. De repente, seu sentido-aranha dispara, descontrolado, e o Aranha não perde tempo em atirar uma teia em uma escada de incêndio dois andares acima e se puxar na direção dela. Ele cai agachado, a cabeça ainda girando. Ele examina o concreto abaixo.

Há uma figura parada a poucos metros de onde ele esteve momentos antes, e as lentes do Aranha se estreitam enquanto ele franze a testa sob a máscara. O cara está usando um uniforme *muito* estranho, todo branco e coberto de pontinhos pretos — *Pontinhos!*, pensa ele.

— Ei! — grita ele. — Você é o Pontos?!

A pessoa com o traje estranho levanta as mãos e solta um grito gutural em resposta. Então, respira fundo e ajeita os ombros. Ele encara o Aranha e aponta para o próprio peito. Com uma voz alta e surpreendentemente profunda, grita:

— Eu sou o Mancha!

O Aranha olha para ele por um segundo e depois solta uma gargalhada alta.

O Mancha parece ficar mais irritado.

– Você está *rindo* de mim?! – berra ele. – Não pode *rir* de mim. Já faz semanas que estou roubando coisas bem debaixo do *seu* nariz.

O Aranha ainda está rindo, mas com isso ele se aquieta. *Ele não está errado.* O Aranha salta e dá uma cambalhota para a frente para poder pousar de volta na rua e ver mais de perto o que está enfrentando. Ele levanta as duas mãos em um pedido de desculpas no segundo em que pousa.

– Desculpa, desculpa, eu não quis ser mal-educado. É só que é assim que os jornais estão chamando você. Quem sabe você não devesse tentar deixar um bilhete da próxima vez? – sugere ele, uma falsa inocência pesa suas palavras.

O Mancha zomba em resposta.

– Eles me disseram que você gosta de tentar bancar o engraçadinho. Que você tentaria me distrair com piadas.

De repente, o Aranha vê algo se movendo no peito do Mancha. Se concentrando abaixo da estranha máscara do homem, de repente ele entende: *ele está vestindo um uniforme.* *O* Homem-Aranha fica horrorizado ao ver que as manchas no corpo do homem estão se movendo devagar. É quase o suficiente para deixar o Aranha enjoado.

– Essas… manchas *vivem* em você? – pergunta ele.

– Isto é o que eu *sou*, Homem-Aranha. No que eu mesmo me transformei! Eu sou o Mancha! – O Mancha abre os braços e ri e, em seguida, sem aviso, avança. O sentido-aranha do Aranha enlouquece de novo, e ele sai do caminho e descobre que o Mancha já abriu um buraco, então o Aranha voa para dentro do buraco e volta para o beco, entrando bem no caminho do punho do Mancha.

# CAPÍTULO DEZOITO

á um som alto de esmagamento e o osso da bochecha do Aranha lateja.

O Mancha solta um berro.

– Seu rosto quebrou a minha mão! – grita ele, segurando o pulso direito e deixando cair a mão mole.

O Aranha sacode a cabeça para afastar as estrelas que obscurecem sua visão.

– *Meu rosto quebrou a sua mão?!* – repete ele, a descrença clara em seu tom. Sua bochecha está pulsando de dor; teve sorte por não estar balançando a toda velocidade.

– Sim! – o Mancha grita e abre um buraco na direção do Homem-Aranha. Não há som para avisá-lo onde vai parar ou como ele será afetado. E para seu pesar, seu sentido-aranha não lhe dá nenhum aviso. Isso o faz com que se sinta desamparado de uma forma que não sentia havia mais de um ano. Olhando para cima, toma uma decisão numa fração de segundo.

O Aranha arrisca e pula alto, alcançando uma grade a vários metros de altura, sabendo que está com pouco fluido de teia. Seus dedos se fecham em torno da barra preta redonda logo acima, e o Aranha tem um breve momento de euforia antes que a barra comece a deslizar para baixo.

– Ah, *qual é* – resmunga ele. Na pressa, agarrou a escada. Chutando no mesmo instante para ganhar impulso, ele balança para frente e se solta, com a intenção de pousar na lateral do prédio e se recuperar de lá... mas em vez disso, voa por *outro* buraco e cai bem na frente do Mancha, que ainda está reclamando pela mão machucada, que segura junto ao peito. – Para com isso! – reclama o Aranha, sua irritação aumentando. – Por que você está puxando briga comigo agora?!

– Porque você é *irritante*! – responde o Mancha. – E todo mundo diz isso!

– *Eu sou* irritante?! – O Homem-Aranha sabe que é a segunda vez que repete as palavras do Mancha, mas ainda está tentando entender o que está acontecendo. – *Você* é irritante! – rebate. – E você parece um desenho animado! – acrescenta como mais um golpe.

*Esse cara é um saco! Só preciso incapacitá-lo...*

Ele pressiona os dedos contra o atirador no pulso esquerdo e *lança* uma linha de teia direto no peito do Mancha, mas ela apenas cai inutilmente por um dos pontos pretos espalhados pelo corpo do oponente. Sob a máscara, o Aranha franze a testa.

– Essas coisas *em* você também são portais?! – O Mancha parece perceber que cometeu um erro e dá um passo para trás. – Ah, não, não, não, é hora de *ligar os pontos, Ponto* – cantarola o Aranha, avançando. – A gente ainda está se conhecendo! Você não pode ir embora agora!

O Mancha se vira e seus ombros estão balançando. O Homem-Aranha não consegue discernir as feições de verdade no rosto dele, mas se tivesse que adivinhar, diria que o Mancha está furioso.

– Meu nome – diz o Mancha – é *o Mancha.*

O Homem-Aranha cai no chão e percebe que o Mancha abriu um buraco bem embaixo dele. Ele cai do céu de volta ao beco com um *baque doloroso. Preciso acabar com isso,* pensa, um tanto atordoado pela queda. Sua cabeça e bochecha ainda estão sensíveis ao toque, e acha que o joelho pode ter recebido um corte devido à aterrissagem brusca.

O Aranha se levanta, desejando que suas pernas não tremam. *Não posso dar tempo para ele me pegar com outra dessas coisas.* Bem à sua frente, o Mancha está lançando outro ponto em sua direção, mas o Aranha está perto demais. Ele dá um primeiro soco com toda a força possível, só que ele *atravessa o ponto* e, antes que consiga parar, a última coisa que o Aranha vê é o próprio punho vindo em sua direção.

O Mancha olha para o cretino-aranha caído no chão diante dele. Se inclinando um pouquinho para a frente, estende a mão boa. *Quem sabe eu não possa dar uma olhada no que tem sob a máscara,* pensa. Mas quando seus dedos se estendem para a frente, o Aranha tem espasmos como se estivesse prestes a acordar. Em pânico, o Mancha cai em um de seus buracos negros, saindo do beco antes que seu adversário acorde.

Ele vai direto para seu apartamento e de repente percebe que foi capaz de contornar totalmente o Mundo Mancha. *Isso é novidade…* Ele se pergunta se era porque só queria estar em algum lugar seguro.

– Mas é bom – diz para si mesmo, ainda segurando a mão machucada junto ao peito. Mergulhando a outra mão em um lugar ao seu lado, ele puxa no Mundo Mancha o celular roubado e o deixa cair sobre a mesa, depois desaba no sofá. O aparelho toca no mesmo instante. O Mancha deixa escapar um longo jato de ar pela boca e se debruça para atender.

– Alô – diz, com o tom neutro.

– Você... você perdeu. Perdeu para o Homem-Aranha.

– Fala alguma coisa que eu não sei – responde o Mancha, se recostando no sofá. Hesitando, estica a mão machucada para a frente, flexionando os dedos. *Pelo menos não está quebrada.*

– Perdeu. Você perdeu – repetem as vozes, alto.

– Eu sei! – grita o Mancha. – Eu estava *lá*! Eu sei!

– Precisa de nós. Precisa de ajuda – dizem elas.

O Mancha acena com a cabeça para o ar vazio.

– Vocês têm razão – concorda. – Eu não deveria ter tentado isso sozinho. Foi arrogância. Esse garoto derrubou alguns vilões de primeira linha, e todas as vezes foi porque eles o atacaram *sozinhos*. – Ele está falando mais consigo mesmo do que com os Descrentes agora, mas concordando com cada uma das próprias palavras. – Novo plano – diz ele, finalmente, em direção ao celular na mesa. – Ainda vou ajudar vocês a encontrar a sua casa, mas vocês me ajudam a derrotar o Homem-Aranha.

– Isso. Isso é aceitável. Aceitável.

Desta vez, quando o Aranha acorda, está completamente sozinho. Em pânico, suas mãos voam para o rosto e ele solta um grande suspiro de alívio ao descobrir que a máscara ainda está abaixada e escondendo sua identidade. Então, gemendo, senta-se devagar. O sangue em sua testa já secou, mas ele olha para o joelho e torce o rosto de forma desagradável. Sob um rasgo no uniforme, há um longo corte na rótula e o sangue está encharcando as bordas. *Vai ser uma droga limpar e consertar*, pensa. Sua cabeça está com um latejo terrível, e por um breve momento ele sente uma pontada de remorso por qualquer pessoa em quem já deu um soco. *Doeu.* O celular na cintura vibra e em seu ouvido o fone emite um sinal sonoro; ele estremece ao ouvir, mas toca na lateral da cabeça para atender.

— Alô? — Sua voz é pouco mais que um grasnado, e ele pigarreia para tentar mais uma vez. — Alô?— Fica satisfeito porque pelo menos dessa vez soa mais normal.

— Peter?! — MJ parece estar em pânico, e ele percebe que ela devia estar esperando que ele voltasse há muito tempo.

— Oi! Oi — diz ele mais baixo. — Desculpa. Fui… bem, fui atrasado pelo Mancha. Mas estou bem! — completa ele depressa. Há uma pausa do outro lado da linha enquanto MJ processa o que ouviu.

— Tu… tudo bem… — diz ela devagar. — Quem é o Mancha? Espera, ele é o Pontos? Espera, *você encontrou o Pontos de verdade*?!

O Aranha se levanta e estremece ao colocar peso no joelho. Ele olha para seu atirador de teia e vê que o da direita tem o suficiente para talvez se balançar por dois blocos, e o da esquerda, para outros seis. Ele solta um assobio irritado por entre os dentes.

— Encontrei, e ele *é um saco* — responde ele, mancando para fora do beco para descobrir onde está. *Por favor, que eu ainda esteja em Nova York, por favor, que eu ainda esteja em Nova York, por favor, que eu ainda esteja em Nova York*, pensa.

– Ah, graças a Deus! – exclama ao chegar à calçada. Está em Christopher Street.

– O que foi? O que houve? – pergunta MJ.

– Estou em Nova York – responde o Aranha, feliz.

– Existe alguma razão para você não estar em Nova York? – questiona MJ, sua confusão aparente.

– Estou indo para aí, mas preciso pegar o metrô. Vejo você em... – o Aranha olha para o céu noturno e solta um pequeno gemido – mais ou menos uma hora.

Quando Peter entra pela janela dela, MJ já tem seu kit de primeiros socorros pronto para recebê-lo. Ela o observa: a máscara está rasgada na testa e há um hematoma roxo profundo que cerca um corte que já está cicatrizando. O traje está rasgado no joelho, mas a abrasão parece um pouquinho mais recente. *Ele tem um fator de cura*, lembra a si mesma. *Ele vai ficar bem.*

– Acho que gosto mais quando você vem para cá de pijama para tomar chocolate quente escondido e maratonar seriados – brinca ela, tentando trazer uma sensação de normalidade de volta ao quarto.

Peter sorri debilmente para ela, tirando a máscara com um leve estremecimento. Ela aperta o ombro dele e depois lhe passa o kit de primeiros socorros antes de se acomodar na cama.

– A gente precisa bolar um plano para o que fazer caso eu não consiga encontrar você mais cedo ou mais tarde, meu namorado que não tem oito pernas – diz ela. Peter assente com a cabeça, mas não responde enquanto limpa o joelho com antisséptico. – Estou falando sério, Peter.

– Estou ouvindo – responde ele. – Vamos fazer isso.

– Peter. – MJ não consegue evitar, e sabe que soa irritada e deve parecer que está se queixando dele. Mas está cansada de se sentir impotente sempre que ele desaparece. Não é *justo*.

– Será que não dá para a gente adiar isso por enquanto? Eu acabei de *me nocautear*.

Isso tira a irritação de MJ.

– O quê?! O que houve?

– Ah, cara… – Peter começa, mas faz uma pausa para soltar um leve silvo enquanto passa o lenço com álcool sobre o corte na testa. – Bem, o Pontos é, na verdade, o Mancha e está *muito* bravo porque as pessoas não sabem disso. E, por isso, ele me emboscou como se fosse *minha* culpa ou algo do tipo. Também estou cansado demais de todas essas indicações de que os supervilões e os bandidos estão falando mal de mim e fofocando por toda a cidade, como se não tivessem nada melhor para fazer. – Ele conta para ela como foi o resto da luta em outra torrente de palavras antes de se recostar no que ela começou a considerar o pufe dele. – E, agora, aqui estou, depois de uma longa viagem de metrô porque a linha R, pelo visto, não está vai chegar ao Queens agora.

MJ lhe lança um olhar solidário.

– Lamento que você tenha tido uma noite tão terrível – diz ela. – E lamento que aquele cara tenha sido um completo babaca. Mas, então… ele é coberto de portais tipo buracos negros?

– Acho que sim – responde Peter. – Não sei o que mais poderiam ser. Quando eu estava voando por um deles, pensei *ter* visto… nem sei, algum outro mundo? Algo que estava coberto de pontos pretos como o Mancha, mas eu estava me movendo rápido demais para ver de verdade.

– Sinto que essas coisas todas estão acontecendo agora, e os meus instintos estão me dizendo que tem alguma conexão, mas não consigo descobrir qual é. – MJ mordisca os lábios. – Será que é coincidência que essa coisa do Mancha esteja acontecendo, que a Oscorp esteja comprando terrenos aleatórios no Queens e me fazendo ser incomodada por um oficial do governo local? – questiona ela.

Peter não tem uma resposta para isso, então apenas dá de ombros.

– Sério, não tenho ideia. Podem ser ocorrências distintas. Não sei como o Mancha e a Oscorp poderiam estar conectados, mas também não faço ideia do que a Oscorp ganha com qualquer uma dessas coisas. O Mancha, pelo menos... acho que ele só quer que as pessoas saibam quem ele é. Ele ficou *tão* bravo quando eu o chamei de Pontos. – Peter solta uma risada, logo empalidece e aperta a cintura. – Ah, tá bom, lembrete para mim mesmo, as costelas também estão machucadas.

*Ele vai ficar bem*, pensa MJ mais uma vez. *Não vou bancar a namorada nervosa e preocupada. Eu posso ajudar.*

– Está bem – declara ela, em tom profissional. – Vou descobrir o que a Oscorp quer. Eu e a Maia conversamos antes, e nós duas nos sentimos estranhas quanto ao evento OSMAKER...

– Ah, pois é, cara – concorda Peter, ficando ereto e se encolhendo de novo.

– Mas não há muito que a gente possa fazer quanto a isso – continua ela, lhe lançando um olhar que diz *por favor, me deixe terminar de falar*. Sem jeito, ele se recosta no assento, acenando com a mão como um pedido de desculpas. – Aposto que existe um sistema usado pelo evento OSMAKER que eu talvez possa usar para invadir a Oscorp. Tenho assistido a *muitos* vídeos de instruções no YouTube. E vou pensar no Mancha. Tem que haver *alguma coisa* para impedi-lo...

– MJ, você não precisa... sabe, fazer tudo isso – diz Peter, gesticulando em um arco amplo e abrangente.

– Mas eu quero – afirma MJ, com um tom um pouco mordaz. – Ou você é o único que tem permissão...

– Não, não, não é isso... – interrompe Peter. – Foi mal. É só que... eu não quero invadir a sua vida.

O rosto de MJ se contorce e ela dá as costas para ele.

– Pode deixar, Peter. Eu tenho tudo sob controle.

E mesmo que Peter note como a voz dela vacila no final, ele é gentil o bastante para não dizer nada.

# CAPÍTULO
# DEZENOVE

Peter volta andando do ponto de ônibus para casa, mas fica parado do lado de fora. Seus ombros estão tensos e ele tem certeza de que começou a ranger os dentes enquanto dorme. Há dias que não avistam o Mancha e isso o está deixando nervoso. MJ não teve sorte com a Oscorp e parece que todas as suas pistas estão mortas. Ela falou em criar um sistema-aranha mais algumas vezes, mas Peter não tem certeza nem de como isso seria. Chega perto demais de as pessoas descobrirem quem ele é para seu gosto. Além disso, a conta do Código Aranha tem estado em silêncio absoluto, exceto por avisá-lo sobre uma única criança perdida no Zoológico do Central Park e depois voltar ao silêncio absoluto. Ele fica parado na calçada e olha para o céu de forma acusadora.

– Se existe alguém responsável pela vida, pelo universo e por tudo mais, se estiver ouvindo, por favor, pare de dificultar tanto *a minha* vida.

Depois, ele coloca a mochila no ombro e sobe as escadas até a porta da frente. Seu celular toca assim que ele enfia a chave na fechadura, e Peter percebe, surpreso, que é o *outro* celular, aquele que em geral mantém desligado. Deixando a chave no lugar, ele puxa o celular e o olha. Ao ler a notificação, todo o seu rosto se ilumina. É uma mensagem de Swapna dizendo que ela finalmente decifrou o Código Aranha. Peter nem chega a entrar.

O Aranha está de volta na cadeira decorativa na sala de estar de Swapna. Ela lhe entrega uma xícara de café e se senta no sofá.

– Obrigado – agradece o Aranha. – Então, o que encontrou?

Ela não parece tão tensa quanto no outro dia. Na verdade, quando ele apareceu na janela, ela riu e disse que poderia ter contado tudo por telefone. Ele ficou grato pela máscara esconder suas bochechas vermelhas enquanto entrava no apartamento.

– Não acredito que demorei tanto, mas descobri que a conta deve pertencer a algum professor do ensino médio no Brooklyn. Ou ele mora no Brooklyn. Ele dá aula numa escola da cidade.

O Aranha fica animado.

– Ah é? – pergunta ele, tentando soar tranquilo.

– Sim, alguém chamado Samir Shah? O mesmo computador que faz login na conta do Código Aranha faz login na conta pessoal dele. Portanto, é provável que haja uma conexão aí.

É preciso de todo o autocontrole que o Aranha tem para não deixar cair sua caneca cheia de café no chão. O *dr. Shah?!* Há um leve sotaque na maneira como Swapna diz o nome completo do dr. Shah, com ênfase na primeira sílaba em vez da última.

– Ele era professor na ESU, mas perdeu a família num evento com Electro...

– Eu sei – diz o Aranha sem pensar. Os olhos de Swapna se estreitam e o Homem-Aranha não gosta da maneira analítica como ela olha para ele.

– Você o conhece? – pergunta ela. – Um professor do ensino médio aleatório da cidade?

– Quero dizer... – o Aranha hesita por um momento – ouvi falar dele. Trabalhei naquele caso do Homem-Areia no ano passado, sabe? Aquele que terminou no Museu da Ciência? O dr. Shah fazia parte da equipe da ESU que estava realizando aquele grande projeto de pesquisa. – *Bela desculpa*, o Aranha se parabeniza. – Mas não o conheço, tipo, de verdade – explica ele, divagando só um pouquinho.

Swapna lhe lança um olhar demorado, mas no final acena com a cabeça, pelo visto acreditando nele.

– Posso pedir um favor? – O Aranha pergunta antes de se corrigir. – Bem, *outro* favor?

Swapna acena com a cabeça, mudando de posição para que seus pés fiquem dobrados sob ela.

– Sinceramente, depois dos contatos que mobilizei para obter essas informações, você está acumulando uma bela conta.

Sob a máscara, o Aranha faz uma careta. Mas não há nada a ser feito e ele precisa perguntar.

– Você pode... – O Homem-Aranha pensa em como dizer o que quer dizer antes de simplesmente deixar escapar: – Pode manter isso entre a gente por enquanto? Só não... vá atrás desse cara. Eu quero falar com ele.

Swapna franze a testa.

– Não creio que haja algo sólido para seguir no momento, mas não posso fazer nenhuma promessa se algo grande resultar disso. Tipo... você não é a minha área. Minha área é a tecnologia, então esse seria o ângulo. – O Homem-Aranha se remexe como se fosse interromper, mas Swapna continua: – Não vejo como isso pode se tornar uma matéria, então não há razão para eu tocar no assunto ou falar sobre isso agora. Dito isso, caso precise, vou fazer isso.

O Homem-Aranha dá a ela um breve aceno de cabeça.

– Entendo… e vou fazer o que puder para garantir que *não* se torne uma matéria. Ou pelo menos… não de tecnologia.

– Faça o que tem que fazer – responde Swapna, se levantando. – Agora, por mais que eu goste das nossas conversas; e eu gosto mesmo, não estou sendo sarcástica, Kabir me disse que às vezes as pessoas não conseguem perceber a diferença. Ele está vindo com a mãe e ela não vai estar interessada em conhecer você, lamento dizer.

– Ah, cara, ela me odeia? – o Aranha pergunta, lamentoso. – Eu sou um cara legal!

Swapna começa a rir e balança a cabeça.

– Não, não, ela só não sabe quem você é e não se interessa por estranhos.

– Odeio dizer isso, mas é um *alívio* – diz ele, se pondo de pé. – Obrigado mais uma vez pela ajuda, é sério. E entendo toda essa coisa de repórter. Agradeço mesmo se você encontrar algo para escrever.

– Posso prometer pelo menos esperar dois dias antes de começar a pensar por que um professor do ensino médio no Brooklyn estaria fazendo esse tipo de coisa – diz ela, acompanhando-o até a janela. – E acho que estou começando a ter uma ideia de como você pode me ajudar… – O Aranha não tem certeza se gosta do olhar intenso que ela está lançando para ele. – Vou entrar em contato.

– Ah, tudo bem – diz o Aranha sem jeito antes de sair pela janela.

Swapna apenas ri.

*Agora tenho que encontrar o dr. Shah... e chegar ao fundo disso.*

MJ envia uma mensagem para o Aranha com o endereço que ela encontrou do dr. Shah. Eles sabem que ele deve morar em algum lugar perto de Williamsburg, portanto, ele não fica surpreso quando para e pousa no topo de um parapeito em Bushwick, Brooklyn. Há uma igreja próxima e uma escola atrás dela. Ele examina o terreno abaixo, que está ocupado por crianças que saem das atividades extracurriculares e de adultos que voltam do trabalho. *Eu deveria esperar até que esteja um pouco menos movimentado...* pensa ele, e em seguida, salta do parapeito para o telhado. *Eu deveria ter trazido a minha mochila, pelo menos eu poderia ter trabalhado na minha redação de inglês...*

Mais uma hora e meia se passa antes que ele se sinta à vontade para cair na rua. Ao lado da porta há uma lista de nomes e uma série de campainhas. O Homem-Aranha coloca o dedo enluvado na lista e começa a percorrê-la, lendo até encontrar *Shah, S. 614*. Dando um passo para trás, ele olha para o prédio para contar as janelas e fica angustiado ao perceber que não há como saber qual das quatro janelas acima dele seria a do 614. Então, ele aperta o botão ao lado do nome e fica surpreso quando ouve um zumbido alto e o clique distinto de uma fechadura sendo liberada. Ele abre o portão antes que possa se trancar de novo e entra no prédio. Parece mais novo por dentro do que por fora, como se o interior tivesse sido destruído e reconstruído com apartamentos inteiramente novos, mas o desenvolvedor não quisesse investir em uma nova fachada sofisticada. O Aranha torce o nariz em desgosto; não há personalidade na decoração cinza e branca ao redor. Ele não vê elevador, então dá uma corridinha até a escada estreita alguns metros à frente e começa a subir. Alguns andares acima dele vem o som de uma porta se abrindo e passos pesados começam a descer as escadas. O Aranha chega ao quarto andar antes de encontrar a própria pessoa que estava procurando, descendo.

– Você! – diz o dr. Shah, com os olhos arregalados de choque enquanto ele cai para trás contra o corrimão com a mão no peito.

– Oi, doutor – cumprimenta o Homem-Aranha, cordial. – E aí?

O dr. Shah se vira, mas o Homem-Aranha ainda percebe a fúria estampada em suas feições.

– Você não pode estar aqui – ele cospe de costas para o Homem-Aranha. Parece que as palavras estão sendo arrancadas de seus lábios com um torno, como se ele odiasse ter que dizê-las. O Homem-Aranha não escuta e, em vez disso, segue o dr. Shah escada acima até o apartamento no sexto andar. O professor chega à porta e entra. Com um suspiro profundo, ele deixa a porta aberta atrás de si, e o Aranha entende isso como um convite, passando por cima de um tapete de boas-vindas que diz Nada de Azar Aqui. O dr. Shah tirou os chinelos e os deixou perto da porta. *Talvez eu devesse vir preparado para tirar as botas com facilidade... O* Aranha pensa, rindo sem jeito para si mesmo. Essa é uma situação desconfortável para qualquer pessoa, e não tem certeza de como lidar com ela. Aquela mesma sensação de estar desamparado toma conta dele de novo.

A voz do dr. Shah vem de algum lugar mais para dentro do apartamento.

– Suponho que você não viu o entregador lá fora quando tocou a campainha? Espero que *alguém* aproveite meu sushi.

O Aranha entra no apartamento arrumado e ouve a última parte murmurada sob a respiração do dr. Shah. É pontuada por um suspiro cansado. Eles estão na sala dele e há uma pequena cozinha do lado direito.

O dr. Shah esfrega a mão na testa no que o Aranha pode interpretar como irritação.

– O que está *fazendo* aqui? – pergunta ele. – Não queria que você soubesse quem eu sou.

– Pois é, quanto a isso. Não tenho o hábito de lidar com desconhecidos por muito tempo – diz o Homem-Aranha com indiferença. – Eles tendem a ficar arrogantes. Ou suspeitos. Ou as duas coisas. E nunca acaba bem para mim.

– Você não devia ter vindo – murmura o dr. Shah. Seus olhos estão escuros de raiva e suas mãos, cerradas ao lado do corpo. Ele dá um passo à frente e levanta os braços como se fosse empurrar o Aranha porta afora e para o corredor, contudo, parece pensar melhor. – Apenas saia – diz por fim, com a voz vacilante.

– Eu disse que tenho… – começa o Aranha.

Mas antes que possa terminar, ele é interrompido pelo grito alto do dr. Shah.

– eu disse para sair!!!

E é como se uma represa tivesse sido rompida quando o dr. Shah começou a se aproximar dele.

– Você traiu a minha *confiança* ao vir aqui, Homem-Aranha. Tentei ajudar você, e veja que bem isso fez para nós! Nenhum! – Há saliva em seus lábios, sob o bigode, e sua pele está cerosa. As olheiras sob seus olhos estão roxas, como se ele não dormisse há semanas.

– Não posso ir embora, dr. Shah. Há algo de errado com o seu código: ele me faz perder crimes enormes em favor de crimes pequenos e distrativos. Já ouvi falar de você. Sei que não é um cara mau, então... o que está rolando? – O Homem-Aranha não se move entre o dr. Shah e a porta, esperando que o homem faça uma escolha.

O dr. Shah o encara, todo o seu corpo está tenso e ele respira com dificuldade. O Aranha pode ver os punhos dele se contorcendo ao lado do corpo, como se ele estivesse com vontade de bater em alguma coisa. São alguns minutos estressantes com os dois parados na sala do dr. Shah... até que, por fim, *algo* dentro dele parece se quebrar e ele murcha. É quase como se o Aranha pudesse ver a luta abandonar o professor.

O dr. Shah dá um passo para trás, se afastando do Homem-Aranha e contornando o sofá para cair nele. Ele se senta pesadamente e apoia os cotovelos nos joelhos, colocando o rosto nas mãos. Ele murmura algo para o chão. O Aranha hesita. Existem milhões de maneiras diferentes de reagir, mas ele não tem certeza de qual é a certa. *Na dúvida, faça uma pergunta,* ele pensa.

– O que disse?

O dr. Shah levanta a cabeça e se vira para encarar o Homem-Aranha.

– Eu disse, não sei o que há de errado com o código. Nunca deveria ter... nem é meu de verdade. Parecia uma maneira de eu conseguir ajudar. Como eu poderia recusar? – De repente, ele se levanta de novo e vai depressa até a outra sala antes de retornar alguns segundos depois com um laptop e um celular. Deixa os dois cair na mesa em frente ao sofá com um *baque alto*, e o Aranha estremece. – Faz dias que venho procurando. Por que ele não me contou sobre aquelas joias desaparecidas? Deveria ter me contado sobre aquelas joias! – Os movimentos dele estão frenéticos e sua voz está voltando a ficar mais alta. A cena enerva o Aranha, que não está acostumado a ver o professor, em geral calmo, tão... fora de si. – Como pode estar tão *errado*?! – questiona o dr. Shah.

E, antes que o Aranha possa dizer qualquer coisa, o dr. Shah agarra as próprias orelhas e *berra*. O som é agudo e alto e depois é interrompido de repente. O Aranha estremece, como se algo estivesse subindo pela sua espinha. *O que eu faço...?* Ele observa, impotente, enquanto os joelhos do dr. Shah se levantam e ele se debruça, balançando para frente e para trás no sofá. O Aranha dá um passo à frente para se aproximar e talvez repousar uma mão reconfortante no ombro do professor. E, nesse momento, ouve o dr. Shah resmungando, por isso, abaixa a cabeça para entender as palavras.

– Perdão, perdão, pensei que estava fazendo a coisa certa. Por favor, não me machuque. Perdão. Perdão. Eu só queria ajudar. Achei que podia ajudar.

O sentido-aranha do Homem-Aranha vibra de leve na base de seu crânio, e ele joga a cabeça para trás no momento em que o dr. Shah dá um soco.

– *Ei!* Vamos conversar sobre isso sem *dar* um soco no Homem-Aranha, que pode sem querer quebrar a sua mão se você tentar me acertar com muita força. Não quero isso na minha consciência.

– Ah – responde o dr. Shah e o encara, boquiaberto, por um segundo. Depois, ele se levanta e cospe: – Quer algo na sua *consciência*, Homem-Aranha? E a minha *família*? Onde você estava...

O coração do Homem-Aranha despenca no estômago. Ele *sabia* disso sobre o dr. Shah. Lembra de ter lido o artigo no jornal como se fosse ontem. O dr. Shah perdeu a esposa e a filha em um dos desastres do Electro. O Homem-Aranha está ansioso para dizer alguma coisa. *Desculpe,* pensa, *sei como é. Eu sei o quanto dói.* Mas não tem a chance de dizer nada porque o dr. Shah avança com o punho fechado!

# CAPÍTULO VINTE

O Homem-Aranha se abaixa e agarra o professor pela cintura. Ele faz um esforço para não apertar com força demais, mas empurra o dr. Shah de volta para o sofá e segura seus pulsos com as mãos, mantendo-os pressionados.

– Dr. Shah! O que está fazendo? – brada ele. – Isso não é típico do senhor! Por que está *brigando* comigo?! Eu sou o mocinho! – Abaixo dele, o dr. Shah se debate e seus olhos estão arregalados. Há algo familiar na maneira como ele está agindo, está lembrando o Aranha de alguém… se ele conseguisse se lembrar. As palavras de MJ no Dia dos Namorados voltam à mente do Aranha. *Ela mencionou a agressividade dele, e qual foi a última vez que vi alguém perder o controle por causa da raiva assim?* – O Homem-Areia! – exclama ele em voz alta.

O dr. Shah para de lutar, seus olhos se concentram e ele encara o Homem-Aranha, completamente confuso, como se não tivesse ideia de como foi parar ali.

– Eu... Homem-Aranha, perdão. Não sei... não sei por que estou com tanta raiva hoje em dia. Eu... Isso não é típico de mim. Tem que acreditar em mim. Não sou um homem violento – diz ele, com a voz embargada.

O Homem-Aranha solta os pulsos do dr. Shah e em seguida fica de cócoras, apoiando os antebraços nos joelhos dobrados.

– Sim, e tenho uma pergunta muito importante para você, dr. Shah. Esteve no Salão de Ciências de New York nos últimos seis meses?

O dr. Shah se senta, esfregando os pulsos, e lança outro olhar estranho para o Homem-Aranha.

– Sim. Como sabe disso? *Por que* você sabe disso?

– Você se conectou ao Wi-Fi de lá?

– O quê?

– É importante, conectou?! E foi com esse celular aí? – O Homem-Aranha segura o canto do celular da mesa com o polegar e o indicador e o balança na frente do dr. Shah.

– Eu... Sim, sim, conectei. Foi depois daquela grande luta que você teve lá há alguns meses. Alguns colegas me pediram para ajudá-los a resolver alguns dos problemas que... surgiram.

Sem hesitar, o Homem-Aranha leva o celular até a cozinha do dr. Shah e abre a geladeira. Ele fará exatamente o que Mary Jane fez meses atrás. Ele encontra um pote de picles – *vinagre!* – e coloca o celular lá dentro, apertando bem a tampa. Começa a vasculhar as gavetas ao acaso antes de finalmente encontrar um rolo pesado de papel alumínio que pode usar para embrulhar bem o pote.

Atrás dele, o dr. Shah está gritando e perguntando o que ele está fazendo, mas o Aranha permanece focado. *Tenho que tirar essa coisa do apartamento.*

— Já volto — diz ele para o dr. Shah, e depois sobe no balcão e, segurando o pote, sai pela janela da cozinha e vai até a parede. Ele volta em vinte minutos, depois de uma rápida ida até o Canal de Gowanus. *Se esse canal nojento consegue dar um jeito num tubarão, pode dar um jeito num pote de picles com um vírus alienígena da raiva dentro dele. Tomara. Não é como se houvesse sinal de Wi-Fi dentro do canal de qualquer maneira.*

Quando ele retorna à janela do dr. Shah, o homem está sentado à mesa da cozinha. Ele está com a cabeça entre as mãos de novo e os ombros estão tensos próximos das orelhas.

— Dr. Shah? — chama o Homem-Aranha, saltando do balcão e caindo nos ladrilhos pretos e brancos abaixo. O Dr. Shah se assusta e sua cabeça se levanta para olhar para o Homem-Aranha. — Desculpe! Não queria assustar você... pensei que tivesse me ouvido entrar.

— Não, não, está tudo bem... eu estava perdido nos meus... é que a minha mente não está onde deveria estar nos últimos tempos. — Então o Aranha vê o dr. Shah com uma expressão familiar e astuta no rosto. Faz meses que o Aranha não vê isso, e ele fica animado com a expressão inesperada. — Mas acho que você pode me contar mais sobre isso, a menos que tenha roubado meu celular sem motivo — pede ele.

*Aí está você, dr. Shah,* pensa o Aranha, sorrindo sob a máscara. Ele se aproxima do professor à mesa e se senta à sua frente. A mesa está vazia, exceto por saleiros e pimenteiros em forma de dois planetas e um porta-guardanapos que tem o valor numérico de pi em ferro escrito ao redor da base.

— Tenho uma história para você, dr. Shah...

*ELE NOS QUEBROU.*

   *ELE TIROU NOSSO HOMEM. ELE O TIROU DE NÓS.*

*VAMOS QUEBRAR O HOMEM–ARANHA.*

   *VINGANÇA.*

     *VINGANÇA.*

      *VINGANÇA.*

*REALIZAR A ÚLTIMA*

   *DESTRUIÇÃO*

     *DO CÓDIGO ARANHA*

*VAMOS EXECUTAR.*

Já é tarde quando o Aranha terminou de contar e o dr. Shah está esfregando o rosto. Ele ainda parece cansado, mas a selvageria desapareceu do fundo de seus olhos.

– Então… estava dentro do celular? Ou devia ser parte do celular… – o dr. Shah diz para si mesmo. – Não deve ser forte o suficiente e por isso precisa de algum tipo de base para mantê-lo ancorado aqui. Mas… deve ter sido isso que me enviou o algoritmo? Por que ia querer ajudar a impedir crimes?

– É isso que eu quero saber – responde o Homem-Aranha, interrompendo as reflexões do dr. Shah.

– Não acredito que passei os últimos meses sendo manipulado por uma onda de rádio. Por meses pensei que finalmente estava reagindo e fazendo algo de bom. Sempre foi bom demais para ser verdade. Eu deveria ter percebido.

– Você estava reagindo! – interrompe o Aranha. – Você *estava* – repete ele, colocando sentimento em suas palavras. – Mesmo que o objetivo deles fosse me distrair, você ainda me ajudou a ajudar as pessoas, dr. Shah.

— Por favor, me chame de Samir. — As lentes do Aranha se arregalam e ele tem que conter a vontade de dizer: "Não, obrigado". — Obrigado por dizer isso, Homem-Aranha. Espero ter ajudado. Eu... não quero que outras pessoas passem pelo que passei. — Seu olhar fica distante. — Nina, minha esposa, e eu levamos a nossa filha, a Kiran, ao carrossel no Central Park uma tarde. Isso foi há dezessete meses e quatro dias. — O Aranha empalidece, isso não foi muito antes que ele começasse seu trabalho paralelo como Aranha. Mas ainda assim foi *antes*. — Aquele vilão, o Electro, surgiu do nada, fugindo de algum assalto a banco ou algo do tipo, eu nem sei. Mas ele começou a ficar descontrolado, literalmente. E, então, antes que eu pudesse fazer qualquer coisa, antes que pudesse nos tirar de lá, as duas estavam mortas. — O dr. Shah pigarreia e seus olhos parecem úmidos.

O coração do Homem-Aranha se parte.

— Meus sentimentos — diz ele. — Queria ter tido a chance...

— Eu também — responde o dr. Shah. — É algo que sempre quis. Usei o Código Aranha porque queria poder ajudar você a garantir que ninguém mais passe pelo que eu passei. Eu nunca deveria ter confiado naquilo. Mas quando você prendeu o Max Dillon, fiquei empolgado, não por vê-lo partir, mas por saber que ele não poderia sem querer separar uma família inteira de novo. — O Homem-Aranha não sabe o que dizer. — Só odeio, a qual eu pensava ser boa, tenha sido apenas uma ferramenta, outra forma para dificultar o seu trabalho. Odeio que tenham sido capazes de me usar assim!

— Como conseguiu o algoritmo, afinal? — o Homem-Aranha pergunta.

— Primeiro me mandaram uma mensagem perguntando se eu estava interessado em ajudar você. Depois, enviaram o código. Eu só precisei executá-lo.

O Homem-Aranha tamborila os dedos na mesa, olhando de um lado para o outro, repassando o que sabe sobre o caso.

— Essa coisa com certeza quer me manter longe de algo. Tudo sobre os trabalhos que você me passou grita distração… Mas não sei o que é.

— Você não acha que tem a ver com esse Pontos de que os jornais estão falando? Foi quem cometeu o roubo das joias, não foi?

O Aranha assente, pensativo, mas depois discorda.

— Cheguei a pensar nisso, mas ele me emboscou às claras há alguns dias. Como se quisesse ser notado. Ele quer fazer o próprio nome não passar despercebido. Se for por causa dele, ele não sabe. Mas acho que não é ele. Não faz sentido ele vir atrás de mim assim se querem me manter longe do encalço dele.

O dr. Shah franze a testa, mas entende o que o Aranha disse e parece concordar.

— Tudo bem… — diz ele. — Vou dar um jeito nisso. Me deixe analisar e descobrir o que posso. Por que precisam de você distraído? Em que não querem que você pense ou o que não querem que descubra? Qual é o objetivo deles?

O Aranha empurra a mesa e solta um assobio.

— Essas com certeza são as perguntas certas, doutor — declara. — E tomara que você consiga encontrar algumas respostas.

# CAPÍTULO VINTE E UM

O celular de MJ está vibrando no chão ao lado da cama. Ela abre um olho, com a visão turva, e rola para agarrar o aparelho. Seus dedos batem no chão algumas vezes antes de finalmente encontrá-lo, estremecendo com o brilho da tela no quarto escuro.

*Por que a Maia está me ligando às cinco da manhã?!*

Ela levanta o celular e desliza para atender, colocando-o próximo ao ouvido.

– Alô? – resmunga, com a voz rouca de sono.

– Ah, então, foi mal, acabei de notar como é cedo. Eu estava saindo para correr…

– Quem *é* você? – geme MJ ao telefone e enterra o rosto no travesseiro.

Maia ri do outro lado da linha, mas há um pedido de desculpas nisso.

– De qualquer forma, eu estava acordada, chequei o e-mail e… de alguma forma, o nosso pedido para aquela horta foi aprovado.

MJ se senta, bem acordada agora.

– *O quê?!* – pergunta. – Eu nem… Você mandou uma inscrição?

– Não! Queria saber se você mandou. Mas como isso aconteceu? Nenhuma de nós quer admitir que sabemos que a Oscorp é dona daquela coisa.

MJ torce a mão livre no cobertor, seu estômago se revira de ansiedade. *Não estou gostando disso.*

– Parece bem suspeito, não é?

– Pois é. Não mandei nada para aquele site, isso com certeza, ainda mais depois que a minha mãe recebeu aquela carta para assustar a gente. Eu não queria fazer nada… sabe, oficial. Estava só investigando isso por debaixo dos panos – diz ela, baixinho, lembrando o quanto é cedo.

Maia fica calada do outro lado da linha.

– Eu… não sei não – comenta MJ. – Acho que a gente deveria… usar a horta?

– *É mesmo?* – questiona Maia, e MJ não sabe *no que* ela está pensando.

– Vamos conversar sobre isso na escola hoje? – sugere MJ por fim.

– Sim, pode ser. Foi mal por ligar tão cedo. Acho que não é exatamente uma emergência, mas… me assustou de verdade.

– Não, está tudo bem! É estranho! E assustador! – responde MJ, validando a amiga. – Só acho que não há nada que a gente possa fazer no momento. Mas fico feliz que você tenha me contado.

– Tudo bem, volta para a cama, MJ. Vejo você em algumas horas – diz Maia, e desliga o telefone.

MJ olha para o aparelho silencioso na mão e toca na tela para acendê-lo. Abrindo o aplicativo de mensagens, começa a enviar uma mensagem rápida para Peter. Mas seus dedos pairam sobre a tela, hesitantes.

*Ele com certeza está dormindo. Por que estaria acordado? Você sabe muito bem que horas ele chegou ontem à noite!* Peter tinha aparecido na noite anterior para contar para ela tudo sobre sua conversa com o dr. Shah. MJ ainda estava abalada. Ela *sabia* que a maneira como o professor estava agindo era familiar, porque ela já havia passado por isso!

*Talvez eu devesse... dizer alguma coisa para o dr. Shah amanhã. Ou melhor, hoje.*

Ela sente uma afinidade com o professor agora. Os dois foram afetados por essa coisa que se aproveitou de seus sentimentos e de suas circunstâncias. Sabe que não pode dizer nada sobre o que sabe. *Mas talvez eu possa ser ainda melhor e ele se sentiria bem. Espere... Peter conversou com o dr. Shah ontem à noite, e agora pela manhã a Maia recebe um e-mail dizendo que temos direito a um terreno baldio para o qual nunca nos candidatamos?* Ela não gostava de supor coincidências, desde que descobriu quem Peter é de fato. Mas ela não consegue conectar as peças entre as duas coisas – os alienígenas e os celulares, e a Oscorp e o terreno baldio.

MJ suspira e afasta o cobertor. *Posso muito bem me preparar para o dia... Talvez a escola traga algumas respostas.*

ACHO QUE NÃO DEVIA FICAR SURPRESA PELO
DR. SHAH FALTAR HOJE, MAS...

O Aranha encara o celular. Ele está se equilibrando na beira de uma saída de incêndio no Upper East Side e lendo uma mensagem de MJ sobre o dr. Shah. A falta do professor

fazia sentido – *se eu estivesse em contato próximo com um mons-*
*tro de raiva alienígena nos últimos meses, eu também ia precisar*
*me recuperar!* Ele pisa no metal preto sob seus pés, tomando
cuidado para não atingir nenhuma das luzes penduradas ou
os enormes vasos de plantas mortas que lotam a área. São
mais cascas do que coisas vivas, mas ainda evita quebrá-las.

Seu outro celular vibra e o Homem-Aranha não consegue evitar revirar os olhos em resposta. *Odeio esse negócio de*
*ter dois celulares.* Ao pegar o segundo aparelho, equilibrando-o
em cima do seu celular pessoal, ele vê que, por coincidência,
é uma mensagem do seu professor.

> **HA – ME LIGUE O MAIS RÁPIDO POSSÍVEL**

*Isso não pode ser nada bom.*
Ele digita o número e, antes que o primeiro toque ter-
mine, a voz do dr. Shah surge em uma onda de alta energia.

– Eu estava reduzindo o código para eliminar completamente o algoritmo, e enterrado bem no fundo dos uns e
zeros estava algum tipo de comando que era executado por
conta própria. Ele indicava um último crime violento em
potencial que você talvez fosse querer verificar. Já passei pelo
restante cinco vezes e não há nada igual.

– Isso com certeza soa como uma armadilha – responde
o Homem-Aranha, com a voz monótona e prosaica.

Há um zumbido de concordância do outro lado da linha
e o som de algo se mexendo, como se o dr. Shah estivesse
balançando a cabeça.

– Eu pensei o mesmo… mas acha que podemos arriscar
que seja uma armadilha. – Ele parece incomodado em pedir
isso. – O programa pode ter distraído você, mas nunca errou
em relação aos crimes.

– Acha que isso significa que algo maior está acontecendo em outro lugar. Porque isso seria muito, muito ruim – comenta o Homem-Aranha francamente.

– Me deixe ficar de olho nisso. Devo conseguir acessar os radares da polícia daqui. Ou... pelo menos ficar de olho nas conversas locais na internet.

O Homem-Aranha leva um momento para apreciar quão legal seu professor de fato é. Ainda assim, há algo dentro dele que o faz hesitar.

– Não sei não... – diz ele. – Mas me mande por mensagem onde eu preciso estar e quando, de qualquer forma.

– Está bem... estou seguindo uma pista para ver se conseguimos descobrir de onde tudo isso se originou, mas vou passar a informação para você agora mesmo. – Há uma breve pausa e então a voz dele retorna, alta e clara. – Boa sorte, Homem-Aranha – diz o dr. Shah, e desliga.

O Aranha esfrega a mão na nuca e começa a andar pela borda fina da escada de incêndio de ferro forjado. A mensagem do dr. Shah chega:

**21H. CHELSEA PIERS. ATIRADOR DE ELITE.**

O estômago do Aranha embrulha. Um *atirador de elite*. Ele anda de um lado para o outro cinco vezes antes de finalmente alguém gritar de dentro do apartamento à sua direita.

– Está me deixando tonto, Homem-Aranha! Saia da minha sacada!

– Sacada? – o Homem-Aranha grita enquanto pressiona a lateral da orelha para iniciar uma ligação. – Está mais para risco de incêndio! – Ele se lança para a frente e *atira* uma teia. O celular em seu ouvido toca uma vez, depois duas, depois várias outras vezes antes de finalmente cair na caixa postal.

*Oi! Este é o número da MJ! Não estou disponível, mas o sr. Correio de Voz está, então deixe uma mensagem e eu ligo de volta. Ou só me mande uma mensagem. Na verdade, pode ter certeza de que vou responder. Quem deixa mensagens de voz?!*

– Oi, MJ – grita o Aranha contra a rajada de vento. – Me liga, quero dizer, manda uma mensagem quando puder. Pode haver alguma coisa acontecendo, bem, com o trabalho noturno. – Com um punho preso na teia, ele usa a mão livre para bater na lateral da máscara, encerrando a ligação. *Aquele plano já era...*

Às 20h50, o Homem-Aranha está sentado no topo de um prédio na esquina da 11th Avenue com a West 20th Street, bem na frente da entrada de Chelsea Piers. A área de entretenimento parece bastante normal: há famílias indo jogar golfe ou patinar no gelo, grupos de amigos indo buscar comida antes de participar de qualquer atividade. Não há nada fora do comum que o Aranha possa ver, nada que lhe dê uma pista sobre o que pode estar por vir. O dr. Shah não tinha mais nenhuma informação para ele, apenas a hora e o local e que era um atirador de elite. Isso deve significar telhados. Ou pode significar alguém se escondendo atrás de alguma coisa. Ao longe, ele consegue ver as luzes dos barcos no Hudson e espera que o crime não aconteça em um *barco. Como eu poderia me balançar até lá?*

Ele apoia os cotovelos no parapeito e solta um gemido. MJ ainda não ligou de volta, mas ele não está preocupado. Ela tem os próprios assuntos. *Que podem estar ligadas aos* meus *assuntos.* Tinham repassado a situação juntos durante o dia na escola: o reaparecimento do alienígena, o Mancha, a Oscorp e a misteriosa aprovação de um requerimento que nunca foi enviado. Ele não conseguia entender, mas MJ tinha certeza de que devem estar ligados. Ela só não conseguia desvendar como.

– E se tudo isso for mentira – diz para si mesmo –, e eu estiver sentado aqui feito idiota enquanto aquele tal Mancha rouba, sei lá, a Bolsa de Valores de Nova York em busca de dicas boas ou algo assim? – Ele joga a cabeça para trás e solta um grito. – Aff!

Ao longe, ele ouve alguém gritar:

– Cala a boca! Estou tentando assistir a um filme aqui!

– Desculpe incomodar! – grita ele de volta. – Foi mal!

Há um lampejo de algo do outro lado da rua e alguém grita. A cabeça do Aranha se volta para o Chelsea Piers – será que ele perdeu? Já aconteceu alguma coisa? Ele se apoia no prédio prestes a avançar, os olhos procuram a perturbação. Há tantas pessoas! Até que ele finalmente percebe e fica aliviado: é só uma família com dois filhos brigando por uma faísca e a mãe gritando com eles.

O Aranha solta um suspiro. Ele rasteja pela lateral do telhado e se encosta no prédio, os pés e as costas apoiados nos tijolos. Olha para o celular mais uma vez; são 20h54. Faltam apenas mais seis minutos até que algo aconteça e o Aranha precisa impedir. Há o som alto de uma janela se abrindo a alguns metros de distância e o Aranha fica tenso. Mas é apenas alguém se inclinando para jogar as chaves para um amigo que está esperando na calçada. *Preciso me controlar*, pensa o Homem-Aranha. Não pode continuar pulando a cada coisinha. Precisa ficar calmo e estar preparado. Se houvesse um atirador em uma noite movimentada em Chelsea Piers, seria algo saído de um pesadelo. O Homem-Aranha espera que seja apenas uma armadilha para ele.

Há movimento no telhado do outro lado da rua – por uma fração de segundo, o Homem-Aranha vê algo minúsculo e reflexivo de um ponto logo acima do campo de golfe. *É aquele o maldito atirador?!* O Aranha salta da borda do telhado e balança acima da 11th Avenue e voa para pousar em cima de um dos muitos carrinhos de comida que lotam a entrada dos píeres.

– *¡Mami! ¡*es homem-aranha! – uma garotinha grita em espanhol abaixo dele, mas o Aranha não tem tempo de parar e dizer oi. Ele salta para a lateral do prédio e começa a escalar o mais rápido possível antes de começar a correr, com as pernas dando grandes saltos até chegar ao topo. O telhado de Chelsea Piers parece laranja e opaco sob a pouca luz da cidade à noite. Não está quieto – há ruídos *altos* de bolas de golfe sendo acertadas em um gramado artificial e crianças gritando em uma pista de gelo abaixo de seus pés.

Ele para e olha de um lado para o outro, procurando *algum* sinal de alguém ali, mas não há nada. Seu sentido-aranha está silencioso. Algo se esgueira atrás dele e o Aranha se vira, braços para cima, joelhos dobrados, pronto para saltar. É só um rato.

A saliência onde pensou ter visto algo fica a vários metros à sua direita, e ele corre para verificar a cena daquele lado. No chão, há um moletom preto e um tripé. *O que...?*

– *Ei!* – Um grito alto vem de trás dele. – *Homem-Aranha?!* Não pode estar aqui!

O Homem-Aranha pula e dá uma cambalhota para trás por de cima quem está gritando com ele e pousa antes de atirar duas teias rápidas na forma à sua frente e puxá-la para trás.

– ahhh! – o homem grita e depois cai para trás com um *estalo* enjoativo, seguido por um *baque surdo*. Do chão, há um alto gemido de dor. – Ai, cara, minha cabeça. Minha cabeça está sangrando. E acho que meu ombro está machucado. Por que você fez isso? – diz o homem caído no chão, e o Aranha pode ouvir a forte ameaça de lágrimas em sua voz. Ele dá um passo para trás.

– Você não é…? Você não tinha uma arma? – pergunta ele, e odeia soar esperançoso.

– Uma arma?!

O Aranha dá um passo à frente para ver melhor o homem e nota que é apenas um jovem do Leste Asiático. Por baixo da camiseta, seu ombro direito parece inchado e o sangue está se acumulando no chão devido a um corte no lado direito da testa. O Aranha estremece. *Isso não está certo.*

– Perdão! – diz ele. – Eu pensei… – Ele olha de volta para o tripé e percebe que se misturando ao moletom no chão, parcialmente obscurecido pelo tecido grosso, está um estojo de câmera. – Eu… – Ele gesticula inutilmente.

– Ei! – outra voz grita antes que o Homem-Aranha possa continuar. – O que foi que você fez! – Um homem alto de pele negra corre para frente. Está vestindo uma jaqueta de segurança e um boné de beisebol, e está gesticulando para o Homem-Aranha se afastar. – Você atacou esse cara, Homem-Aranha?! Eu sabia que o *Clarim* tinha razão sobre você!

O Homem-Aranha lança um olhar atormentado entre o recém-chegado e o homem que ele machucou caído no chão. Ele acha que o ombro do homem pode estar quebrado.

– Eu… eu… – Tenta mais uma vez, mas não consegue pronunciar as palavras.

O segurança saca uma arma de choque e o Homem-Aranha se lança do telhado.

– Cara. – Ele ouve o homem no chão dizer ao guarda enquanto o Aranha se afasta. – Pode chamar uma ambulância agora?

O Aranha cai pesadamente em um telhado próximo, perto o suficiente para que ainda consiga ver o que acontece, mesmo que não possa ouvir. Observa a ambulância chegar e os paramédicos cuidarem do homem ferido. Observa enquanto o segurança conta aos paramédicos o que aconteceu. Observa as pessoas tirarem fotos e se aglomerarem em volta da maca enquanto os paramédicos a empurram para a ambulância que a espera. O Aranha sabe que esse não é o fim da história.

*O Aranha está desamparado.*
　　　*Ele não nos verá.*
　　　　　*Ele não nos encontrará.*
*Quebrado demais.*

# CAPÍTULO
# VINTE E DOIS

— **P**eter!– a voz de Randy interrompe os pensamentos de Peter, e sua cabeça cai da mão em surpresa, quase batendo na mesa.

— O quê?! – pergunta ele, com o coração batendo forte e os olhos arregalados.

Randy e Maia o estão encarando de forma estranha, enquanto MJ tem algo que parece pena no olhar. Ele desvia os olhos.

— Eu perguntei – responde Randy finalmente – se você tem o calendário que o dr. Shah distribuiu no início do ano? A gente achou que tinha escrito anotações num dos nossos, mas não foi no meu, nem no da MJ, nem no da Maia, então…

— Ah, claro. Certo. Sim. Me deixa ver – diz Peter, se inclinando e remexendo na mochila. Está feliz pela distração. Nem pregou os olhos na noite passada, a culpa e a ansiedade mantiveram seus olhos abertos muito além do que era uma hora razoável para dormir. *Não posso acreditar no quanto eu errei,* pensa ele pela milionésima vez. Sabia que era uma armadilha e, ainda assim, caiu nela, e machucou alguém no processo. O dr. Shah se desculpou profusamente quando soube. Peter arrisca um olhar para o professor por baixo da franja, e parece que os deuses do sono também não foram gentis com o dr. Shah. Suas pálpebras estão pesadas e ele se recosta na cadeira com os braços cruzados sobre o peito.

Finalmente, Peter localiza o que procura. Ele puxa a folha de papel amassada e a abre sobre a mesa, tentando esticá-la com as mãos.

– Foi mal – diz ele. – Mas aqui está o meu…

Randy pega o dele e lê.

– Não… também não está aqui. Eu *sei* que a gente anotou em algum lugar – comenta ele, mas Peter já está desligando de novo.

*Aquele pobre rapaz. Eu o machuquei tanto. Como pude… agir daquele jeito, sem nem considerar que a informação era falsa? Pensei que seria uma armadilha para mim, e que eu me machucaria… não uma em que eu machucaria outra pessoa.*

Um vídeo do segurança contando a história viralizou e tem sido difícil. Ele está contando para todo mundo que viu o Homem-Aranha atacar um homem desarmado, sem provocação. E ele não está errado. *Nem sei o que fazer… Devo me entregar?* Seu estômago embrulha com a ideia. Não tem nenhum amigo lá, e, provavelmente, seria correr risco de vida fazer isso.

– Com licença? Dr. Shah?

A visão de Peter se concentra em descobrir que MJ está com a mão levantada e tentando chamar a atenção do professor.

– Dr. Shah? – repete ela.

Sobressaltado, o dr. Shah se inclina para frente e olha para MJ como se nem tivesse percebido que estava na escola. Como se estivesse surpreso por estar em uma sala de aula.

— Hum, sim, sim, srta. Watson? — responde ele e parece tão cansado quanto Peter.

— Peter e eu podemos ir ao centro de mídia para pesquisar uma coisa? — A cabeça de Peter se vira para olhar para ela, mas ela está olhando para o dr. Shah.

— Claro, sim, vou escrever um passe para vocês. — Ele rabisca a assinatura em alguns passes em branco, sem se preocupar em preencher o resto da folha, e estende a mão para entregar os dois para MJ. Peter vai aos poucos se desdobrando da cadeira e enfia as mãos nos bolsos. Não tem certeza do que pensar dessa saída repentina. Atrás dele, ouve Maia e Randy sussurrando, mas está cansado e distraído demais para se concentrar no que eles estão falando. Ele segue MJ para fora da sala de aula. Assim que estão no corredor, sem dizer uma palavra, ela tira uma das mãos dele do bolso e a segura.

— A culpa não é toda sua — diz MJ finalmente depois de mais alguns minutos de silêncio.

— É, tanto faz. — De forma espontânea, as palavras saem de sua boca. — Não é minha culpa ter atirado teias num civil e depois ter puxado com tanta força que ele caiu e quebrou o ombro.

MJ aperta a mão dele com força e o encara com severidade.

— Eu disse que a culpa não é *toda* sua, e é verdade. Em parte é. — Ela dá de ombros. — E isso é uma droga, porque sei que você nunca teria a intenção de machucar alguém.

— Eu jamais faria isso! — exclama ele, todo sério.

— Eu sei, Peter. E aposto que se aquele cara não estivesse tão irritado, provavelmente também saberia.

— Eu só queria saber *por que* fizeram isso comigo. Tipo, qual era o sentido além de fazer com que eu me sentisse um lixo e machucasse um pobre rapaz? — Ele para de andar e tira a mão da dela antes de se apoiar pesadamente na parede, com a cabeça baixa. Há um dedo em seu queixo um segundo depois, e MJ está o levantando e olhando fundo em seus olhos.

– Peter, vamos resolver isso. Prometo. – E ela lhe dá um beijo suave antes de se afastar. – Na verdade, acho que tenho uma ideia. Você deveria ir ver o cara. Fale com ele. Explique.

– Não sei não, MJ. Ele... Por que ele ia querer me ver? O cara que o machucou. – Peter está olhando para o chão de novo e não vê o rosto de MJ se entristecer. – Além disso, não seria ilegal? Entrar de fininho no quarto de hospital de alguém?

– Então qual é o plano? Só ignorar e torcer para que suma? – pergunta ela.

– Não! Eu só... – Peter se interrompe. – Não sei. Simplesmente não sei.

As palavras de MJ passam várias vezes pela cabeça de Peter enquanto ele está no *Clarim* naquela tarde, depois da escola. Ele *deveria* simplesmente ir ver o cara? Peter está sentado à mesa habitual, listando os nomes dos arquivos de fotos em uma planilha do Excel, junto com a data correspondente e o número do arquivo. É um trabalho tedioso e ele está grato por isso. Atrás dele, soam vários sinos altos seguidos.

– Caramba, as pessoas precisam *relaxar* – comenta Kayla, deslizando em sua cadeira. Peter está prestes a perguntar o que ela quer dizer quando alguém faz isso antes dele.

– Por quê? – A forma alta de Ned Leeds se debruça sobre a parede do cubículo de Kayla.

– Oi, Ned – cumprimenta ela, e em seguida continua: – A situação do Homem-Aranha. – Peter vira totalmente a cadeira e descobre que Kayla está gesticulando para a tela do computador. – Os perfis do *Clarim* nas redes sociais estão enlouquecidos desde que postamos aquele vídeo que a Betty fez. A propósito, não acredito que ela estava lá ontem à noite. Por acaso notei um relógio preto familiar em uma das imagens? – Kayla pergunta com falsa timidez, e Peter vê por um momento Ned tirar um de seus braços do topo do cubículo, mas não antes de notar algo preto no pulso de Ned. Quando Ned responde, suas bochechas estão um pouco vermelhas.

– Não sei do que você está falando – responde ele afetadamente. – Mas o que quer dizer com as pessoas precisam relaxar? O cara errou feio.

– Alguma coisa nessa história toda está me incomodando… – comenta Kayla.

– Será que é a possibilidade de o Jameson estar certo e que a gente não deveria mesmo apoiar vigilantes mascarados aleatórios? – brinca Ned em tom leve, e Peter faz careta. – Tá bem, dá até para *ouvir* os seus olhos se revirando, Kayla.

– Essa coisa toda não parece suspeita para você? – questiona ela, ignorando o comentário. – Tem alguma coisa maior acontecendo aqui, juro. Isso não é do feitio do Homem-Aranha.

Com expressão grata, Peter se volta para sua mesa.

– Parece um exagero, mas como quiser.

– Isso mesmo, como ela quiser! – Jameson entra correndo na sala em um turbilhão de cabelo espetado, excesso de café e palavreado furioso. – Você saberia disso se fosse metade da repórter que ela é, Leeds! – Peter está encarando Jameson com a mesma expressão boquiaberta que Ned tem no rosto. Até Kayla parece chocada com a declaração de Jameson. – Fechem a boca! Estão ridículos! – manda Jameson.

– Senhor – começa Kayla. – O senhor acabou de…? Isso foi um elogio?

— Foi um *insulto* para o Ned, e tudo bem — murmura Jameson —, um elogio casual para você. Porque você tem razão. Eu odeio aquele cabeça de teia de todo o coração, mas tem alguma coisa estranha acontecendo aqui.

— Então por que noticiamos que o "Homem-Aranha estraçalha ombro de civil"? — Kayla pergunta, claramente confusa.

— Porque nós relatamos os fatos, Kayla! E isso *era* um fato. Mas outro fato — acrescenta ele, e Peter fica surpreso ao ouvir um tom de verdadeira *reflexão* nas palavras de Jameson. — Isso não é do feitio daquele maluco por aranhas. Ele é egoísta e irritante, mas nunca *feriu* civis. Ele tem mesmo que pagar por muita destruição de propriedades, e muitas vezes se une a pessoas que machucam civis, mas o próprio Homem-Aranha? Ele nunca fez isso. Não sei se ele está intensificando ou se armaram para ele. Mas tem alguma coisa estranha acontecendo com esse cara. Escreva o que estou dizendo deveria seguir o seu instinto, Kayla — diz ele, enquanto se vira para sair.

— Espere, Jonah... precisava de alguma coisa? — pergunta Kayla às costas dele.

— Eu preciso do Leeds! Ned! Venha!

A boca de Ned ainda está aberta, mas ele a fecha com um estalo alto e sai atrás de Jameson.

Kayla olha para Peter e ri.

— Nada como trabalhar no *Clarim,* não é, garoto?

Peter acena com a cabeça, mas não responde. *Não consigo acreditar que o J. Jonah Jameson não está simplesmente supondo que eu sou um idiota como o resto da cidade está fazendo.* Ele tinha visto nada menos que quatro manchetes diferentes sobre sua briga ao longo do dia e estava sendo marcado em vários posts sobre como não valia a pena seguir o Homem-Aranha, ou que o Homem-Aranha foi atrás de um cara comum. *É uma droga,* pensa ele, *e é desmoralizante pra caramba!* Ele se afasta de Kayla e tenta abaixar a cabeça, voltando para sua tarefa.

– Ei, Peter – pergunta Kayla – está tudo bem? Você parece um pouco deprimido.

Ele gira a cadeira para trás para encará-la de novo e lhe dá um sorriso trêmulo. – Não, sim, sei lá... as pessoas simplesmente se voltaram contra o Aranha tão rápido. Sinto que ele cometeu um erro...

– Mas esse erro significa que alguém se machucou muito – interrompe Kayla.

– Pensei que você estava do lado dele! – retruca Peter.

– Estou! Mas, ao mesmo tempo, entendo por que as pessoas estão bravas. Ele terá que reconquistar a confiança delas. – Ela dá de ombros. – A minha também. Não gostei nada do que aconteceu com aquele homem. E mesmo que tenha alguma coisa estranha acontecendo, sabemos que ele machucou aquele cara.

– O que acha que ele precisa fazer? – pergunta ele.

– O que *você* acha que ele precisa fazer? – Kayla lhe devolve a pergunta, e Peter suspira.

O Mancha está de volta a Brighton Beach, e os Descrentes estão em seu ouvido, reverberando em sua cabeça.

– *Encontre nosso lar!!! Precisamos acessar nosso Lar. Fracos. Estamos ficando cada vez mais fracos.*

– Olha, vocês destruíram a reputação do Aranha. No que me diz respeito, estamos nisso juntos, amigos. – O Mancha olha para a água na escuridão e franze a testa. – Mas... não sei quão eficiente isso é. Apenas fazendo todas essas suposições, escolhendo coordenadas aleatórias. Quantas vezes já estive nessa água? Muitas – responde ele à própria pergunta. Depois, começa a bater com o pé na areia. – Mas querem saber de uma coisa... eu costumava ser cientista. – Ele dá um passo para trás e vira as costas para o oceano. – Se eu pudesse levar este celular, para onde vocês... Vocês moram nele? Como é que funciona?

– Dentro. Estamos em ondas. As ondas que vocês usam. Ondas sem fio. Hospedar. O cartão no celular hospeda.

O Mancha para em uma epifania repentina.

– Posso transmitir vocês por meio de um eletrômetro de partículas. Se eu conseguir descobrir qual é a sua composição química, vocês estão conectados com o que quer que seja essa coisa no mar, não é? Acho que eu seria capaz de rastreá-la. Posso descobrir uma maneira de rastreá-la. Eu era um cientista *muito* bom – afirma ele, esfregando os dedos no peito com orgulho.

– ISSO. – O coral troveja em seus ouvidos, e o Mancha quase cai com a força dele.

Quando sua cabeça clareia, ele se endireita e sorri.

– Tudo bem, vocês me ajudaram. Quebrou o relacionamento do Aranha com a cidade. Ele estará tão ocupado lidando com aquele lixo que nem vai me ver chegando. Então, agora vou emprestar uma mãozinha, bem, metaforicamente, é claro. É isso que parceiros fazem, não é?

*Estaremos em casa hoje.*

    *Lar.*

        *E mais fortes que nunca. Nos alimentará.*

    *Temos fome.*

# CAPÍTULO
# VINTE E TRÊS

O Mancha sai do buraco e entra no laboratório que costumava frequentar na ESU. A sala está vazia e a escuridão é interrompida por raios de luar que atravessam as grandes janelas ao longo da parede. A última vez que esteve ali foi quando se tornou o Mancha. Ele sorri. Não vai pensar em ser expulso do lugar por acusações de má prática científica nem em como seus colegas se voltaram contra ele. Apenas se concentra na memória do sucesso. Foi um momento de triunfo.

– É bom estar de volta ao laboratório.

Ele examina a sala: há algumas máquinas no canto aos fundos e uma série de mesas com vários detritos as cobrindo: cadernos, máquinas em diversos estados de conservação, laptops e tablets. Há uma quase vazia perto da frente, e ele deixa o celular nela antes de vasculhar várias gavetas para encontrar as ferramentas de que precisa. Sentando-se no banco atrás da mesa, ele pega o celular e usa uma pequena chave de fenda. Depois que os pequenos parafusos caem da parte inferior, ele coloca uma chave de cabeça chata na fenda entre a tela e o metal que a rodeia, separando os dois com cuidado, suas mãos se movem com facilidade nos ritmos de sua antiga vida.

O painel frontal se solta e, lá dentro, ele encontra todo o funcionamento de um celular moderno. Na ponta da mesa há um grande microscópio. Ele desliza para perto dele e coloca o celular embaixo, segurando-o com firmeza com uma das mãos e usando uma pinça fina com a outra. A luz do microscópio brilha o suficiente para que o Mancha possa localizar com facilidade o minúsculo cartão branco na placa-mãe. Ele se afasta do microscópio por um momento e com cuidado pega um fino fio de algodão para enrolar na borda da pinça, que ele mergulha em álcool para tirar a cola que mantém o cartão firme dentro do celular. Depois, basta retirar com delicadeza o cartão do celular e colocá-lo com cuidado sobre o balcão. Em seguida, ele usa uma ferramenta afiada para raspar uma parte minúscula do cartão Wi-Fi e deixa o pó fino repousar sobre uma fina lâmina de vidro.

Quando o Mancha recua após a remoção, ele solta um assobio baixo.

– Estou ficando enferrujado na minha aposentadoria – brinca. Em seguida, ele se inclina para colocar o chip Wi-Fi de volta no celular e reconstruí-lo. Cruzando os dedos, ele liga o aparelho e espera com a respiração presa. Ele toca e as vozes dos Descrentes penetram o silêncio do laboratório.

– Nós. Nós estamos. Aqui. Estamos aqui. – Mas o som está mais fraco do que o que o Mancha já ouviu, e ele se apressa para começar a próxima etapa.

– Agora vamos ligar o eletrômetro de partículas. – Ele coloca parte da amostra em uma máquina de tamanho médio na parte de trás do laboratório e ouve enquanto ela ganha vida. O motor dentro dela zumbe e uma luz forte brilha nas rachaduras entre o metal. Uma luz azul colore a pele branca do Mancha em sua imagem conforme a tela ao lado da máquina se acende, e uma série de números passa por ela, seguidos por uma visualização do que está acontecendo dentro do eletrômetro de partículas.

– Funcionou? Funcionou? – As vozes dizem no viva-voz.

O Mancha dá um passo para trás e cruza os braços sobre o peito, examinando a produção com um olhar analítico.

– Então – ele olha para um pedaço do composto químico detectado – a carga de massa deste pedaço aqui indica que vinte e dois por cento da amostra que tirei é oxigênio e isso... – ele vê a linha do outro pedaço – isso são vocês. É uma composição química que nunca vi antes, acho que ninguém nunca viu na vida. E essa... parte – ele olha para a parcela do composto que está estática enquanto o restante vibra – é isso que aposto ser o que estamos procurando. – Ele digita no teclado. – Agora, vamos isolar essa parte e... – Há uma sequência de digitação furiosa. – Voilá. *Ainda* sou um gênio – declara ele, anotando a série de números na tela e em um pedaço de papel. – E agora só temos...

Ele abre o eletrômetro de partículas e retira algumas bobinas e uma pequena placa-mãe. Ele volta para a mesa onde estava antes e abre o próprio celular e começa a soldar a placa-mãe e as bobinas nele. A tampa traseira não vai caber mais nele, então ele pega um pedaço grosso de plástico e cola na borda. Ao ligá-lo, ele abre um aplicativo de mapas e insere os números na barra de busca.

E em seguida espera.

O coro dos Descrentes geme no viva-voz.

– Funcionou? Funcionou?

À luz forte da tela do seu celular, o rosto do Mancha se transforma em um sorriso gigante.

– Uau – solta ele, baixinho. O mapa em sua tela está vermelho sólido e o Mancha o move devagar até que pisque lentamente em verde. – Se funcionou? Claro que funcionou. Eu que construí – responde ele. – Essa coisa vai levar a gente direto para o que quer que vocês estejam procurando. Acabei de inserir a assinatura que o eletrômetro de partículas me deu, reconfigurei um pouco o GPS com a ajuda do bom e velho parâmetro da Terra e aqui estamos. Um mapa que nos diz para onde ir.

O Homem-Aranha rasteja descendo pela lateral do hospital Mount Sinai. Ele se balançou até o telhado e agora está se dirigindo até a janela que precisa alcançar no quarto andar. Trabalhar em um jornal tem seus pontos positivos, e Peter fica grato, embora se sinta um pouco culpado, por tirar proveito disso para descobrir onde está hospedado o homem que machucou. O nome dele é Winston Lee e ele é fotógrafo em tempo integral de diversas revistas da cidade. *Em outra realidade, eu poderia pedir para ele ser o meu mentor.* Ele suspira por dentro. *Mas não, eu tive que ser mordido por uma aranha radioativa e agora fico rastejando por prédios e ninguém me paga para fazer isso. O que é que eu tenho na cabeça?* Peter sacode a cabeça. *Estou ficando doido.*

Ele avança e enfim encontra a janela que está procurando. Está um pouco aberta, como se alguém ainda estivesse do lado dele. Rastejando ao redor dela e por baixo, ele se posiciona logo abaixo. Seus dedos mergulham no espaço entre a moldura de metal da janela e o parapeito, e ele a empurra para cima devagar, desejando que não emita nenhum som. Quando a abertura está larga o bastante, ele entra e fica de pé no chão frio de linóleo de um quarto de hospital escuro. Há uma massa na cama à sua frente, se movendo para frente e para trás, e o Aranha pode ver um leve brilho na lateral dela.

– Não! – grita a massa e o Aranha entra em ação.

– Ai, meu Deus, está tudo bem? Precisa que eu chame a enfermeira?

– AH!!! – grita a massa, se virando para que o Aranha veja que, na verdade, é Winston Lee sentado na cama. Ele está ereto e segurando o celular na mão que não está presa pelo arnês atado ao ombro. Na tela do aparelho, o Aranha pode ver as palavras *Game Over*.

– *Aaah* – diz ele, grato, não pela primeira vez, porque a máscara pode esconder quão vermelho seu rosto está. – Ah, é, foi mal.

– Homem Aranha?! – pergunta Winston, parecendo incrédulo. Ele acende a luminária perto do leito, e o Homem-Aranha pode ver os pontinhos por toda a sua bata de hospital. – O que diabos está fazendo aqui?! – Ele estreita os olhos. – Está… me perseguindo?

– O quê? Não! Eu vim… vim pedir desculpas – explica o Aranha. Winston o encara.

– Me poupe. – Winston esfrega os olhos. – Não preciso do seu pedido de desculpas. Estava só tentando tirar algumas fotos legais das luzes da cidade de Nova York e tenho quase certeza de que você quebrou o meu ombro porque não consegue distinguir entre uma coisa que segura uma câmera e uma coisa que segura uma arma.

O Aranha estremece. Ele claramente não está ajudando Winston ao ter ido até ali. Talvez esteja apenas tentando se absolver.

– Você tem razão – admite o Homem-Aranha, e se vira para sair. – Mas me desculpa. Sério. – Ele levanta um pé e o apoia no parapeito da janela, segurando as laterais para sair.

Há um suspiro alto atrás dele e então Winston diz:

– Espera. Fique.

O Aranha desce, se virando para olhar para Winston, que está sentado na cama, o encarando.

– Me conta o que aconteceu.

– Desculpa…

– E *não* peça desculpas de novo – interrompe Winston, com a voz dura. Em seguida, ele acrescenta: – Não conheço você, mas todo mundo *conhece* você, isso não é do seu feitio. Eu estava no lugar errado, na hora errada? Por que você *me* atacaria?

Há uma cadeira vazia ao lado da cama, e o Homem-Aranha se move para se agachar nela.

– Mais ou menos – responde o Aranha. – Alguém me deu uma informação ruim e eu deveria ter passado mais tempo verificando, mas estava preocupado com a possibilidade de as pessoas se machucarem. Eu… – Ele hesita e depois acrescenta: – Eu deveria ter agido melhor.

Winston desvia o olhar, mas não parece tão zangado como antes.

– Não estou gostando de como minha situação já estranha está ficando ainda mais estranha – comenta ele, mas é seguido por uma risada curta e sem humor. – Olha, não vou prestar queixa nem nada. Ninguém sabe o seu nome.

– Eu não queria *mesmo* que nada disso acontecesse – diz o Aranha. – E se quiser… prestar queixa – o Aranha tropeça nas palavras –, a gente dá *um jeito*. Não posso dizer para as pessoas quem eu sou. Não quero que as pessoas de quem gosto acabem encrencadas, mas…

Winston já está balançando a cabeça.

– Acredito em você. Que não queria que isso acontecesse, quero dizer – diz ele. – Além disso, uma vez, você impediu que a minha amiga Urika caísse da ponte George Washington no ano passado, e isso *com certeza* conta para alguma coisa, não é? Acho que estamos quites. Não sei se posso te perdoar ainda, mas entendo que você deve acabar em situações difíceis o tempo todo. Nem sempre é possível tomar a decisão certa.

O Homem-Aranha se inclina para frente, surpreso.

— Eu me lembro do caso da ponte! Eu só a lacei com uma teia e…

— Desculpe, você fez o quê? — Winston interrompe. — Você disse laçar?

O Aranha esfrega a nuca, constrangido.

— Ah, sim… foi assim que usei a minha teia quando eu a salvei, então eu… — Ele finge pressionar seu disparador de teia. — Lacei a ponte, sabe? — diz ele fracamente.

Winston olha para ele por um momento e depois solta uma gargalhada. Ele leva alguns segundos para se acalmar e, quando finalmente faz isso, está enxugando as lágrimas dos olhos.

— Que incrível — diz ele. — Mas eu tenho que perguntar… Você diria que quando surge um problema… você resolve "no laço"?

O Homem-Aranha olha para ele, inexpressivo.

— Quero dizer… acho que às vezes sim.

Winston devolve o olhar vazio.

— Não… quero dizer, você não conhece a música, *quantos anos você tem?*

— Bem, acho que… conseguimos? — Maia entra no terreno baldio e olha em volta antes de se virar para dar um sorriso estranho para MJ.

MJ segue seus passos e se junta a ela. Atrás dela, há um aviso na cerca de arame que designa o terreno como uma futura horta comunitária. Juntas, MJ e Maia ocupam os seis metros de espaço, com sua terra batida e grama morta.

— Além disso, acho que aquele ursinho de pelúcia esquisito está me encarando com o único olho de vidro — acrescenta Maia, apontando para alguns bichos de pelúcia sujos e de aparência suspeita em uma extremidade, cercados por um monte de lixo.

De sua bolsa, MJ tira um rolo de sacos de lixo de tamanho industrial e dois pares de luvas de jardinagem.

— Não acredito que estamos fazendo isso em *fevereiro* — reclama Maia, resmungando.

— Foi ideia *sua*. — MJ ri. — Acredito que você disse: "Vai ser bom adiantar as coisas porque estaremos ocupadas demais com o aplicativo no próximo mês".

— Por favor, não use as minhas próprias palavras contra mim. Sou só uma simples garota. — Maia coloca a mão no peito e finge desmaiar, se recuperando pouco antes de cair no chão. Em seguida, ela olha ao redor e há um leve arrepio muito real em seus movimentos. — Vamos, bem, ficar juntas, não é? — sugere ela. MJ concorda plenamente.

Elas se movem em direção ao outro extremo do terreno. MJ entrega a Maia um par de luvas e uma bolsa, e elas começam a trabalhar na coleta de lixo.

— Então — comenta Maia depois de alguns minutos. — Acha que a Oscorp simplesmente desistiu? Porque tudo sobre essa história está me deixando nervosa. Sinto que alguns caras vão encontrar a gente aqui e nos ameaçar por causa disso ou algo do tipo. — Ela solta uma risada nervosa.

MJ para o que está fazendo e olha em volta. *Está tranquilo demais por aqui...* Ela pensa na carta que a mãe recebeu, ainda no escritório dela. Ela não tinha tocado no assunto de novo, e MJ também não.

— Sei bem o que quer dizer, mas quem sabe eles só não tenham pensado que a coisa toda ia dar mais trabalho do que valia a pena? Quero dizer, imagino que tenha sido a Oscorp quem doou em segredo todos aqueles tablets para a escola, não é? Para quê, para suborná-los a impedir a gente? E alguém lá com certeza tem o vereador Grant na folha de pagamento. Parece errado que eles simplesmente... tenham desistido.

— Aham — diz Maia, se abaixando para puxar um emaranhado do que parece ser uma rede e várias escovas de cabelo. Ela finge querer vomitar antes de enfiar a massa no saco. — Talvez da próxima vez a gente convide mais pessoas. Por que parece que, pela primeira vez, não há literalmente ninguém na rua no Queens?

*Está meio sinistro mesmo,* pensa MJ. *Apesar de estar bem frio aqui fora também. O dia cinzento não está ajudando em nada.*

— Pois é, da próxima vez vamos pedir mais dez pessoas para se juntarem a nós. — De repente, há um tapinha em seu ombro e MJ solta um som alto e aterrorizado.

— Foi mal! — A voz de Peter soa atrás dela. — Foi mal! Não queria assustar você!

MJ se vira e empurra o ombro dele.

— PETER PARKER, ANUNCIE A SUA PRESENÇA!

Ele recua alguns passos com as mãos erguidas no gesto universal de *foi mal,* e ela percebe que ele está tentando manter uma cara séria. As bochechas dele estão vermelhas por causa do frio, e ele está usando a touca e o cachecol que ela comprou para ele nas férias, embora perceba que estão um pouco desgastados e se lembre de que ele os usa enquanto está patrulhando.

– Sério, Peter, ai, meu Deus. – Maia está apertando o peito de novo, só que desta vez pela ansiedade de verdade.

– Já entendi, foi mal. Só vim ver se vocês precisavam de ajuda. Minhas mãos são suas. – Ele mexe os dedos para elas e as duas acabam rindo. O coração de MJ ainda está batendo acelerado, então ela respira algumas vezes para se acalmar.

– E aí, Pete, está se sentindo melhor? Parecia que tinha alguma coisa acontecendo outro dia – comenta Maia, observando a pilha assustadora de bichos de pelúcia no canto. MJ olha para Peter, que parece envergonhado. Ele foi conversar com Winston, mas só depois dos dois terem discordado sobre isso.

– Ah? Acho que não dormi bem na noite anterior – responde ele e acena com a mão como se não fosse grande coisa. – Eu estava só tendo uma manhã de ruim. MJ conversou comigo e me ajudou, porque ela com certeza é incrível.

Peter joga um braço em volta dos ombros dela e lhe dá um grande beijo exagerado na bochecha. MJ ri sem jeito e o empurra, enxugando a umidade que ele deixou ali. As ações estão certas, mas ainda parece que há algo errado entre eles.

– Vocês dois são nojentos – diz Maia e sorri. – Está bem, vou enfiar esses bonecos de pelúcia estranhos na sacola e colocá-los na lixeira da esquina agora mesmo, porque sinto que estão amaldiçoados. – E ela faz exatamente isso, fechando a sacola assim que eles entram e depois vai para a lixeira. – Já volto – grita ela enquanto se afasta.

MJ aproveita a oportunidade de estarem sozinhos para perguntar a Peter como foi o encontro com Winston Lee na noite anterior. Ela caiu no sono antes que eles tivessem a chance de conversar sobre isso, e ele não queria discutir o assunto por mensagens.

– Correu tudo bem. Ele não me perdoou, mas disse que estamos quites. E acredito nele. Queria poder conseguir o mesmo da cidade – responde Peter, sorrindo e franzindo a testa em rápida sucessão. – Você viu a manchete do *Globe* de hoje?

A boca de MJ se contorce. Ela viu.

– "Homem-Aranha ou Monstro-Aranha"? Sim. Estão só inventando coisas agora, encontrando pessoas dispostas a mentir sobre você. É uma merda. – Ela começa a tirar uma das luvas de jardinagem com a intenção de pegar a mão dele, mas as dele estão enfiadas nos bolsos. MJ fica de luva.

– Não, está tudo bem. Ainda posso fazer o bem *mesmo que* a cidade me odeie. Pode ser que eu não receba mais pizza grátis do Sal.

– Sal jamais faria isso! – exclama MJ.

– Pior que já fez. – Peter faz beicinho. – Tentei pegar alguns pedaços ontem à noite e ele fechou a porta na minha cara.

– Vamos encontrar uma pizzaria melhor – declara ela, decidida.

Peter examina tudo ao seu redor.

– Como vão essas coisas? – Ele gesticula em um amplo arco.

– Não sei. Eu e a Maia estamos muito nervosas com isso... é estranho que tudo tenha acontecido depois de as coisas terem ficado tão tensas. Não consigo deixar de sentir que alguma coisa vai acontecer. E logo.

– Entendo, mas também acho que você deveria aproveitar a vitória, se puder. Se permita aproveitar o fato de que vocês duas conseguiram. Estão começando isso! E é incrível.

– Não sei não... ainda parece...

– É isso mesmo, é incrível!– A voz de Maia chega antes dela quando ela retorna, interrompendo MJ, bastante feliz por estar livre dos bichinhos de pelúcia supostamente amaldiçoados.

Peter parece prestes a dizer mais alguma coisa quando dá um leve pulo e tira o celular do bolso. Ele lê a mensagem e seus olhos se arregalam.

– Ah, foi mal, na verdade não vou poder ficar e ajudar – diz ele, começando a se afastar antes de parar para dar um abraço rápido em MJ.

Ela fica chocada com sua saída repentina, mas ainda consegue perguntar:

– Está tudo bem?

– Sim, só um trabalho noturno – responde ele com uma piscadela e um aceno do telefone. – Vejo vocês duas mais tarde! – E em seguida ele sai correndo e MJ pode ver seus cotovelos se erguerem como se ele tivesse começado a abrir o zíper do casaco.

– Cara, ele deve adorar trabalhar no *Clarim*, não é? – comenta Maia ao lado dela.

# CAPÍTULO
# VINTE E QUATRO

O dr. Shah está esperando por ele à mesa da cozinha quando o Aranha entra no apartamento. O cheiro de vários temperos atravessa a máscara do Aranha, e ele inspira fundo e aprecia. Evita com cuidado as panelas borbulhando no fogão e desce do balcão. Há um laptop aberto na frente do dr. Shah, e o Aranha vê um novo celular ao lado dele.

– Homem-Aranha! Oi! – cumprimenta ele, apontando para o assento à sua frente.

O Aranha se senta, agachado com os cotovelos apoiados nos joelhos.

– Ei, dr. Sh-Samir – deixa escapar o Aranha. – E aí? Você disse que era urgente?

– Acho que descobri como encontrar quem é o responsável por tudo isso – revela o dr. Shah, com os ombros para frente, enquanto ele se inclina de forma conspiratória. – Descobri uma maneira de hackear o sinal…

– O sinal? – o Homem-Aranha pergunta.

– Do Código Aranha, esse último crime foi inventado por alguém com um sinal bem diferente... Um comprimento de onda diferente.

– E... as pessoas podem rastrear?

– *Eu* posso rastrear – responde o dr. Shah, orgulhoso. – Eu era uma espécie de estrela em ascensão no que se tratava de pesquisa de rádio e ondas eletromagnéticas. Então *eu* consegui rastrear e foi detectado um celular, um celular que foi roubado há várias semanas. Costumava pertencer a alguém chamado... Brad Evans? – O nome não significa nada para o Aranha, mas as palavras "celular roubado", sim, ele se pergunta se é o celular perdido que ele e MJ não conseguiram encontrar! – Mas consegui descobrir uma maneira de rastrear o celular antigo de Brad, porque descobri que seja lá o que for que vive nas ondas do nosso Wi-Fi, tem uma composição bastante única. Uma composição única que deixa uma marca se você souber procurar.

O dr. Shah então começa uma palestra sobre a ciência por trás de sua descoberta e, embora pareça fascinante e com certeza desperte seu interesse, a maior parte está além da compreensão do Aranha. *Eu me pergunto se deveria contar para ele que só tive dois anos e meio de ciências no ensino médio,* ele reflete enquanto o dr. Shah assume o modo de professor. Por fim, ele diminui a velocidade até parar.

– Isso é... complicado demais, não é?

– Está um pouco fora dos meus conhecimentos – responde o Homem-Aranha. – Mas eu aprecio o contexto! *Não* deixo de ser um cara das ciências, mas acho que preciso de alguns doutorados antes de poder compreender de verdade tudo o que está me dizendo. Você pode me dar a versão de guia de estudo?

– Eu *detesto* guias de estudo – geme o dr. Shah, beliscando a ponta do nariz. – Mas suponho que seja a maneira mais conveniente de lidar com isso. Tudo bem, a questão é que combinei o padrão de uso deste celular nas últimas semanas com outro padrão e consegui clonar o telefone... e adivinhe quem o pegou.

O estômago do Aranha se revira de forma desagradável.

– Quem? – pergunta ele devagar.

– Aquele homem de quem você me contou, com os buracos negros por toda a pele!

– *O Mancha?!* – grita o Aranha. – *Aff.* Ainda nem sei como derrotá-lo. E, agora, ele também tem essa coisa alienígena em favor dele? – O Aranha se lembra de como foi tentar lutar contra o Homem-Areia com aquela coisa do lado de Flint. *Mas deve estar bem mais fraca agora. Pelo menos, espero muito que esteja.* – Não posso *acreditar* que estava errado sobre ele.

– O Mancha fica voltando para uma área específica de Brighton Beach e depois entrando na água. Acho que ele está procurando por algo que quem me enviou o Código Aranha quer.

Sob a máscara, o rosto do Aranha empalidece. A última vez que essa coisa procurou por algo, quase transformou o mundo inteiro em monstros furiosos.

– Me conte de novo sobre a briga com o Homem-Areia – pede o dr. Shah. – Acho que posso ter uma ideia do que está acontecendo.

O Aranha entra em detalhes sobre sua briga com o Homem-Areia e tudo o que ele e MJ descobriram sobre os alienígenas, tomando cuidado para não mencionar o nome de MJ. Ele conta ao dr. Shah como os alienígenas usavam a raiva e como precisavam de acesso às ondas. O Aranha ainda conta a história do recluso bilionário Addison Arledge e como uma geração anterior dos Arledge encontrou um meteoro feito de um elemento que ninguém na Terra jamais tinha visto antes – um elemento de que os alienígenas pareciam precisar. Um elemento que, quando combinado com a eletricidade, causava uma onda de raiva em seres humanos. O Aranha ainda podia sentir o estranho peso do elemento em suas mãos depois que Addison o entregou a ele.

– Então a lâmpada e tudo que estava com ela foram completamente incinerados durante aquela luta, não é? – pergunta o dr. Shah, e o Aranha assente. Ainda se lembra do terror do velho isqueiro não pegar e de como estava preocupado em não conseguir escapar dele. – Mas essa coisa, seja lá o que for, sobreviveu porque havia muito sinal em torno dela. E agora está procurando uma maneira de ficar mais forte.

– É o elemento alienígena… deve haver mais dele por aí. Eles devem ter sentido. É isso que o Mancha está procurando – deduz o Homem-Aranha em voz baixa, atingido por uma repentina compreensão.

– Ainda não consigo acreditar que seja *real mesmo* – diz o dr. Shah.

O Aranha conta ao dr. Shah tudo sobre a pesquisa que fez meses antes para descobrir o que estava acontecendo com Flint Marko.

– A pequena quantidade na lâmpada de arco fez essa coisa mexer com a cabeça do Flint Marko.

– A luta contra o Homem-Areia na verdade me deu a ideia de como destruí-la – revela o dr. Shah, afastando a cadeira da mesa. Ele começa a andar pela cozinha, voltando ao modo palestra. – Se conseguíssemos colocar o celular do Mancha em algum tipo de vácuo, a coisa que vive nele não teria para onde ir. Sabemos, graças a você, que a forma como ela viaja é habitando o Wi-Fi de dispositivos específicos. Acho que deve ficar mais forte se estiver perto do elemento, e talvez isso signifique que não precisará mais das nossas ondas de rádio para viver. Mas se conseguirmos levá-la para algum lugar onde não haja sinal, nem ondas mensuráveis, não poderá se mover.

– E que lugar seria esse? – pergunta o Aranha. – Tudo isso parece meio impossível.

– Se fosse há uma década, eu teria dito que era tão fácil quanto descer num túnel de metrô, na verdade – o dr. Shah começa a assentir com a cabeça em concordância com qualquer pensamento que esteja tendo – *debaixo* do rio. Os túneis sob o rio são uma zona totalmente morta para sinais. Se conseguir colocar o alienígena em um túnel embaixo do rio, você ficará bem. Acho que pode acabar com isso usando o mesmo truque que usou com o meu antigo celular. Na verdade, me dê um minuto. O dr. Shah se levanta e sai da sala antes de retornar alguns segundos depois com um copo fino de metal com tampa de rosca. Ele passa para o Aranha. – Isso deve funcionar melhor do que papel alumínio. Se você deixar o celular cair aqui, o sinal vai enfraquecer bastante, embora não o elimine por completo. Ele se achata em um disco, então você poderá carregá-lo no seu traje. Mas precisa pegar o celular, acho. – Então o dr. Shah faz uma careta e acrescenta: – A chave é chegar até ele antes que ele acesse o que resta de seu mundo natal na Terra. *E aí está o problema.*

– Há muitas dúvidas e esperanças nesse plano, doutor – diz o Aranha. – Existe alguma coisa sólida que eu possa usar?

O dr. Shah volta para a mesa e vira o computador. Na tela, há um mapa com um pequeno ponto vermelho piscando e se movendo em rajadas.

– Estou rastreando o celular. Ele fica aparecendo e sumindo, e imagino que seja quando o Mancha viaja pelos portais, mas vai acabar *em algum lugar.*

O Homem-Aranha está indo em direção a Brighton Beach. Ainda é bem cedo, mas foi lá que o dr. Shah disse que o celular parou. Ele disse que enviaria mensagens com atualizações para o Aranha assim que as tivesse. O Aranha está ao telefone com MJ, contando o que aconteceu. Quando ele chega à parte do celular roubado, ela o interrompe.

– Brad Evans… eu conheço esse nome… – MJ diz.

– Eu não lembrei – responde o Aranha, repassando o assunto na cabeça.

– Espera! – O Aranha pode ouvir um barulho alto ao telefone, e depois muitos ruídos e batidas. – Foi mal – diz MJ finalmente. – Desci correndo para pegar o computador. Eu *sabia* que conhecia esse nome. Esse era um dos perfis extintos das pessoas que estiveram no Museu da Imagem em Movimento no mesmo dia que eu!

– Achei que fosse mesmo! – o Aranha diz. – Fico contente por finalmente sabermos o que aconteceu lá.

– Então, e agora? – pergunta ela, e o Aranha repassa tudo o que dr. Shah havia dito. Quando ele termina de falar, ela fica quieta por um momento do outro lado da linha antes de falar qualquer coisa. Quando a voz dela volta a sair do fone de ouvido, ela parece preocupada. – Isso é… parece demais com uma esperança, um desejo e uma oração, Peter – comenta MJ.

– Pois é, mas vai ficar tudo bem. – Ele tenta fingir indiferença, mas o que sai oscila demais para atingir esse nível de confiança.

– A gente precisa de um plano, Peter – diz ela, e o silêncio é quase demais para ele ouvir acima da corrente de ar enquanto segue para o Sul pelo Brooklyn.

– Eu tenho um plano, MJ – responde ele, desta vez soando quase tão confiante quanto deseja.

– Você sabe o que eu quero dizer. Se você se machucar, o que eu vou fazer? Só ficar sentada aqui, esperando e torcendo para que você se saia bem? – O Aranha consegue ouvir quão frustrada ela está. – Tem que haver alguma coisa que eu possa *fazer*. Eu me recuso a ser essa pessoa, Peter.

O Aranha não sabe o que dizer.

– MJ, eu queria saber como pode ser o sistema. Continuo adiando porque não sei o que poderia funcionar de uma forma que não revelasse tudo. – Há silêncio do outro lado da linha e o Aranha salta para o topo de um poste alto. Ele se agacha e espera um pouco. – MJ, eu…

– Peter, se você se machucar, talvez *seja* a hora de revelar tudo – argumenta ela apressada, como se precisasse desabafar antes que conseguisse se conter.

– MJ! – O Aranha sabe que parece chocado, e está. Não tem certeza se MJ percebe o que está dizendo.

– Eu sei, é uma grande… é tipo uma catástrofe. Mas… se você se machucar… – Ela para. – Não sei que outras opções temos e prefiro que você viva com o segredo revelado que a alternativa.

O Homem-Aranha deixa as palavras dela penetrarem. Ele as processa. E percebe que não tem outra ideia.

– Tudo bem… aí você liga para alguém.

– Que bom – diz ela. – Então, se eu não tiver notícias suas até as onze da noite…

O Aranha a interrompe.

– Vamos deixar para as duas da manhã, só por segurança.

– Tudo bem – responde ela com firmeza. – Então, se eu não tiver notícias suas até as duas da manhã, para quem devo ligar?

O Homem-Aranha pensa por alguns minutos e desce mais três quarteirões, intercalando suas teias com saltos altos e ricocheteando em prédios baixos. Finalmente, responde:

– Ligue para a Kayla Ramirez. Conta para ela tudo sobre o plano e peça que ligue para alguém em quem ela confie para me ajudar. E vou manter você atualizada sobre onde estou, prometo.

Ele pode ouvir alguma digitação no celular e depois um zumbido de satisfação.

– Tudo bem. E foi tão difícil? – Ela ri, mas há pouca alegria. – Tenha cuidado – pede ela em seguida, e está séria e grave.

O Aranha leva um breve momento para subir em uma mercearia.

– Pode deixar, MJ. Prometo.

O Mancha está de volta a Brighton Beach. *Suponho que os Descrentes tinham razão sobre isso,* pensa. É cedo o bastante para que ainda haja alguns masoquistas na praia gelada, fazendo caminhadas noturnas sob o vento gelado. Ele usa um chapéu de aba larga e um casaco grande. O buraco no centro de seu peito oscila enquanto ele tenta mantê-lo junto com o rosto de John. Acostumou-se a ser *apenas* o Mancha ultimamente e está relutante em abrir mão do poder. Observa um jovem casal, agasalhado ao máximo, caminhando de braços dados pela costa, e zomba. *Por que os Descrentes se preocupam tanto com a praia estar vazia se vão só ficar mais fortes aqui. O que importa?*

Então uma voz alta e zombeteira interrompe o silêncio da praia.

– Ei, Pontos! Foi mal, quis dizer *o Mancha*!

Ele ergue o olhar para cima e encontra o Homem-Aranha agachado em cima de um dos postes de luz, sentado bem entre as duas lâmpadas na filigrana decorativa entre elas. O Mancha consegue ouvir a risada zombeteira na voz do Aranha, e sua cabeça começa a vibrar de raiva. Pode sentir o ponto preto se dividindo e flutuando por todo o seu corpo, transformando a pele no fundo branco com bolinhas pretas.

– Você! O que *você* está fazendo aqui?! – grita o Mancha, furioso.

– Ouvi dizer que você está investigando uma coisa que não deveria, aí pensei em vir ver se precisava de um parceiro – responde o Aranha, as lentes de sua máscara arregaladas e enervantes. – Pois é, Mancha. Você está tentando jogar com os grandes, e odeio dizer, parceiro, mas você não é um dos grandes. Ninguém conhece você. *Eu* perguntei por aí. *Ninguém* sabia de quem eu estava falando. – Ele proclama: – Você é uma nulidade. Ah, cara, você *não tem marca*.

– Já *basta* – diz o Mancha. Ele tira uma mancha do braço e atira para o alto, pulando nela e, em mais um passo, está no poste de luz, ao lado do Homem-Aranha.

– Ah, Mancha sem marca – cumprimenta o Aranha, e o Mancha pode *ouvir* o riso. A voz do Homem-Aranha é alta e infantil, e o Mancha o odeia. O Mancha grita algo raivoso e inarticulado e dá um soco do qual o Aranha se esquiva. Então o Mancha o agarra pela cintura e o puxa de volta para a praia. O Homem-Aranha grita alto e cai com *força* na areia dura. – Está bem, *foi mal* por isso – declara o Aranha para ele do chão, como se o Mancha não tivesse apenas puxado seu traseiro para baixo e o jogado na praia sem sequer um "como vai você". – Eu só estava tentando chamar a sua atenção.

Mas o Mancha não quer ouvir.

– Acha que eu não sou alguém. Espere até ver o que estou prestes a fazer. – Do bolso, ele consegue sentir o zumbido dos Descrentes, mas o ignora. – Aguarde, meus amigos estão prestes a comandar tudo, e você vai *desejar* ter me dado o respeito que mereço. Acha que todo mundo odeia você agora, Homem-Aranha? Espere só até que os meus amigos terminem com este mundo. Você vai estar acabado.

O Homem-Aranha se levanta e ergue a mão. Um de seus dedos pressiona a cabeça como se a orelha o estivesse incomodando.

– Pare com isso, espere. Eu só queria distrair você para que a gente pudesse conversar. Não faça isso. Não vai funcionar para nenhum de nós, aqui em *Brighton Beach* – declara ele, colocando uma inflexão estranha no final da frase.

O Mancha ignora tudo.

– Você só está dizendo isso só porque sabe que serei poderoso quando eles estiverem mais fortes e do meu lado.

– Eles devem estar mentindo para você. Você sabe o que eles fizeram com o Homem-Areia? – pergunta o Aranha. O Mancha hesita e o Aranha parece pensar que essa é sua oportunidade de conversar. – Eles usaram o Flint Marko e depois o deixaram como um monte gigante de vidro enquanto *eles conseguiam fugir.* Não se importam com quem usam para conseguir o que desejam. E vão usar você também, cara.

O Mancha franze a testa e leva um momento para considerar as palavras do Aranha.

– Olha – propõe o Aranha – entregue o celular. Eu posso lidar com isso. Eu posso... – A irritação do Mancha aumenta e o Aranha muda de tática: – Ou vamos abrir um desses portais e levar esse bate-papo para o subsolo, que tal? Conheço um ótimo local isolado nos túneis sob a cidade.

É nesse momento que o Mancha percebe que com toda a sua ação e a aparição do Aranha, esperar a praia esvaziar não faz mais sentido.

– Flint Marko não era inteligente – responde ele por fim. – Eu sou *inteligente*. Eu sei o que estou fazendo. Então… *foi mal*, aracnídeo chato. O jogo já começou e vamos dar o fora daqui! – Em seguida, o Mancha abre um buraco no ar à sua frente e corta o cenário, um profundo portal negro de oportunidade. – Tchauzinho!

# CAPÍTULO VINTE E CINCO

– **N**ão! – o Aranha grita para o Mancha. *Ah, o supervilão não dá ouvidos à razão, grande surpresa!* Ele pressiona dois dedos na palma da mão e uma linha suave de teia se projeta e gruda bem nas costas do Mancha. Então o Aranha é arrastado para o buraco junto com o Mancha, mas não cai em nenhum lugar familiar. Ele não pousa em lugar nenhum. Ele e o Mancha estão flutuando, ainda conectados, nas profundezas do oceano, e o Aranha precisa se impedir de entrar em pânico. Ele prende a respiração. O Mancha está nadando ao lado dele e tem uma enorme lanterna na mão. Ele está iluminando de um lado para outro, e o Aranha segue o feixe de luz com os olhos. Depois, balança a cabeça – o que está fazendo? Não pode ficar ali; vai ficar sem ar. Precisa chegar à superfície! O Aranha começa a chutar na direção que acha que está a superfície quando o feixe da lanterna finalmente pousa em algo à sua direita.

O Aranha para os movimentos por um segundo e observa a visão. A coisa parece uma estranha pedra vermelha esférica – lisa e do tamanho do grande globo Uniesfera no antigo local da Feira Mundial em Flushing. Ele tem um breve momento para olhar para ela antes de ser puxado através de outro dos portais do Mancha, graças à teia que os liga.

E é aí que tudo fica de ponta-cabeça. O Homem-Aranha cai pesadamente no chão, molhado e respirando fundo. Em seguida, ele olha ao redor e, por um instante, fica todo desnorteado. Ele está em um amplo espaço branco e há milhares de buracos negros ao seu redor. Sua linha de teia já está esticada e o conduz por outro buraco, por onde o Mancha claramente seguiu.

Mas o Homem-Aranha não tem tempo para examinar o que quer que seja esse plano intermediário, portanto, ele se lança no buraco negro, seguindo atrás do Mancha. Ele cai com força no chão liso e vermelho-escuro e encontra o Mancha já lá, de pé e falando ao celular.

– E agora? – o Mancha está dizendo. – Estamos aqui. Está funcionando? Estão mais fortes?

– Pergunta da turma – diz o Aranha atrás dele. O Mancha se vira, chocado. – Onde exatamente é *aqui*? Espera, estamos *dentro* daquela grande rocha vermelha no fundo do mar? Como tem ar aqui embaixo?

– Você não pode estar *aqui*! – berra o Mancha e atira um ponto na direção do Aranha, mas ele já está saltando por cima do Mancha, caindo sobre seus ombros.

– Ah-ah-ah, nada de enviar o Homem-Aranha para outra dimensão para que você possa dar início ao seu plano maligno – declara o Homem-Aranha, balançando um dedo em riste. Antes que possa dizer qualquer outra coisa, algo o empurra com força para fora do local e ele bate na rocha vermelha ao seu lado. Há um *crack,* e o Aranha não tem certeza se o som vem de algo em seu corpo que se quebrou ou das paredes ao redor. Parece que ele está sendo esmagado até a morte por uma bigorna invisível, e o Aranha se debate por um momento, empurrando o agressor invisível. É como se todos os ossos do seu corpo estivessem prestes a se quebrar e seus órgãos gritassem em protesto. Um suspiro estrangulado escapa de seus lábios. O Homem-Aranha usa toda a sua força para empurrar o máximo que pode, mas a pressão ainda pesa sobre ele. Não há como resistir e ele está em pânico, mas então se acalma.

*Talvez se eu não me mover, não empurrará para baixo.* A ideia é desesperada, mas é tudo o que ele tem.

Pelo canto do olho, ele vê o Mancha respirando fundo e começando a tirar o casaco. Ao redor deles está a mesma rocha vermelha e lisa. E está brilhando. O Homem-Aranha nunca viu nada parecido. Mas a pouca luz permite que ele examine o resto do espaço. Não há bordas de verdade, então não é bem um *cômodo*. É apenas um oval oco. A pressão no uniforme do Aranha começa a diminuir e ele espera mais um instante antes de se afastar da parede. A sensação da pedra sob suas mãos é nauseantemente familiar. O estômago do Aranha embrulha. É igual ao elemento da lâmpada de arco. Esse deve ser o meteoro de onde vieram os alienígenas. O mesmo tipo de pedra que o ancestral de Addison encontrou naquela fazenda. Ele precisa acabar com isso antes que os alienígenas fiquem tão poderosos que não será possível detê-los. O Mancha está de costas para ele agora e pegou o celular de novo. Está gritando:

– Deixe-nos! Solte-nos! Lar. Estamos em casa! Crescemos!

*Não gosto nada disso,* pensa o Aranha, e atira uma teia no celular, puxando-o com força para que caia em suas mãos. O Mancha e os Descrentes gritam em um uníssono, mas o Homem-Aranha está se concentrando. Ele puxa o copo-disco de seu traje e o expande, deixando cair o celular dentro dele e girando a tampa. Ele enfia o copo inteiro sem muito jeito no uniforme, na altura do quadril. *Não é bem aerodinâmico*, pensa, dando uma olhada nele.

– Não! – grita o Mancha. – Você não pode fazer isso… Você não pode estragar tudo! Eu mereço isso! – Ele busca um dos buracos no braço, mas seu movimento é interrompido pelo ação lenta do chão e por um estalo alto. O Aranha olha para a direita, onde foi jogado contra a lateral do espaço, e há um grande jato de água fluindo para dentro do lugar. *Bem, acho que não foram meus ossos se quebrando, afinal…*

– Onde *estamos* ?! – pergunta ele, a urgência presente na pergunta.

– Estamos setenta e seis metros abaixo do nível do mar – cospe o Mancha.

As lentes do Aranha ficam incrivelmente grandes e ele pensa no conselho do dr. Shah.

– Bem… consegui chegar debaixo d'água, creio eu.

– Solte… *eles*! – berra o Mancha e atira um buraco no Homem-Aranha. Ele salta para evitá-lo, mas acaba voando por outro e bem para a pedra atrás do Mancha. Mas ela está desmoronando e ele consegue passar sem nenhuma dor.

– Então, este lugar não está exatamente conforme as normas de segurança, hein? – brinca ele, enquanto pula para saltar e cair bem na frente do Mancha.

– Eles me disseram que era seguro aqui! – grita o Mancha. – Mas você estragou tudo!

O Aranha puxa o punho para trás para dar um soco no vilão de bolinhas, mas, se lembrando de sua última experiência, hesita. Isso dá ao Mancha a chance de que precisa para atirar o Aranha através de um buraco negro naquele espaço branco com todos os portais.

O Aranha se vira, olhando para todos os lados. *Eu poderia escolher qualquer buraco e sair daqui...* O Mancha salta para o espaço atrás dele e sorri.

– Bem-vindo ao meu Mundo Mancha, Aranha. Acha que pode fugir? Tente! – O Mancha começa a marcar opções nos dedos, uma de cada vez. – Vamos ver se você acaba atropelado, ou no meio do oceano *sem* bolsão de ar, ou talvez caia em um vulcão.

Mas o Aranha não está ouvindo muito. Ele tem a mão sobre a boca e suas lentes estão em forma de meia-lua.

– Desculpa, mas você disse *Mundo Mancha*? – E, nesse momento, ele se dobra de tanto rir, com os dois braços em volta da cintura. Algo o puxa para frente, ao alcance do Mancha.

O Mancha não perde tempo em chutar com força a barriga do Homem-Aranha.

– *Ai* – diz o Aranha, caindo para trás, oscilando na borda de um dos buracos negros espalhados pelo espaço ao seu redor.

– Não, acho que não – diz o Mancha, agarrando o emblema de aranha no centro do traje do Aranha e o puxando para trás, os dois caem na rocha vermelha de novo. Há muito mais água agora, e o Mancha está lutando para colocar as mãos no copo na cintura do Aranha.

O Aranha salta e fica no topo da caverna, rastejando para longe o mais rápido que pode. Mas não tem como ir muito longe. O vazamento significa que o bolsão de ar em que estão é pequeno e fica menor a cada minuto. *Essa água vai ser um problema,* pensa o Aranha, olhando para a poça crescente atrás deles. Ele olha de volta para o Mancha e então percebe algo estranho. *Eu estou doido ou está menos pontilhado do que estava cinco minutos atrás?* Há muito mais branco do que preto aparecendo no corpo do Mancha agora. *Então, essas coisas não são infinitas. Se eu conseguir um tiro certeiro na parte dele que é branca, posso acabar com isso.*

– Ei, Pontilhado, vou pegar você! – O Homem-Aranha salta para a frente e, como esperava, o Mancha lança um ponto pelo qual ele deveria passar e outro por onde sair. O Aranha precisa estar pronto para desviar, a experiência lhe diz que haverá uma parede dura do outro lado daquele ponto. Há um barulho alto quando ele pousa, e a água nem tem tempo de assentar antes que ele volte ao ar. Ele pula uma vez para a frente e depois dá uma cambalhota lateral. O Mancha o observa, balançando a cabeça a cada movimento. O Aranha dá outro salto para frente, o Mancha deixa cair outro ponto bem na frente dele e o Aranha salta por ele de novo.

– Pare de *se mover*! – berra o Mancha, enquanto o Aranha acaba voltando para dentro da rocha. – Me dê esse celular! – Ele lança manchas em rápida sucessão e estica as mãos na tentativa de agarrar o copo na cintura do Homem-Aranha, mas o Aranha é rápido demais para ele. Ele salta para a direita e para a esquerda. Em seguida ele está no teto, avançando antes de cair em outro ponto preto e pousar de volta na sala.

Restam apenas alguns pontos no Mancha e o Aranha pensa: *Agora!* Ele voa para frente com a perna direita estendida, esperando fazer contato com a lateral da cabeça do Mancha, mas então vê uma mancha deslizar do pescoço do Mancha para cima e sobre a orelha, e sabe que cometeu um erro. O próprio pé do Homem-Aranha sai de uma mancha preta ao seu lado e o chuta bem nas costelas. Ele cai com um som nauseante e não consegue evitar o gemido de dor que passa pelos seus lábios franzidos. Tem certeza de que pelo menos uma costela está quebrada e dói quando respira.

*Isso não é um bom sinal,* pensa antes de se levantar do chão para ficar de pé.

– Isso deve doer, Aranha – comenta o Mancha. – Encare, você não pode me bater, você não pode vencer. – Ele dá de ombros. – Então eu vou só… – Ele dá um passo à frente e o Aranha pula para o teto antes de descer bem atrás do Mancha. Ele dá um soco na lateral do Mancha e uma mancha preta desliza para encontrá-lo, mas então o Aranha o engana. Ele puxa a mão direita para trás e avança com a esquerda para o lado da cabeça do Mancha, e há um *baque alto* antes de o Mancha cair no chão.

– Desculpa, mas você estava dizendo algo sobre "não conseguir bater"? – o Aranha diz para a forma inconsciente do Mancha enquanto o coloca sentado junto à parede para que ele não se afogue. Mas sua zombaria é pontuada por um alto gemido de dor. Ele toca com cuidado as costelas do lado direito e… *Ah, não! Cadê…?*

O copo ao lado de seu quadril desapareceu! O Aranha tenta lembrar. Quando foi a última vez que ele o sentiu ali…? *Antes de eu… me chutar nas costelas.* Desesperado, ele olha ao redor da pequena caverna.

*Está bem, primeiro encontrar o copo e depois descobrir como impedir essa água de entrar, e em seguida descobrir como conseguir… subir setenta e seis metros sem ficar sem ar.* O Homem-Aranha leva um segundo, coloca as duas mãos no rosto e grita junto às palmas. Então traz as mãos de volta para o lado do corpo e começa a avaliar o que está ao seu redor. A água está até os joelhos agora, e há apenas alguns metros de sobra acima de sua cabeça. Ele vai até a parede e a cutuca. A rocha desmorona ao toque. É como se ele tivesse danificado completamente a integridade estrutural quando os alienígenas o atingiram antes, e o meteoro está começando a desmoronar ao seu redor. *Que estra…* Antes que possa terminar o pensamento, algo empurra o Aranha de cara na água!

O Homem-Aranha luta para respirar, sua máscara está prendendo água na boca e no nariz, e ele não consegue soprar rápido o suficiente para impedir que ela volte. Há algo pesado em suas costas, segurando-o. Ele está se afogando! Suas pernas estão se movendo com toda a força possível e ele está lutando para conseguir segurar qualquer coisa com os dedos, mas a rocha ao redor está simplesmente se desintegrando. Em breve, ele atingirá o oceano e então tudo estará terminado. *Não pode ser assim que tudo termina,* ele pensa, *a tia May e a MJ precisam de mim, meus amigos precisam de mim, o dr. Shah precisa de mim, Nova York precisa de mim!* Ele sabe que precisa parar de se mexer, ficar quieto e reavaliar a situação, mas é quase como se seus membros tivessem vontade própria. Ainda assim, a coisa acima dele empurra, e empurra, e empurra. O Homem-Aranha engasga com um grande gole de água e tenta gritar, mas não consegue.

*Não será assim que vai terminar!*

Ele para de se mover e pressiona a palma das mãos na rocha abaixo de si. Com toda a sua força de aranha, o Aranha se empurra do chão, sentindo a rocha se partir abaixo dele, e ele voa no ar, tossindo e cuspindo. Ele pode ver a água quase atingindo o pescoço do Mancha ainda inconsciente agora, mas… o Mancha está embaçado. Como se houvesse algo na frente dele. A forma é nebulosa e há algo perturbador nela. O Homem-Aranha inclina a cabeça e percebe que a coisa tem forma humanoide. Ele consegue perceber *apenas* dois braços e duas pernas e algo que pode passar por uma cabeça. Acima dele, o vermelho da rocha está se transformando ativamente em cinza, e a coisa à frente começa a tremeluzir e oscilar, a linha tênue ao redor dela aparece e some num ritmo irregular.

– Você nos vê – diz ela ao Homem-Aranha, e sua voz soa como mil vozes ao mesmo tempo, profundas e ecoantes.

– Infelizmente – resmunga o Homem-Aranha, com a garganta áspera e a língua carregada de sal.

– Mesmo aqui, à beira da morte, você brinca. Você é o pior deles, pensamos – declara a coisa.

– Quem são *vocês*? Qual é o seu jogo? – questiona o Homem-Aranha, tentando manter a coisa falando. Seus olhos vagam aqui e ali, tentando montar um plano, *qualquer* plano. Mas não há nada que ele possa encontrar.

– Nós somos os Descrentes e tomaremos este planeta. Agora é nosso, insetinho. Tiramos daqui o que precisamos, os vestígios da nossa casa. – Não há mais nenhum vermelho na rocha ao redor deles, e o Homem-Aranha percebe que os Descrentes estavam extraindo força do meteoro e agora não há mais nada para extrair. A forma avança. – Não precisamos mais das suas maquininhas insignifi… – Mas então gaguejam e a forma desaparece por um segundo, depois dois. O Homem-Aranha prende a respiração. *Está acabado?* Em seguida, a forma está na frente dele. – …cantes – estão dizendo. E, então, falha mais uma vez, desaparecendo e reaparecendo. *Há algo errado com isso…*

– Você me deixou sair da água. Por quê? – desafia o Homem-Aranha. – Qual é o objetivo?

– Porque você não é nada e nós somos tudo. Nós somos os Descrentes. E tudo será nosso. – E nesse momento algo dá um toque suave na testa do Aranha e bate sua cabeça para trás contra a parede com força suficiente para que outro buraco jorre água. A visão do Aranha se duplica, e os Descrentes riem antes de pararem de repente enquanto gaguejam e desaparecem por um segundo. Depois, estão de volta e há algo acariciando a bochecha do Aranha.

– Você foi um adversário decente, Homem-Aranha. Mas este é o nosso planeta agora. Você não será mais necessário.

– E, então, eles se vão, e desta vez é nos próprios termos.

# CAPÍTULO VINTE E SEIS

Tonto e tentando não desmaiar, o Homem-Aranha avança pela água até o Mancha. A parte de trás de sua cabeça está ardendo com a água salgada, e ele sabe que os Descrentes devem ter feito um corte na sua cabeça com aquele último golpe. O Mancha ainda está desacordado quando o Aranha o alcança, e o Aranha o puxa e começa a sacudir o homem mais velho.

*Essa é a nossa única chance de sair daqui vivos!*

– PONTOS! SEU IMBECIL, ACORDE. NÃO VOU MORRER NUMA ROCHA NO FUNDO DO OCEANO COM VOCÊ ENTRE TODAS AS PESSOAS DO MUNDO. ACORDE. – O Aranha pontua as palavras com tapas fortes nas bochechas do Mancha. – Acorde! – Tenta ele de novo, mas a cabeça do Mancha balança de um lado para o outro. Hesitante, o Homem-Aranha toca um dos buracos no rosto do Mancha. Sua mão o atravessa e o Aranha estremece. – Eu *não* gosto disso... só para deixar claro – diz ele ao corpo inconsciente do Mancha.

Ao redor deles a água está mais alta. Restam apenas alguns metros de espaço e ar. Em breve o Aranha terá que começar a boiar para se manter na superfície. Tenta não pensar muito sobre o que vem depois disso. Tenta coçar o ponto preto na bochecha do Mancha, mas o ponto fica parado ali, teimoso até o fim.

– Não acredito que vou morrer numa rocha com o supervilão mais de quinta categoria de todos os tempos – reclama o Homem-Aranha.

– É primeira – vem uma voz baixa e estrangulada ao lado dele, e as lentes do Aranha se arregalam. O Mancha está olhando em volta, turvo. – Onde estou? Nós? Quem?

– Você está acordado! – exclama o Aranha e quase abraça o Mancha. *Espera, não, cara mau. Não abrace o cara mau.*

– Quem somos nós, você. Quem é você? – pergunta o Mancha. – Minha cabeça está doendo.

– Tá bom, vou explicar tudo quando você nos levar para o seu estranho Mundo Mancha, parceiro.

O Mancha olha para onde o Aranha o está segurando na água e depois ao redor deles.

– Como...? Como é que...

– Não importa – responde o Homem-Aranha, impaciente. Seu braço está começando a tremer por causa da combinação da costela quebrada e da dor na cabeça. – Por favor, faça aquela coisa estranha e assustadora com as manchas e vamos embora.

Devagar, o Mancha estende a mão e tira a mancha do rosto e a coloca no ar bem ao lado dos dois. Sempre heroico, o Aranha empurra o Mancha primeiro pela escuridão e depois o segue, deixando o terror de se afogar para trás.

Ele tropeça para a dimensão do Mundo Mancha, encharcado, e encontra o Mancha sentado de pernas cruzadas, olhando para todos os pontos ao redor.

– Eu pensei mesmo que seria capaz de fazer isso – diz o Mancha. – Que eu poderia ser a pior coisa que a cidade já viu. Nem tenho certeza de por que queria isso. Por que eu me importava tanto com isso? O CSN, os artigos, nada disso importa. Eu deveria ter dado ouvidos aos outros cientistas. Eu estava tão preocupado tentando ser o melhor em qualquer coisa. Em tudo. Eu não deveria ter… – Ele parece um pouco mais controlado, mas ainda há algo estranho em sua voz. – Aquela coisa simplesmente… me deixou lá para morrer. E eu teria *morrido*. Você me derrotou, Homem-Aranha. Em jogo limpo.

– *Não foi* limpo. Você tinha todas as vantagens! – zomba o Homem-Aranha. – Foi tão injusto que nem sei por onde *começar*. Foi *horrível*. Horrível – repete ele para dar ênfase. O Mancha se levanta, trêmulo, e está poupando uma perna. Ele levanta as duas mãos no gesto universal de rendição. – Ai, meu Deus! – exclama o Homem-Aranha. – Acho que talvez você seja o pior mesmo. – O Mancha dá de ombros. – Como vamos voltar para Nova York daqui? Onde estamos mesmo?

– É a minha própria dimensão de portal. Eu a criei quando era cientista.

– Cara, você deveria ter continuado como cientista. Desenvolver o teletransporte em massa acessível para que eu pudesse parar de pegar o ônibus.

– Isso é o que eu estava tentando fazer. Eu deveria ter continuado como cientista – concorda o Mancha, ignorando os resmungos do Aranha e indo até um buraco negro a vários metros de distância.

– Você está me fazendo sentir mal por você – declara o Homem-Aranha, categórico.

– Não estou não – responde o Mancha. Ele acena para o buraco ao lado dele. – Esse aqui vai levar a gente para a delegacia mais próxima – informa ele, apontando para o buraco.

O Homem-Aranha olha para ele por um momento, pensativo. Em seguida, pergunta:

– Há algum que leve a gente para a esquina da 47th com a Lex?

– Pode ser que sim – responde o Mancha, hesitante. – O que há lá?

– Um centro de reabilitação para pessoas como você – responde o Aranha. – Acho que você pode precisar mais disso do que de uma delegacia.

É *muito* tarde quando Peter volta de fininho para seu quarto; nem tem certeza de que horas são. Seu celular dele está acabado, pois a água salgada não é uma ótima maneira de limpar máquinas. É possível que MJ tenha ligado para Kayla e uma repórter do *Clarim Diário* saiba oficialmente que o Homem-Aranha é Peter Parker. Mas Peter está tão cansado e dolorido que não consegue se importar.

Há um barulho horrível de água dentro dos sapatos quando ele entra no quarto vindo do parapeito da janela, e ele se pergunta se algum dia vai se sentir seco novamente. Ele tira a máscara e começa a puxar a barra do uniforme quando se vira para a esquerda e para. Há uma forma escura deitada na sua cama e, conforme ele se aproxima, percebe um toque vermelho.

– Mary Jane?! – sussurra ele, tão alto quanto ousa. A forma se contorce e depois rola, e Mary Jane Watson está de frente para ele, seus olhos piscam devagar.

– Hum, Peter? O que está fazendo no meu quarto?

– MJ – responde Peter, um tanto histérico –, você está no *meu* quarto?

MJ se senta e Peter pode ver que ela está usando calça jeans e moletom debaixo das cobertas.

– Meu Deus! – ela exclama como se fosse uma única palavra. – Eu… eu fiquei preocupada e não queria esperar você voltar para casa, se trocar e depois ir. O que aconteceu? Eu estava com o meu alarme programado para as duas da manhã e, se você não estivesse aqui, eu *ligaria* para a Kayla. O que aconteceu? – pergunta ela de novo.

– Como você veio parar aqui? – pergunta Peter em vez de responder. – A tia May sabe? Não tem como a tia May saber – acrescenta. – Espera, na verdade, me dê dois minutos. Vou me trocar e aí talvez fazer alguns primeiros socorros leves. Volto já. Não se mova. Quero dizer, pode se mover se quiser, mas…

– Vai logo – diz MJ.

Peter pega uma pilha de roupas sem olhar para elas e manca até o banheiro o mais sorrateiro que consegue. Lá dentro, acende a luz e se olha no espelho. Seu rosto parece inchado e estranho, e ele tem hematomas ao redor dos olhos e da garganta. Ele estende a mão e toca a parte de trás da cabeça e no mesmo instante estremece. Com certeza há algum tipo de laceração ali. Devagar, coloca roupas secas, parando algumas vezes para enrolar uma longa bandagem ao redor do tronco. Quando veste uma camisa, percebe que é a sua velha camisa da Creche Weinkle, e é atingido por uma forte sensação de déjà-vu da última vez que usou a camisa perto de MJ. *Quando pensei que estava tudo acabado.* Ele solta um suspiro profundo e se debruça sobre a pia, só para respirar por um momento.

Depois ele lava o rosto e molha o cabelo com o máximo de água que consegue, sem ligar o chuveiro. *Acho que tirei a maior parte do sal, pelo menos.* Enrolando o uniforme e o enfiando sob a axila, manca de volta para o quarto. MJ ainda está sentada onde ele a deixou, e está mexendo no celular. Depois de enfiar o uniforme no armário, ele acende uma luminária e se senta de lado na cadeira da escrivaninha, de frente para ela.

– Oi – diz.

– Quer que eu dê uma olhada em alguma coisa? – pergunta ela, com olhos conhecedores.

– Se não se importar em dar uma olhada na parte de trás da minha cabeça... – ele fala de um jeito tímido, e ela sorri de leve.

– Sim, posso fazer isso, garoto inseto.

– Ah, não... é assim que os bandidos me chamam. – Ele torce o nariz em desgosto.

MJ apenas solta uma risadinha e se move para ficar atrás dele. Os dedos dela passam com delicadeza pelo cabelo dele.

– Ah, sim, há um pequeno corte aqui, mas não parece tão ruim. Acho que os ferimentos na cabeça sangram muito, mas parece que esse já está cicatrizando. Seus dedos param e ela faz uma pausa por um breve momento. – Quer me contar o que aconteceu?

Então Peter conta. Ele conta toda a história, desde o momento em que chegou a Brighton Beach para enfrentar o Mancha até quando o deixou num centro de reabilitação. Quando ele termina, MJ voltou para a cama dele e o observa, boquiaberta.

– Peter, isso é...

– Eu sei. Os Descrentes escaparam – diz ele e sente uma pontada de horror quando sua voz falha.

– O quê? – pergunta ela, confusa com algo que ele disse.

– Eles fugiram – repete ele. – Não tenho ideia de onde estão ou o que estão fazendo.

— Eu não ligo, Peter, quero dizer, eu *me importo*, é óbvio, mas eu estou... você quase *morreu*, tipo, três vezes nessa história. Que *diabos*?!

— Ah, é. Desculpa?

MJ cai de costas na cama e ele a ouve dizer, mais para si mesma do que para ele:

— O cara quase morre, eu falo para ele que isso é horrível, o cara pede desculpas. Cadê o livro de autoajuda para esse problema específico?

— É... MJ? — pergunta Peter, se esticando para tentar ver o rosto dela sob a luz fraca do abajur da mesa. Ela se levanta e se encosta na parede.

— A próxima coisa que faremos é literalmente bolar um plano *de verdade* para que você não *morra*, Peter Parker, porque se você *morrer*, prometo que vou te matar. Eu não posso... eu teria ligado para a Kayla e contado o seu segredo para ela para te salvar, você sabe muito bem.

— Está bem. — Assente Peter. — Entendo.

— Você entende? — pergunta ela.

— Você tem razão. A gente não pode fazer isso sem algum tipo de plano alternativo. Isso é... não é justo com você. Lamento não ter percebido quanta pressão estava colocando sobre você. Não entendi o que você quis dizer com consequências. Para falar a verdade, sou totalmente a favor do plano. Eu também não quero morrer. — Ele se levanta para se juntar a ela, se sentando ao lado dela na cama. As pernas dele ficam penduradas para o lado, próximas às dela, e ela apoia a cabeça no ombro dele. Peter dá um beijo na cabeça dela.

— Obrigada. Eu... não sabia como falar sobre isso. Como é você quem está em perigo *de verdade*, é difícil dizer qualquer coisa quando nos deparamos com isso.

– Você pode sempre falar comigo, MJ. Você falou semanas atrás, não é uma competição. Tudo é importante porque somos importantes. – Ele a sente acenar com a cabeça em seu ombro. – Então, o que vamos fazer com esse alienígena terrivelmente poderoso que agora pode se mover à vontade? – pergunta ele.

– Essa é uma boa pergunta. Mas quer saber? Vamos dar um jeito. Eu confio na gente.

Peter sorri torto junto ao cabelo dela; está se lembrando de ter dito algo semelhante a ela apenas algumas semanas antes.

– Eu também. – Então ele parece perceber algo. – Espera, você não me contou como chegou aqui?!

MJ olha para a janela com indiferença.

– Ah – responde. – Eu subi na árvore e depois pulei no telhado, e aí entrei pela sua janela.

# EPÍLOGO

Peter e MJ entram na sala de aula do dr. Shah. Ela está alguns passos à frente dele e já com a mochila aberta para tirar uma pilha de papéis.

– Oi! – Ela acena para Maia, que está sentada à carteira.

Randy está no fundo da sala, apontando o lápis.

– Oi, MJ. Peter – cumprimenta ele, olhando para eles por cima do ombro.

– E aí, cara? – Peter cumprimenta e ergue a mão em saudação para Maia antes de se sentar ao seu lugar.

MJ deixa cair um bolo de papéis em cada mesa antes de se virar para deixar um na do dr. Shah.

– Ele saiu para atender um telefonema, mas disse que voltaria em alguns minutos – diz Maia.

– Ah, a gente não o viu lá fora. Que estranho – murmura MJ, mas não está pensando de verdade nisso. – Bem, aqui estão todas as páginas do nosso aplicativo todo projetado, Aliança Ativa. – Ela sorri. – E eu ainda *amo*, Randy.

Ele está de volta à mesa agora e balança a cabeça.

– Porque é um bom nome!

Peter ri, mas há uma tensão sempre presente ali que tem ficado nos últimos meses, desde o desastre com o Mancha. Os Descrentes não apareceram em lugar nenhum, e seu trabalho noturno tem sido quase suspeito de tão tranquilo. Peter não gosta disso, mas não sabe o que fazer a respeito... a não ser continuar procurando. Estavam quase nas férias de verão e Peter espera que o que quer que os Descrentes estejam planejando aconteça antes do início do seu terceiro ano, mas não vai esperar sentado.

– Oi, Peter! MJ! – O dr. Shah entra na sala com um sorriso brilhante e Peter fica satisfeito porque pelo menos uma coisa melhorou. Depois de algumas semanas longe da influência dos Descrentes, o dr. Shah voltou a ser o que era antes, o que foi um grande alívio para a equipe OSMAKER. Ele tem se envolvido muito desde então e já deu nota A para todos eles no semestre. Peter passou várias noites com o professor como o Homem-Aranha, explicando onde os Descrentes poderiam estar e como poderiam encontrá-los. Mas até agora nada funcionou.

– Oi – cumprimenta Peter, enquanto MJ explica para o dr. Shah sobre os papéis em sua mesa.

Ele se senta e pega as páginas, folheando-as e lendo por alto parte do conteúdo.

– Isso parece bastante profissional, galera – elogia e parece orgulhoso de verdade deles. – Mal posso esperar para ver em ação. Sabem que têm a maior parte do verão para de fato criar o código por trás disso e aplicá-lo num aplicativo de demonstração antes do evento OSMAKER em 1º de setembro, e espero que consigam fazer isso. Mas não se esqueçam de convidar um bom número de pessoas para testá-lo – ele lembra, e MJ anota na agenda, enquanto Maia digita no tablet.

Eles então analisam a papelada e passam os próximos oitenta minutos examinando cada página e descobrindo se desejam fazer alguma edição antes de iniciar o aspecto mais trabalhoso de fazer o código para o projeto. Cerca de vinte minutos antes de o sinal tocar, o dr. Shah se levanta para chamar a atenção deles.

– Muito bem, eu não queria estragar tudo caso não acontecesse, mas tenho uma grande surpresa para todos vocês hoje! – Peter não tem certeza se já viu o dr. Shah assim, o homem está mesmo agitado de empolgação. Peter sente as próprias bochechas se elevando em um sorriso só por representação. O dr. Shah olha para o celular e diz: – Tudo bem, me deem dois minutos. Eu volto já. – E então ele sai apressado.

Peter, MJ, Maia e Randy se entreolham.

– Isso foi estranho, não foi? – questiona Maia.

– Mas, tipo, um estranho legal – comenta Randy, mas ele está balançando a cabeça.

– Com certeza algo estranho – concorda Peter, esticando o pescoço para trás para olhar para a porta da sala de aula como se ela tivesse alguma resposta para ele.

– Hum...– MJ apenas diz, batendo o lápis na mesa.

Peter se vira para ver o que ela quis dizer e fica surpreso ao descobrir que ela parece preocupada.

– O que foi? – pergunta ele, e Maia e Randy olham para MJ, esperando por uma resposta.

– Sinto como se... – Mas nunca descobrem como MJ se sente, porque nesse momento a porta da sala de aula se abre e o dr. Shah retorna, seguido por um homem branco mais velho, com cabelo castanho-escuro cacheado e olhos azuis penetrantes. Ele está vestindo o que parece ser um terno muito caro, e seus sapatos parecem ter sido algum tipo de réptil exótico. O queixo de Peter cai e ele pode ver que o resto de seu grupo está no mesmo estado de choque.

Baixinho, Peter ouve MJ murmurar:

– Ah, não, por que *ele* está aqui?

– Classe, gostaria que dessem as boas-vindas ao...

– Norman Osborn, pessoal – diz Osborn, olhando para cada um deles e sorrindo um sorriso que faz todos os pelos na nuca de Peter se arrepiarem. – É maravilhoso conhecer vocês. Estou ansioso para acompanhar de perto no que vocês estão trabalhando. Para ver tudo de *muito* perto.

# SOBRE A AUTORA

Preeti Chhibber é autora, palestrante e redatora freelancer. Apelidada de "superfã do Homem-Aranha e autora" pela *Publishers Weekly*, você geralmente pode encontrá-la escrevendo sobre seus personagens favoritos ou devorando várias séries ao mesmo tempo. Ela também coapresenta os podcasts Women of Marvel, Desi Geek Girls e Tar Valon or Bust. Ela já participou de vários painéis em edições da Comic-Con em Nova York e San Diego, e também apareceu na TV, nos canais da SYFY Network. Honestamente, você provavelmente vai reconhecê-la por causa de uma de suas inúmeras listas do Twitter do tipo "se liga nesses tuítes", que saíram no BuzzFeed. Com frequência, ela passa seu tempo lendo uma quantidade absurda de livros YA, mas também está sempre pronta para mergulhar na maioria dos fandoms.